KARINE TUIL

Quand j'étais drôle

ROMAN

GRASSET

ISBN : 978-2-253-11844-2 – 1re publication LGF

« Ouais, m'sieur, le métier d'être drôle est beaucoup trop sérieux ! Même les pompes funèbres sont préférables. Et j'ai entendu dire que les humoristes ne meurent jamais de vieillesse – la tension est trop violente pour eux. »

Groucho MARX, *Groucho Marx and other short stories and tall tales*.

« Etrange que les bienfaiteurs de l'humanité soient des gens amusants. En Amérique du moins, c'est souvent le cas. Celui qui veut gouverner le pays doit d'abord le divertir. »

Saul BELLOW, *Ravelstein*.

« Le rire, la moquerie, la dérision, sont des entreprises de purification, de déblaiement, ils préparent des salubrités futures. »

Romain GARY, *La nuit sera calme*.

Pour Ariel,
Pour Nathalie.

Première partie

« Je ne me sens pas perdu en Amérique.
Je me sens perdu dans le monde. »

Isaac Bashevis SINGER.

Comment je suis devenu l'ennemi public n° 2

La France et l'Amérique ont désormais un nouvel ennemi commun : moi. A l'heure où j'écris ces lignes, je ne possède plus rien. Je suis interdit de séjour aux Etats-Unis et interdit bancaire en France, ma compagne m'a quitté pour un militant démocrate, mon public m'a oublié. Mon nom – Jérémy Sandre dit Jerry Sanders – n'évoque plus rien à personne, sauf aux services fiscaux. Ici, je ne suis connu que sous le numéro d'écrou 527647. Seul le détenu de la cellule du fond m'attribue encore une certaine notoriété, il m'appelle Woody Allen, il me confond avec l'autre, l'Américain qui a réussi en France, alors que je suis le Français qui a échoué en Amérique. Et pourtant, pendant des années, j'étais l'homme qui faisait rire des salles entières. Aujourd'hui, je ne ris plus que de moi-même. Je le dis d'emblée pour éviter tout malentendu, ces Mémoires n'ont aucune prétention humoristique, il y a longtemps que je n'ai plus de vocation comique ; aussi, pour les lecteurs qui chercheraient un livre drôle, je leur conseillerais plutôt les *Mémoires d'un amant lamentable* de Groucho Marx, les *Mémoires d'un vieux con* de Roland Topor, les *Mémoires d'une fripouille* de George Sanders ou les *Mémoires d'outre-tombe* de Chateaubriand, des ouvrages aux effets anxiolytiques dont les titres résument assez bien ma vie. Moi, j'ai définitivement renoncé à faire rire, je suis délié de toutes mes obligations contractuelles, mes producteurs successifs m'ont abandonné quand les spectateurs ont déserté mes salles de spectacle. Qui se souvient encore de moi ? A la fin des années 80, j'avais créé avec le comique français Alain Venet ainsi qu'avec le dessinateur satirique Thomas Vidal, un trio qui avait connu une petite gloire avant que je ne me lance, seul, à l'âge de trente-deux ans, dans une carrière à Broadway, sans succès, hélas ! car je me suis retrouvé impliqué à mon insu dans le conflit politique et idéologique qui a opposé la France et l'Amérique au sujet de la légitimité d'une intervention militaire en Irak, et deux ans après mon arrivée à New York, je n'étais pas plus célèbre qu'un vendeur de hot dogs ; c'est d'ailleurs ce que je suis devenu, vendeur de hot dogs halal sur la 5e Avenue, un emploi stable et bien rémunéré dont j'ai bientôt dû démissionner la mort dans l'âme à cause de l'odeur des oignons marinés qui me donnait des haut-le-cœur. Mon échec est politique : ce sont les aléas de la diplomatie internationale qui m'ont mené des scènes de Broadway aux trottoirs crasseux de Steinway Street – je suis la première victime du boycott américain sur les produits français. L'histoire n'est qu'une longue succession de chutes : chute du communisme, chute du Mur de Berlin, chute des marchés boursiers. C'est la chute de Saddam Hussein qui a entraîné la mienne. Ironie du sort, la statue du dictateur irakien a été décapitée par son peuple le jour où les lettres de mon nom ont été retirées du fronton de la salle du *Caroline's Comedy Club* après seulement une semaine de représentations. Le monde a été créé en sept jours, c'est exactement le temps qu'il m'aura fallu pour détruire le mien. Si quelqu'un m'avait dit, il y a deux ans, qu'en quittant la France pour tenter une carrière de comique aux Etats-Unis, je m'exposais à tous les drames : la guerre, l'échec artistique, la ruine, la dépression, la répudiation familiale, l'escroquerie, la rupture amoureuse et, le pire, mon incarcération, oui, si quelqu'un avait évoqué ce scénario burlesque, j'aurais éclaté de rire : un rire franc, bruyant, dépourvu du moindre sarcasme, un rire comme je n'en connaîtrai plus, c'est le gardien qui me l'a annoncé le jour de mon arrivée à la prison de la Santé. « J'avais demandé une suite avec vue sur la place de la Concorde », lui ai-je dit en entrant dans le mouroir où la justice entendait me laisser crever et pour toute réponse, il a enfoncé ses poings dans mes clavicules en lançant d'une voix rauque un « On n'est pas là pour rigoler » qui en disait long sur l'état d'insalubrité morale des lieux. C'est à ce moment-là que mon cerveau s'est enrayé ; quand le gardien a claqué la porte de ma cellule, mon hémisphère gauche m'a rappelé les commandements du règlement intérieur : il est interdit de fumer dans l'enceinte de la prison, il est interdit de faire circuler des objets, il est interdit de posséder une arme, tandis que de l'autre côté, mon hémisphère droit – le plus créatif – diffusait une reprise de *Faut rigoler ! Faut rigoler ! Avant qu'le ciel nous tombe sur la tête !* interprétée par une bande de danseuses à moitié nues. (J'en ai profité : en prison, il ne me sera pas donné de les rencontrer souvent, ai-je songé.) Ah ! je préfère encore la liberté à l'américaine, contrôlée, surveillée au nom d'impératifs sécuritaires, que l'emprisonnement à la française en vertu de rien. Car je l'ai dit aux policiers qui m'ont arrêté, je l'ai répété aux inspecteurs qui m'ont placé en garde à vue, à l'avocate qui était de permanence ce soir-là, au juge d'instruction, au juge des libertés et de la détention et je le répéterai encore devant le président de la Cour d'assises : je ne suis pas l'auteur du meurtre dont on m'accuse (bien que je le sois). Oui, j'ai tué – par accident, en état de légitime défense –, oui, j'ai tout perdu et maintenant, circulez y a rien à voir. Rideau ! Dernier inventaire avant ma liquidation ? Rien ! Il ne me reste plus rien. Même l'arme du crime ou plutôt, « l'objet ayant servi à frapper la victime dans un réflexe d'autodéfense », une statuette en plaqué or que j'avais reçue en récompense de mon dernier spectacle, m'a été confisquée avant d'être mise sous scellés – il faudrait savoir refuser les prix, les honneurs, les récompenses : les larmes que l'on verse en les recevant annoncent les sanglots à venir. Je n'ai plus que ma fille, celle qui, par sa seule présence, a déclenché ce drame. Je n'aurais jamais dû faire d'enfant. C'est à peine si je suis responsable de moi-même. « Elle est le témoin principal », m'a annoncé ce matin mon avocate, Maître K. – je l'ai surnommée ainsi en raison du caractère très kafkaïen de l'histoire : elle a vingt-cinq ans, c'est son premier procès devant les Assises, ce qui explique ses soudaines logorrhées et la présence permanente, comme si un membre supplémentaire lui avait été greffé, d'un code pénal rouge sous son bras droit. C'est elle qui va me défendre, contre elle, devrais-je ajouter car je ne vois pas qui pourrait être mon pire ennemi que cette jeune avocate fraîchement diplômée dont l'unique aptitude consiste à feuilleter les pages de son code avec l'air affolé d'une bête traquée. Je ne l'ai pas choisie, elle a été commise d'office (43 euros de l'heure), je n'avais pas les moyens de payer les honoraires de son pendant masculin, l'autre Maître K. (430 euros de l'heure), mon ancien avocat, le défenseur des hommes de pouvoir sans trône, des puissants déchus, déjà sollicité par la partie civile et, au vu de ses honoraires, dix fois plus compétent que celle qui allait plaider ma cause. Dès que je l'ai vue arriver, la première fois, pendant ma garde à vue, avec son visage parsemé de taches de rousseur et qu'elle s'est présentée à moi en m'annonçant : « Je suis votre avocate », j'ai pensé : « Je suis foutu » et aussi qu'il fallait que je porte plainte pour non-assistance à personne en danger, mais je me suis senti mieux après quand elle m'a dit que son rôle était purement social : « Comment s'est déroulée l'interpellation ? Est-ce que les inspecteurs vous ont frappé ? Avez-vous été informé de vos droits ? Est-ce qu'on vous a traité dignement ? Vos proches ont-ils été prévenus ? Est-ce que vous avez mangé ? » – c'était la première fois que quelqu'un se souciait de mon sort ; elle m'a posé des questions en rapport avec mon bien-être, rien de juridique, elle n'avait même pas eu accès au dossier. Cela viendrait plus tard. Cela ne changerait rien. Mais je suis là pour vous parler de moi, de ce qui s'est réellement passé dans la nuit du 13 au 14 décembre 2003 et durant toutes ces nuits qui l'ont précédée. « Racontez-moi tout » m'a demandé Maître K. lors de notre deuxième entretien, après vingt heures de garde à vue, je n'étais alors qu'un « mis en cause », je n'avais pas encore été déféré devant le juge d'instruction. Que voulait-elle savoir : comment j'avais été arrêté à mon domicile, menotté et emmené au commissariat du XIIe, ou fallait-il que je remonte plus loin, aux sources originelles du drame ? « Tout, depuis le début », c'est ce qu'elle voulait. « Je dois *tout* savoir » insistait-elle en appuyant sur le mot « tout » : est-ce que cela incluait la divulgation du secret de mes origines – ma naissance n'ayant été qu'un « accident » –, du récit de mon enfance (et notamment de la révélation du trouble énurétique qui m'a empêché pendant des années de dormir ailleurs que chez moi ?), de mes frasques sexuelles (la polygamie est-elle vraiment illégale ? Est-il immoral d'avoir une liaison avec la femme de son frère ?), de mes opinions politiques (sans commentaire), de celles de ma famille (dois-je évoquer l'épidémie qui a décimé les miens, victimes du syndrome de l'échec Jospin) ? Etait-il raisonnable de dire que je détestais la compagnie des animaux et que c'était en partie pour cela que je n'avais jamais pu supporter celle de mes frères ? Fallait-il que je parle de ma mère, de mes relations avec elle (et avouer qu'elle m'avait allaité jusqu'à l'âge de trois ans au risque de justifier mon immaturité) ? Etait-il vraiment nécessaire de rappeler que j'avais perdu des milliers de dollars au poker, que mon père était cleptomane de cendriers d'hôtel, que le plus jeune de mes frères avait participé à la destruction d'un McDonald's avec José Bové alors même qu'il y avait commandé un menu Big Mac tous les dimanches midi pendant dix ans, que j'avais commis divers délits dont celui de cruauté envers un animal ? Etais-je acculé à lui transmettre mon dossier médical dans lequel elle lirait que je souffrais de coliques néphrétiques, de diverses allergies (au pollen, au bouleau, au beurre de cacahouète, aux poils de chat et à mon frère aîné), d'un ulcère à l'estomac, de migraines, de divers troubles dentaires, d'insomnies ; en un mot : d'hypocondrie ? N'était-il pas imprudent de révéler que j'étais toxicophobe, c'est pourquoi je me suis toujours méfié des femmes en général et des miennes en particulier ? Devais-je avouer que j'avais volé un masque de clown à l'âge de cinq ans et que j'avais été condamné à le porter jusqu'à la fin de mes jours ? Elle a précisé : « Parlez-moi des conditions matérielles de la garde à vue d'abord. Du mobile du crime ensuite. » « Quel crime ? » ai-je demandé (« Quel crime ! » me suis-je exclamé intérieurement), « il s'agit d'un cas avéré de légitime défense. » « Allons, allons, monsieur Sandre », a-t-elle susurré en glissant son index sous son nez (manque de confiance en soi), le faisant remonter au niveau des tempes (gêne devant une personne de sexe opposé) puis l'enroulant dans ses cheveux (suspicion d'érotomanie). C'était une tentative d'extorsion d'aveux par usage illégal de charmes. Eh oui, les avocats sont payés pour obtenir par la douceur les aveux que la police n'a pas pu obtenir de vous par la force. Le résultat est le même : je mens. Je mens par habitude, par goût de la mise en scène, par peur du ridicule, je mens pour séduire les femmes et puis après, pour les garder, je mens par faiblesse et par désinvolture, je mens pour ne pas faire souffrir, ne pas être jugé. Je farde la vérité, je la grime. *Tout, depuis le début.* Les conditions de la détention, d'abord. J'ai répondu qu'il n'y avait rien à en dire parce que j'étais las, je voulais qu'on me relâche le plus vite possible, je n'avais pas saisi la gravité des faits qui m'étaient reprochés et comment aurais-je pu deviner que j'allais être emprisonné dans les heures suivantes sans limitation de durée jusqu'à nouvel ordre ? « Maintenant, je veux que vous me racontiez votre histoire sans omettre un détail, a continué Maître K., chaque élément est important pour votre défense, vous comprenez ? » J'ai acquiescé en hochant la tête. « Vous risquez jusqu'à quinze ans de prison. » « Nourri, logé, blanchi pendant quinze ans aux frais de la collectivité, voilà qui devrait faire des envieux », ai-je répliqué. Maître K. m'a lancé un regard noir : « La situation est grave, les preuves sont accablantes, le temps joue contre vous et je n'ai qu'une demi-heure à vous consacrer. » Une demi-heure : le temps exact du premier sketch de mon one man show. Alors je me suis levé, je me tenais droit comme si je me trouvais sur une scène, les bras le long du corps, le visage impassible. J'ai tourné sept fois ma langue dans ma bouche. Et j'ai raconté, oui, j'ai raconté comment tout a commencé.

Sur la scène internationale

« Tu ne réussiras jamais ! » s'est exclamé mon producteur après avoir écouté le discours que j'avais préparé et répété pendant des heures, chez moi, devant ma glace, avec éloquence et une certaine assurance, pour le lui débiter en bégayant et en détournant mon regard du sien – on est toujours moins intimidé par soi que par un tiers. L'ingratitude des artistes ! Vous croyez en leur talent quand personne n'y croit plus, vous financez leurs spectacles, vous assurez leur promotion et ils vous quittent – les chiens ! – au premier succès médiatique. Nous nous trouvions dans son immense bureau de la rue Lincoln, il tenait son cigare de la main gauche, son téléphone portable de la main droite, moi je ne tenais qu'à un fil, j'avais mal au ventre, mal à la tête, mal au cœur ; même le premier tête-à-tête avec le juge d'instruction ne susciterait pas tant d'angoisses. « Tu ne réussiras jamais ! » J'ai éclaté d'un rire nerveux. Un acteur de série B avait pu devenir président des Etats-Unis et mener à leur terme deux mandats. Un homme d'affaires milliardaire avait obtenu le poste très convoité de maire de New York, un ancien culturiste autrichien reconverti dans le cinéma d'action hollywoodien affichait sans complexes ses muscles huilés et ses ambitions politiques et il osait me dire que je ne réussirais pas ? « Tu sais ce que j'en pense ? disait-il en expirant des volutes de fumée blanche, tu fais fausse route ; d'accord, tu es bilingue, tu as passé une partie de ta vie dans ce pays mais tu crois que les Américains t'attendent, tu crois que tu vas les impressionner avec un one man show ? Ils n'ont pas la même approche du métier que nous, ils ne connaissent que le stand-up. Et puis, ils n'en ont rien à foutre de la culture française, alors l'humour français... » Ces arguments, je les avais déjà entendus de la bouche de chacun de mes proches mais aucun discours fût-il à la fois sensé et amical ne pouvait infléchir ma décision. « En réalité, tu n'es qu'un carriériste, continuait-il, cela ne te suffit plus de faire rire les Français, maintenant tu rêves de faire rire la terre entière. Tu sais ce que répond George Shapiro, celui qui a lancé les plus grands, aux jeunes artistes qui lui demandent : *est-ce que je vais être une star ?* Il leur répond : *oui, tu vas être une star et tu seras toujours aussi insatisfait.* » Puis, gagné par la nervosité, il s'emportait : « Et Alain et Thomas, tu leur as dit que tu quittais le groupe, tu leur en as parlé ? Dix ans de collaboration artistique, ça justifie bien quelques explications, non ? » La veille, je les avais réunis chez moi et, du bout des lèvres, je les avais informés que je les quittais. Ils avaient réagi calmement, ils n'attendaient que cela, la dissolution, le dépôt de bilan afin que chacun créât sa propre entreprise de divertissement – l'humour fait vendre. Thomas aussi avait d'autres projets. Il voulait renouer avec ses premiers dons : le dessin, la caricature, la satire sociale. C'était lui qui incarnait la tête pensante du groupe, lui qui lisait toute la presse, écumait les bars, observait ses semblables à la loupe en les suivant dans la rue, en écoutant leurs conversations dans les cafés, en traquant leurs faiblesses, se fondant tel un caméléon dans ces foules opaques – un provocateur qui maniait l'humour le plus ravageur. Un caricaturiste sans concession qui mettait son talent au service d'un engagement politique auquel j'avais renoncé. « Je ne suis pas fait pour la scène », s'était-il justifié auprès d'Alain qui interprétait comme une nouvelle trahison son départ et qui devait se poser la question du simple exécutant : Qui m'écrira désormais mes textes ? « Je continuerai à le faire pour toi, mais dans l'ombre », l'a rassuré Thomas. Et ainsi, pendant plus d'un an, il écrivit des textes pour lui avec la liberté que l'anonymat lui accordait enfin. Agitateur très médiatique, il n'a pas fallu plus de six mois à Alain pour s'imposer seul, avec le succès que l'on sait, assurant les meilleurs spectacles et interprétant son propre rôle dans la série télévisée éponyme. Quant à moi, j'étais alors bien loin de me douter de l'échec qui me guettait outre-Atlantique. « Je crois que tu ne te rends pas compte de ce que tu es en train de faire, insistait mon producteur. Il faut être dingue, suicidaire, inconscient pour tenter une chose pareille. Tous les artistes ont, à un moment donné de leur carrière, cette tentation américaine mais enfin, ce n'est pas un désir que l'on avoue publiquement, ce n'est surtout pas un désir que l'on doit concrétiser. Il faudra faire rire un public dont tu ne maîtrises pas les réactions, un public qui n'a pas le même humour que toi, qui a une autre culture, une autre histoire, et la traduction, est-ce que ton humour y survivra ? En Amérique, les comiques sont des vedettes de la télé, de la radio, collaborent aux plus grands shows – le *Saturday Night Live*, toi tu te contentes de le voir sur NBC. De temps en temps, ils se produisent sur scène, trois-quatre jours pas plus, rien à voir avec la comédie à la française, tu es allé sur place, tu as vu comment ça se passe... » J'ai hoché la tête en signe d'acquiescement. « Tu es fou... Tu ne tiendras pas deux jours. Remarque, comme le chantait Sinatra, si tu réussis là-bas, tu réussiras partout. Et puis, est-ce que tu penses aux conséquences économiques de ton départ ? Tu t'en vas au moment où vous commencez à peine à être connus. Ah, tu as oublié les années de vaches maigres, les années à écumer les clubs de province, le temps où tu te produisais dans des cabarets minables. C'est normal, la mémoire est sélective, tu ne te souviens que de tes succès. Je te rappelle que sans moi, tu ne serais rien. J'ai engagé des sommes énormes sur votre groupe et je n'ai pas encore perçu le moindre bénéfice, tu n'as pas le droit de me faire ça. » Je lui ai rappelé que mon contrat arrivait à échéance. « Je te parle d'un contrat moral, m'implorait-il, je t'ai sorti de l'anonymat, sans moi tu ne serais rien ! Est-ce que tu penses à tes parents, est-ce que tu penses à nous ? » Je lui ai répondu que je devais d'abord penser à moi et à ma fille, quand soudain il s'est mis à vociférer : « Ta fille ! Ta fille ! depuis six mois tu n'as que ces mots-là à la bouche. Tu n'as jamais manifesté le moindre intérêt pour cette gamine, pourquoi te soucier d'elle maintenant ? Va la voir pendant les vacances, demande-lui de venir en France, fais ce que tu veux, mais ne détruis pas dix ans de carrière pour une crise de paternité ! » Je lui ai expliqué que je voulais me rapprocher d'elle, la regarder grandir. Ah ! les années passées loin d'elle, ces années perdues que je ne rattraperais plus, le bonheur d'être avec son enfant, le temps qui passe, etc. Je mentais, bien sûr, je pensais exactement comme lui, si j'étais doté du sens de l'humour, je n'avais pas le moindre sens des responsabilités, je n'avais en réalité aucune prétention éducative, il y a des mères et des enseignants pour cela, et je ne m'étais pas préoccupé du sort de ma fille sinon en assurant régulièrement à sa mère le versement d'une pension alimentaire de mille dollars par mois.

J'avais dix-huit ans lorsque j'avais fait la connaissance de mon ex-femme dans un cours d'art dramatique du New Jersey, mes parents avaient accepté, sans enthousiasme, de me laisser partir aux Etats-Unis durant une année pour que j'y poursuive mes études. Mes études ! Les seules personnes qui pouvaient attester de mon assiduité, c'étaient les caissières des cinémas du Quartier latin. Celles-là me connaissaient mieux que ma propre mère ! Je restais des heures à visionner les films des Marx Brothers, de Charlie Chaplin, de Buster Keaton (car mon père disait : « Tu seras Buster Keaton ou rien »). J'avais connu Thomas sur les bancs de l'école maternelle, nous étions voisins et nos mères militaient toutes les deux au sein de la même section du Parti socialiste. Quant à Alain, nous l'avions rencontré des années plus tard à la ligue d'improvisation. Alain et Thomas n'étaient restés qu'un an aux

Etats-Unis. Ils avaient réussi leur examen de passage quand mon unique succès se résuma à séduire une Américaine de dix-sept ans et à lui faire un enfant. Une histoire digne du plus mauvais scénario hollywoodien : une liaison amoureuse avec Mary, une Américaine issue de la petite bourgeoisie, et le drame : elle tombe enceinte, ne s'en rend pas compte tout de suite, accuse le stress, ses crises de boulimie, le rythme scolaire, sans envisager la possibilité d'une grossesse, l'apprend enfin – trop tard : le délai légal d'avortement est dépassé depuis longtemps. L'enfant naît : c'est une fille. Nous l'élevons grâce à l'aide des parents de Mary qui nous obligent à nous marier. Une farce sentimentale – de notre amour, il ne subsistait que de tièdes sentiments – et sociale – nous appartenions à deux milieux politiques et socioculturels totalement opposés. Chez nous, la langue n'a jamais été un obstacle à l'amour ! Avec Mary, elle n'a été que l'accélérateur d'un processus de destruction qui nous a menés l'un comme l'autre aux confins de la folie. La première année de notre mariage, nous ne nous parlions qu'en anglais. La seconde année, Mary apprit le français et nous utilisions indifféremment l'une ou l'autre langue. La troisième année, on ne se parlait plus du tout. Et la quatrième, nous nous sommes quittés. Le bilinguisme avait précipité notre rupture. Nous avions divorcé par consentement mutuel quatre ans après la naissance de notre fille. Jamais une union ne me sembla plus improbable. Les événements que nous avions vécus – la naissance d'un enfant, le mariage – avaient fait de nous des adultes précoces, aigris, exaspérés par le poids que la vie nous faisait porter, *malgré nous* – c'est du moins ce que nous pensions, alors que c'était à cause de nous et de nous seuls ! de notre insouciance, de notre inconséquence que nous nous étions retrouvés parents quand nous n'avions pas cessé d'être des enfants, mariés quand nous n'avions pas goûté à notre liberté et responsables, nous qui jusque-là n'avions jamais assumé la moindre responsabilité. Dix-sept années d'assistanat parental ! Comment, dans ces conditions, Mary aurait-elle pu renoncer à son adolescence, cette période qui, disait-elle, « lui avait été volée », ce à quoi je lui répondais que le seul qui avait été floué et lésé, c'était moi. Moi que l'on avait contraint à vivre dans un pays étranger ! Moi que l'on avait marié *de force* dans le pays le plus libre, le plus démocratique ! Moi que l'on avait voulu condamner à passer le restant de ses jours auprès d'une femme-enfant rebelle à tout. A tout ! Et elle s'étonnait, quinze ans après, que sa fille manifestât la même inclination à l'insoumission. Eve répondait « non » à tout ce que lui proposait sa mère comme si elle n'avait pas quitté sa phase contestataire. Et c'était cette révolte qu'elle entendait faire cesser en me demandant de la rejoindre aux Etats-Unis. Elle m'avait téléphoné quelques mois plus tôt pour m'annoncer qu'Eve avait fait une nouvelle fugue et qu'elle avait été renvoyée de l'école pour non-respect du règlement intérieur. Que pouvais-je lui répondre ? Les règlements, je n'avais moi-même fait que les transgresser ! Eve, fille modèle ! Elevée au pas ! « jusqu'à l'âge de quinze ans », aurait ajouté sa mère. Car à l'adolescence, « en l'espace de quelques mois, sans qu'aucun événement pût expliquer cette métamorphose », cette bonne élève qui n'avait obtenu que des « A », qui portait jupe longue et col Claudine, écoutait Bach et dénaturait de son timbre aigu les chants liturgiques de la chorale paroissiale, se transforma en ce que son professeur de chant qualifiait avec une moue de dédain de « garce délurée et démoniaque ». Elle fugua trois fois de l'établissement catholique où elle était inscrite en classe de seconde, fut interceptée à la sortie des classes en possession de marijuana et fut impliquée dans une affaire de mœurs dont elle refusa de me donner les détails (« trop sordide », conclut-elle pour justifier son refus, ce qui ne fit qu'accentuer mon trouble). « Je ne sais plus quoi faire », m'avait dit, dépitée, sa mère, après avoir découvert dans ses affaires, « cachés sous des strings multicolores décorés de têtes de mort », des fascicules sataniques et trois photos du chanteur Marilyn Manson. « Tu sais à quoi se résument désormais les ambitions de *ta* fille (quand il s'agissait de dénoncer ses vices, Eve devenait inéluctablement *ma* fille) ? *Fuck government ! Fuck family ! Fuck all America !* Que veux-tu que je fasse d'elle ? » Et que devais-je répondre ? Je ne savais même pas m'occuper de moi ! Dans ces conditions, Mary m'attendait avec une impatience manifeste mais je redoutais qu'elle ne fût en réalité déterminée à se venger du mal que j'avais pu lui faire en la quittant pour rentrer en France, de l'égoïsme dont elle m'accusait encore, des dommages (c'est le terme qu'elle employait ! La naissance d'Eve : un préjudice !) que son statut de mère divorcée célibataire lui causait : ses difficultés financières, ses déboires amoureux et sa carrière d'actrice, avortée, *elle*. Alors, oui, bien sûr, j'éprouvais quelque angoisse à l'idée de retourner à New York. Et les mises en garde de mon producteur n'étaient pas étrangères à mes réticences. « Tu ne réussiras jamais !

Tu ne réussiras jamais ! » Il me semblait, à mesure qu'il scandait ces mots, que son affirmation devenait prédiction, vœu, mauvais présage, je sentais mes jambes trembler et s'il ne m'avait pas mis dehors sous un flot d'injures, je serais probablement encore dans son bureau, mort et empaillé – le triste sort des artistes oubliés du public. « Tu ne réussiras jamais ! » J'entendais d'un côté sa voix rauque, menaçante, que des années de totalitarisme artistique avaient façonnée et, de l'autre, je percevais le timbre suave de ma compagne, Natalia, déjà imprégné de l'ambition américaine et qui me répétait à l'envi : *tu peux le faire !* Natalia Perestroïka – la bien nommée, une Russe au teint transparent qui déclamait des poèmes de Tsvetaïeva en faisant des ménages et rêvait d'être le nouveau visage d'une grande marque de cosmétiques. Natalia était une vraie poupée russe. Vous en découvriez une ; elle en cachait quinze à l'intérieur. En apparence, c'était une grande fille généreuse et enjouée mais elle pouvait aussi être une enfant capricieuse, une dominatrice perverse, une manipulatrice, une nymphette, une révoltée, une amie toxique ; moi, je l'aimais surtout dans le rôle (politiquement incorrect) de la soldate sadique. Je l'avais rencontrée chez des amis de mon producteur pour lesquels elle travaillait au noir : lui, conseiller à la Cour des Comptes ; elle, responsable des achats aux Galeries Lafayette. « Après la révolution communiste, la diplomatie capitaliste ! » s'enthousiasmait Natalia qui découvrait les joies du consumérisme à travers le mode de vie des bourgeois bohèmes idéologues et pacifistes qui l'employaient. La révolution ? Oui, mais en Prada. *Prada, Pravda*, même combat ! Cette fille m'avait charmé au premier regard. Un corps longiligne et musculeux, des lèvres charnues, des seins lourds et une voix chaude qui crachait les mots français comme s'il s'agissait de corps étrangers que son organisme n'assimilait pas. Elle butait sur les syllabes, reprenait ses phrases avec l'application d'une enfant bègue – je devinais derrière sa persévérance, son entêtement, toutes les peurs liées à l'exil. Je n'ai eu aucun mal à la séduire : l'avantage avec les femmes en situation irrégulière, c'est que, n'ayant pas d'existence officielle, elles ne subissent ni pression sociale ni obligations morales – leurs pères sont loin ! –, elles sont libres. Du moins, en présentent-elles les apparences. Car, après quelques heures d'une cour assidue, j'ai compris que cette femme portait des chaînes aux pieds et un cactus dans la bouche. « Parle plus fort Natalia ! » lui répétais-je plusieurs fois par jour quand elle n'avait pas encore cerné le fonctionnement de la liberté d'expression (elle en a depuis testé toute l'étendue à mes dépens). De ces années passées sous silence, Natalia avait gardé cette forme d'expression intraduisible par écrit : le chuchotement. Il lui était impossible d'élever sensiblement la voix. Quant à l'entendre crier, j'y avais renoncé dès les premiers jours de notre relation. Elle apprenait le français en écoutant l'intégrale des disques de Joe Dassin, c'est ce qu'elle m'avait avoué un jour où, m'ayant déclaré : « et si tu n'existais pas, dis-moi pourquoi j'existerais », j'avais mis sa sincérité en doute. Je pensais qu'une femme qui écoutait Joe Dassin ne pouvait être qu'inoffensive – j'avais tort et, lorsque quelques mois plus tard, elle apprit l'anglais en fredonnant les chansons de Marilyn Manson sur les conseils de ma fille, j'avais déjà percé à jour sa dangerosité. Mais je l'aimais. Elle me raconta assez vite qu'elle avait quitté les siens au début de l'année 2001, sous l'impulsion de sa mère, une cartomancienne qui ne lui prédisait aucun avenir. Son père était un hypnotiseur de crocodiles qui avait travaillé pendant plus de quarante ans au cirque de Moscou avant d'être arrêté par la police pour complot contre l'Etat. Il avait, disait-on, tenté un putsch en hypnotisant la femme de Boris Eltsine (en réalité, une sombre histoire d'adultère maquillée en crime politique). Elle habitait alors cinq jours par mois à Boltchie Atchagere, un village tatar de mille habitants qui vivait encore à l'heure du communisme, sous la tutelle symbolique de Staline dont les portraits encombraient les murs des administrations ; le reste du temps, elle étudiait la poésie russe à l'Université de Moscou et gagnait sa vie en posant pour un photographe qui était devenu son amant (ou l'inverse). Lorsque j'ai fait sa connaissance, Natalia ne m'a pas dit un mot sur le fils qu'elle avait eu avec cet homme et dont elle avait confié la garde à sa mère, pour quelques mois seulement. C'est ce qu'elle croyait sans deviner qu'elle ne reviendrait pas (à moins qu'elle ne l'eût deviné sans se l'avouer). C'était un étudiant russe qui l'avait aidée à venir à Paris où il prétendait lui avoir trouvé un emploi « stable ». Stabilité corporelle seulement : il s'agissait de rester debout pendant des heures sur les trottoirs du boulevard Poniatowski à attendre qu'un client se présentât. La concrétisation du rêve français : proxénétisme et prostitution ! Elle avait cru à la possibilité d'un avenir avec la candeur d'une réfugiée politique et s'était finalement installée chez une cousine éloignée qui sous-louait avec quatre autres filles une chambre de bonne de dix mètres carrés dans une impasse coupe-gorge de Gennevilliers. Sa cousine était une petite rouquine au teint laiteux que Natalia m'avait présentée quelques semaines après notre rencontre ; titulaire d'un doctorat de biologie moléculaire, elle n'avait obtenu en France qu'une équivalence en travaux ménagers. Sous son impulsion, Natalia se mit en quête d'un emploi et trouva ce poste de bonne à tout faire en répondant à une annonce. Sans Natalia, je ne serais jamais parti. C'est elle qui m'a incité à poursuivre ma carrière aux Etats-Unis, c'est elle qui, fuyant la Russie, voulait à nouveau goûter aux joies de l'exil comme on se délecte d'un plat aux saveurs exotiques. Dix-huit années de régime communiste et douze années de démocratie dirigée lui avaient suffi pour affirmer qu'elle préférait les voies (tout à fait pénétrables pour une superbe brune de 1,80 m) du capitalisme à l'américaine. Dès les premiers jours de notre relation, elle m'avait confié son désir de s'installer aux Etats-Unis ; elle anticipait le moment des adieux avec un détachement feint. La France n'était qu'une halte, m'expliquait-elle. Le portrait peu flatteur qu'elle brossait des Français aurait dissuadé le plus motivé des candidats à l'émigration : « des couards dépolitisés, des donneurs de leçons, de faux humanistes ». Assez ! Mais l'Amérique, ah, l'Amérique ! « La terre des exilés » – elle s'y établirait « par idéal démocratique » se justifiait-elle, comme si, en revendiquant des libertés dont elle avait été privée, elle donnait un sens à ces départs que ses proches assimilaient à des abandons. Je l'écoutais me parler pendant des heures de New York – où elle n'était jamais allée –, des matchs de base-ball – auxquels elle n'avait jamais assisté –, de la démocratie – « la vraie » précisait-elle comme s'il en existait une fausse –, et enfin, de Henry Miller qu'elle considérait comme le plus grand écrivain américain – sans l'avoir jamais lu. Elle évoquait les Etats-Unis avec un tel enthousiasme que je ne doutais pas un instant de l'authenticité de son désir. Il y avait alors dans sa voix tout l'espoir de celle qui avait été tenue en servitude, privée, lésée et qui croyait, à tort, que la démocratie américaine lui ouvrirait les portes de la liberté. Mais à quelle liberté rêvait-elle : liberté de travailler dans des conditions illégales ? liberté d'exprimer des opinions politiques contraires aux intérêts américains ? liberté d'aller et venir dans les ruelles sordides du seul quartier où elle pourrait trouver un logement ? liberté de réunion ? avec qui : des femmes battues, des débiteurs anonymes, d'anciens alcooliques repentis, des immigrés russes comme elle, pour vivre les joies du repli communautaire et retrouver la chaleur du ghetto ? Quelles libertés pour une immigrante désargentée, parlant mal la langue ? En réalité, la seule liberté à laquelle elle aspirait était celle que procure l'argent. Longtemps, j'ai cru que Natalia était américanophile. Bien vite, j'ai découvert sa nature gérontophile et capitaliste : ce que Natalia préférait dans l'Amérique, c'étaient ses vieux riches. Elle avait un rêve américain que j'avais cru pouvoir réaliser. Nous l'avions tous, ce rêve ! Cubains, Français, Hongrois, Italiens, Chinois, Canadiens, Martiniquais et même Irakiens, Pakistanais – pour des motivations diverses : l'aspiration à la liberté, la conquête du pouvoir, le désir de gloire, d'argent. Mais le rêve américain était mort ! Comment aurions-nous pu deviner que nous en serions les fossoyeurs ? A notre arrivée, l'Amérique n'était pas encore un pays francophobe et l'on pouvait sans crainte de représailles décliner son identité et sa nationalité. C'était l'époque bénie où les frites s'appelaient encore *french fries* et où les amants s'adonnaient au *french kiss* dans des taxis jaunes roulant à tombeau ouvert à travers Manhattan. C'était l'époque où les meilleurs vins étaient français et où les riches Américaines dépensaient leurs dollars chez les grands couturiers parisiens. Si pendant des années, l'Amérique avait eu pour la France les yeux de Marilyn pour Yves Montand, elle portait désormais le regard d'un polygame sur sa première femme. Car, entre-temps, le gouvernement français avait menacé d'opposer son veto à une intervention militaire américaine en Irak. En réaction, le public américain avait dit « non » à une intervention comique française à New York ; il s'agissait seulement d'imposer la distraction massive pour lutter contre la plus dangereuse des armes de destruction : le terrorisme intellectuel. Le président Chirac était traité de « ver » par la presse anglo-saxonne, Bush de « boucher » par les médias français. Les présidents deviennent belliqueux lorsqu'il s'agit d'évoquer la paix. Les petits dîners entre amis donnaient quelquefois lieu à des discussions politiques houleuses où la recommandation sociale : *Ne jamais parler de politique ou de religion à table* devenait aussi caduque qu'une résolution de l'ONU. Une comédie ! En dépit de la gravité de la situation politique intérieure et internationale, jamais les Américains n'avaient été aussi drôles : « George W. Bush déclare que depuis qu'il est à la Maison Blanche, il prie tous les jours. Nous aussi » ; « Comment appelle-t-on un avion français qui vient en aide aux troupes américaines et anglaises en Irak ? Un mirage. » Voilà le genre de blagues qui circulaient à New York. Humour hostile à Bush ou francophobe dont certains Américains usaient de façon aussi discrétionnaire que leur président usait de son pouvoir. Dans ce contexte, je fus qualifié de « plus mauvais artiste comique » par le responsable des pages culturelles de *The Magazine*, le journal de la puissante association des retraités américains. Quant au *Village Voice* et au *New York Daily News*, ils ne mentionnèrent même pas ma brève prestation artistique. Le seul journal qui m'accorda une bonne critique (« Grandiose ! » ; « fabuleux ! » ; « une performance exceptionnelle ! » avait écrit un certain N.R.) fut le *Jewish Daily Forward*, mais pour des raisons extra-professionnelles. Dans le *Patriot Act*, parmi les restrictions aux libertés consenties au nom de la lutte contre le terrorisme, les Américains avaient-ils ajouté un alinéa qui prévoyait l'interdiction de jouir de bienfaits français ? Une étrange loi orale se transmettait entre bons citoyens :

Engagements (pour une durée indéterminée)
Je ne voyagerai plus à Paris ni dans aucune ville française.
Je n'achèterai plus de parfums français.
Je ne consommerai plus de fromages français.
Je ne porterai plus de vêtements confectionnés par les couturiers français.
Je n'écouterai plus les disques des chanteurs français (et notamment, la chanson *Douce France* de Charles Trenet).
Je ne lirai plus les auteurs français.
Je ne visionnerai plus de films français.

Je n'assisterai plus à aucun spectacle d'artiste français.
Je ne séduirai plus de femmes françaises de plus de 40 ans.

Propositions subsidiaires (sans engagement de ma part)
Je ne boirai plus de vins français.
Je ne spéculerai plus sur les actions françaises.
Je ne dînerai plus dans des restaurants français.
Je ne séduirai plus de femmes françaises de moins de 40 ans.

Le boycott ! Les grands comiques américains jouaient à guichets fermés, moi c'était toujours à guichets ouverts. Malgré un rabais exceptionnel de 70 % sur le prix des billets, j'avais acheté des places de mon propre spectacle pour les offrir à des personnes rencontrées dans la rue. Une notoriété payée au prix fort. Peine perdue ! Les sièges restaient désespérément vides et les rares spectateurs présents – soit qu'ils eussent été rémunérés, soit qu'ils fussent simplement désireux de se réchauffer un peu – quittaient la salle les uns après les autres, au bout de quelques minutes, dans l'indifférence générale. J'étais en partie responsable de mon échec : j'avais inclus dans mon show une blague sur les attentats du 11 septembre sans l'avoir testée avant – l'humour noir passe mal dans une ville en deuil. En France, je rodais mon spectacle dans des petites salles de province et lorsque je me produisais à Paris, je pouvais déjà anticiper toutes les réactions du public. La blague qui tourne mal – tous les comiques y ont un jour ou l'autre été confrontés. A New York, j'entrais dans la salle sous les applaudissements, je m'asseyais sur un haut tabouret en bois, saisissais mon micro et je me présentais comme le

Français qui allait conquérir l'Amérique, je me moquais de mon ambition, de mon accent, j'étais pathétique – jusque-là tout allait bien, puis j'attaquais : les pharaoniques projets de reconstruction des tours, la mainmise de Bush sur l'Amérique – « Eh oui ! Le président Bush n'a pas plus besoin de l'approbation des Nations unies pour envahir l'Irak qu'il n'a eu besoin de votre approbation pour devenir président ! » – et cette blague sur les téléphones portables des victimes de l'attentat le soir où une équipe de télévision de Fox TV était venue faire un reportage sur moi. Au montage, les journalistes n'avaient gardé que cette séquence. La comédie avait viré au drame ! Le bouche-à-oreille fonctionnait bien mais à l'envers. Au bout de trois jours, la salle était vide. Inutile d'invoquer des prétextes : je n'avais pas été bon. L'insatisfaction, le désir d'être toujours meilleur, le perfectionnisme pathologique, *peut mieux faire* – tous les comiques vous en parleront. J'avais travaillé, répété, travaillé encore jusqu'à maîtriser complètement mon spectacle et le jour dit, j'avais été mauvais. « Tu n'es pas près de faire le *Letterman show* » m'avait avoué le directeur du *Caroline's*. Une chute classique : vous n'êtes pas l'homme de la situation. Et vous le savez. Et pourtant, juste après moi, un autre comique, Azhar Usman, entrait en scène : longue barbe noire, keffieh sur la tête, vêtu d'une tenue traditionnelle, il disait : « Je suis un Américain, mais un Américain musulman, et, en fait, je considère que je suis un musulman américain très patriote, ce qui signifie que je mourrais pour ce pays... » Il laissait s'écouler deux secondes : « en me faisant exploser ». Et le public riait ! L'humour ethnique était à la mode et je n'étais pas exotique. Il fallait accepter l'évidence : la France et l'Amérique ne voyaient pas le monde de la même façon. Je n'étais en réalité qu'un pitre français qui avait cru pouvoir distraire le public new-yorkais, « le plus exigeant de tous » m'avait précisé le directeur de la salle où je me suis produit six soirs durant pour me reposer définitivement le septième. Et pourtant, *au commencement*, je m'étais créé la vie dont j'avais rêvé. La première semaine, j'avais réservé une suite au *Pierre*, avec une vue imprenable sur Central Park. La deuxième semaine, décontenancé par l'accueil mitigé que m'avait réservé le public américain, je m'étais installé au *Riverview*, à Greenwich Village, un hôtel dont il était précisé, sur *Le Guide du routard*, qu'il s'adressait « exclusivement aux fauchés ». Enfin, la troisième semaine, je n'avais eu d'autre alternative que de louer une chambre dans un hôtel situé au cœur du quartier arabe d'Astoria, dans le Queens, un endroit délabré et mal entretenu, une enclave s'étendant sur 200 mètres au milieu de nulle part, où se côtoyaient des mères de famille voilées suivies par des ribambelles d'enfants aux visages pâles, de jeunes filles en pantalons moulants et cheveux teints, des Arabes progressistes et des islamistes, des universitaires et des vendeurs de *kebabs*, tous surveillés de près depuis les attentats du World Trade Center par des patrouilles de la police new-yorkaise qui transgressaient en toute impunité les valeurs de *courtoisie, respect, professionnalisme* – un slogan qui ornait leurs voitures de fonction. « Une présence inutile, objectait Natalia, les Américains ont déjà du mal à instaurer un ordre international, ils ne peuvent pas en plus garantir l'ordre intérieur. » Les policiers restaient pourtant là, vingt-quatre heures sur vingt-quatre, à attendre qu'un incident se produise. Une surveillance étroite que la lutte contre le terrorisme avait légitimée – allez faire un petit tour à Ground Zero et revenez dans une heure ! Impossible, après avoir vu cette terre dévastée, ces trous béants et la liste des victimes, cette liste noire des victimes du terrorisme qui chaque jour s'allongeait, les démocraties s'acquittant dans le sang des fausses factures que les régimes totalitaires leur faisaient indûment payer, impossible de ne pas se plier aux impératifs sécuritaires : fouillez, vérifiez, contrôlez, surveillez, filmez. Le pays vivait dans la peur et c'était une lutte permanente contre cette peur informe, sinueuse, semblable à un labyrinthe sans issue avec ses arbres ronceux, ses plantes toxiques, une terre tourbeuse dans laquelle pas à pas, je m'enfonçais moi aussi. La peur du terrorisme, la peur de l'Autre, la peur des aveux, de l'échec, la peur de manquer, la peur d'être démasqué, la peur de mourir combinée à celle de vivre, la peur de ne pas être à la hauteur, de ne plus rien maîtriser – y compris mes émotions qui me rappelaient que j'étais un incapable dans un pays où la réussite est une vertu. La peur était notre ennemi commun. Elle nous gouvernait tous, nous tyrannisant plus sûrement qu'un despote. Un musée lui était désormais consacré sur Broadway : après une minutieuse fouille au corps, exposition macabre de morceaux de tôle froissée autour desquels des photos de familles et des jouets d'enfants avaient été disposés, photos de victimes de la drogue et, plus loin, des vestiges de la structure métallique du World Trade Center. Mais la peur n'empêche pas le commerce et, à l'entrée, vous pouviez acheter pour quelques dizaines de dollars l'uniforme de la police américaine. Eh oui, c'était cela aussi l'Amérique : une démocratie sous contrôle et, le quartier arabe, un lieu qui cristallisait toutes les contradictions de la société américaine. Des intégristes et des libéraux. Des rues sales et jonchées de détritus mais une mosquée de marbre rose flambant neuve. Des boutiques spécialisées dans le commerce de voiles, de corans, de livres pieux et, plus loin, des magasins de lingerie, des vendeurs à la sauvette qui, pour une somme modique, vous procuraient des montres volées, des DVD piratés, de vulgaires contrefaçons. Seul lien désormais entre toutes les ethnies du pays : la télévision qui, sous la forme des antennes satellites qui envahissaient les balcons, vous rappelait à votre communauté de destin. J'avais emménagé là par hasard, Natalia avait trouvé un poste de vendeuse chez *Laziza of New York*, une pâtisserie qui offrait *bagels*, gâteaux orientaux et spécialités grecques – l'une des communautés helléniques du pays ayant regroupé ses membres et construit ses maisons avec colonnades à quelques rues de là. L'hôtel où nous logions était un petit établissement typique en briques rouges de quatre étages avec escaliers extérieurs comprenant une vingtaine de chambres, tenu par un Libanais, un homme qui accueillait sans distinction touristes de passage, étudiants prosélytes, amants d'une heure, immigrants désargentés, cafards, tiques, termites, sans oublier une bande de joueurs de poker qui facilita mon intégration mais hâta la désintégration de mon couple. De ma chambre, j'avais vue sur moi-même, un miroir posé devant la fenêtre du voisin de l'immeuble d'en face me renvoyant l'image de ma propre débâcle. Les journaux français s'étaient fait l'écho de mes échecs, Paris bruissait de rumeurs : on disait que je me droguais. Que j'avais été impliqué dans un règlement de compte entre mafieux. Que je préférais les adolescentes pré-pubères. Que j'étais juif et faisais partie du plus grand lobby de comiques juifs américains – un groupe puissant et actif, ourdissant un complot comique mondial et animé d'intentions criminelles : les faire tous mourir de rire. Que j'étais devenu vendeur dans un sex-shop tenu par un Portoricain (allégation totalement fausse, une cassette vidéo disponible sur simple demande écrite prouve que je n'ai été qu'un acheteur occasionnel). Que j'étais un espion missionné par le Quai d'Orsay. Et quelques semaines après mon départ, personne n'en disait plus rien. C'est dans ce « plus rien » que je vis aujourd'hui : une cellule de cinq mètres carrés sans aucune commodité, sans amour – mon amour de l'Est a passé l'arme à l'Ouest, sans autre visite que celles de mon avocate, de mes parents ainsi que d'une tierce personne qui souhaite garder l'anonymat pour l'instant. Je suis devenu un loser, un has-been, deux mots que mon séjour aux Etats-Unis m'aura permis d'apprendre. S'il y a un tigre en papier dans cette histoire, ce n'est pas l'Amérique mais moi. Et me voilà – seul, « jusqu'à demain matin seulement, m'a précisé Maître K., dès 10 heures, un autre détenu partagera votre cellule ». Je suis professionnellement et médiatiquement mort. Et j'accélère la chute ! Les seules substances qui me maintiennent en vie – les cigarettes, l'alcool, les produits détergents que je parviens toujours à me procurer en dépit du règlement – précipitent aussi ma mort. « Arrêtez de vous détruire ! » s'écrie le médecin de la prison à chaque fois qu'une toux irrépressible racle ma gorge avec une telle violence que tout mon corps en est secoué. La mort, la mort, il n'a que ce mot-là à la bouche ! Pourvu que j'aie encore un peu d'humour, je la hâterais moi-même à la manière de Romain Gary : « Je me suis bien amusé, au revoir et merci. » Malheureusement, les armes à feu sont prohibées en prison. Pour en finir, je n'ai le choix qu'entre la grève de la faim (une mort lente et pénible), la pendaison (trop théâtral) et l'inhalation de produits toxiques (testée sans succès). La nuit dernière, un détenu s'est donné la mort en avalant trois lames de rasoir, deux fourchettes et un écrou de cinq millimètres de diamètre qui lui est resté en travers de la gorge, provoquant une asphyxie. Je n'ai aucun goût pour la ferraille. Crève ! Mais je résiste à tout. A l'enfermement, aux microbes, aux virus, au froid, au deuil, à l'échec, à l'exil, à l'absence d'humour et à celle de Dieu, à la présence de rats, de souris, de cafards et autres vermines. Je résiste à la corruption, à la mondialisation, à la tentation, à la sélection naturelle. Je résiste à moi-même et je n'aime pas qu'on me résiste. Je suis le dernier résistant ! Et l'Etat ne m'a décerné aucune médaille, pas la moindre pension : je suis un pupille de la Nation. Honni outre-Atlantique, traître dans mon propre pays, je suis une victime de guerre – une victime directe ! – et je demande la réparation du préjudice subi : préjudice moral – j'ai perdu mon sens de l'humour ; préjudice financier – je n'ai plus aucun revenu ; préjudice social – je suis désormais considéré comme un individu dangereux pour la société alors que je ne le suis que pour moi-même ; préjudice esthétique – dépourvu de mon humour, j'apparais dans toute ma banalité. Oui, me voilà, seul et inconsolable, victime de la politique internationale et de la société du spectacle. Me voilà.

Pertes et profits

La vie est une petite allumeuse qui promet plus qu'elle ne donne, ai-je songé en pénétrant dans le bureau du juge d'instruction. J'en étais là, moi, l'humoriste destiné à un bel avenir, dans ce bureau sombre sans fenêtre sur l'extérieur, menotté et entouré de deux gendarmes armés qui ne me quittaient pas des yeux. J'ai pensé : Je suis donc si dangereux ? et j'ai presque eu peur de moi-même. J'ai attendu près d'une heure avant que le juge ne fasse irruption dans la pièce. C'était un homme d'âge mûr avec un air de bon père de famille qui m'a inspiré confiance dès que je l'ai vu. Il m'a serré la main avec chaleur, il paraissait content de me voir, une impression qui n'a cessé de se confirmer tout au long de notre entretien. Il souriait beaucoup, menait son interrogatoire avec bienveillance, respectant la présomption d'innocence, je devinais qu'il avait érigé ma non-culpabilité en principe absolu sur le seul fondement de mon apparente bonhomie. Les comiques sont présumés innocents. Ces gens-là vous font rire, ils se plient en quatre dans l'espoir que vous vous pliiez en deux. Des saints. Je fais rire, et hop ! Bienveillance à mon égard ! Protocole compassionnel !

Annulation de toutes les charges qui pèsent contre moi. Le juge était si compatissant que j'avais vraiment le sentiment d'être incarcéré illégalement, d'être là par hasard, une visite de routine – j'avais pourtant commis un crime, oh ! sans l'avoir voulu, sans l'avoir prémédité, à cause de ma fille, les enfants vous rendent totalement irresponsable, c'est ce que j'ai expliqué au juge et il a approuvé d'un hochement de tête. Maître K. m'accompagnait. « Je vous assiste » m'a-t-elle dit alors qu'il me semblait que sa présence était inutile. Le juge m'a rappelé les faits comme s'il voulait m'en informer, j'ai acquiescé. Il a parlé longtemps, il m'a posé des dizaines de questions – toujours les mêmes : Qu'est-ce qui s'était passé ? Pourquoi avais-je porté le coup fatal ? Est-ce que c'était bien avec une statuette que j'avais frappé la victime ? Pourquoi ma fille se trouvait-elle à Paris, seule, chez moi ? Je répondais précisément, sur un ton calme, ainsi que me l'avait recommandé Maître K. J'esquivais les questions embarrassantes : Pourquoi est-ce que j'avais quitté ma première femme ? Quelles étaient mes sources de revenus ? Puis il a fallu parler de moi. Dans quel état d'esprit je me trouvais ? Est-ce que j'avais des amis à Paris ? Je répondais avec parcimonie. J'avais sommeil, j'avais mal dormi à cause de deux travestis qui avaient passé une partie de la nuit à refaire le monde. Ce n'est qu'après une heure d'interrogatoire qu'il m'a demandé de lui parler de la victime.

Autopsie

La victime est un homme de quarante ans, mesurant 1,85 m et pesant environ 85 kilos. Il est vêtu d'un pantalon de toile beige et d'une chemise blanche maculée de sang, de chaussettes noires, de chaussures noires. Il porte une chevalière en or à l'annulaire droit. Son corps est celui d'un homme normalement développé, d'alimentation moyenne. La partie latérale gauche du visage porte une série d'ecchymoses partant du front et descendant au niveau du menton. Les cheveux châtain clair givrés au niveau des tempes, coupés très courts, sont de volume modéré. Un facies hippocratique est présent. Les yeux sont ouverts. Les iris sont bleus. Les cornées sont claires. Le cuir chevelu présente une congestion particulière « en casque ». Des cils châtains sont présents. S'il n'y avait pas de marques de blessures, le nez serait neutre. Les dents sont naturelles et bien soignées. La nuque, le torse et l'abdomen sont neutres.

La victime se droguait et souffrait de troubles dépressifs. Divers produits, substances illégales ou médicaments délivrés par un praticien ont été retrouvés dans la poche de la veste qu'il portait le soir du drame. Confirmation a été obtenue après dosage sanguin.

Et maintenant l'histoire peut commencer.

VIP

Hier, j'étais considéré par l'administration pénitentiaire comme un individu dangereux ; aujourd'hui, je suis un *Very Important Prisoner*. Que s'est-il passé pendant la nuit ? Ai-je commis dans mon sommeil une action si louable pour bénéficier d'un tel traitement de faveur ? Ma dangerosité a-t-elle été définitivement écartée par le médecin-chef ? « On ne parle que de vous dans la presse », m'a dit le gardien qui a fait irruption dans ma cellule ce matin après m'avoir ordonné de rassembler mes affaires au plus vite. « De vous et de moi », a-t-il ajouté en me tendant une photographie de lui entièrement nu, posant devant *Le Penseur* de Rodin, « c'est pour le calendrier de l'administration pénitentiaire, au profit du Téléthon », a-t-il précisé alors que je ne lui avais rien demandé, il disposait de mon corps, il pouvait bien disposer du sien. Que ce gardien, secrétaire général de l'Union fédérale autonome pénitentiaire, jouisse d'une soudaine notoriété parce qu'il a posé comme une *playmate* me parut concevable mais moi, qu'avais-je donc fait pour être soudain sous les feux médiatiques ? « Que se passe-t-il ? ai-je demandé, mon avocate m'a dit qu'un nouveau détenu allait partager ma cellule. » « Changement de programme, a répondu mon geôlier dont je ne parvenais plus à chasser l'image de la nudité, l'étrangleur va bien arriver d'une minute à l'autre mais vous, vous partez. » Le lecteur comprendra que je n'aie exigé aucune explication à ce transfert et, lorsque je suis entré dans ma nouvelle cellule avec vue sur un ancien ministre, j'ai lâché un soupir de soulagement. C'était une pièce plus spacieuse que la précédente et présentant quelques commodités telles qu'un lavabo, des toilettes privées et un petit écran de télévision. J'ai décidé de croire en Dieu. « Une vraie vedette », m'a dit Maître K. en pénétrant dans ma cellule et en me tendant une pile de journaux en couverture desquels j'ai découvert mon visage. Je l'avoue : je suis déçu, les photos ne sont pas bonnes, on ne voit que mon crâne, mon nez paraît proéminent et, sur l'une d'entre elles, je grimace. « Les événements jouent en notre faveur. Vous bénéficiez encore d'une certaine cote de popularité auprès du public français », m'a annoncé Maître K. avant de poursuivre sur le même ton décidé : « J'ai besoin de savoir ce qui s'est réellement passé à New York. » A l'idée de devoir me remémorer tous les épisodes de ma vie que j'aurais voulu oublier, j'ai été pris d'un vertige. Maître K. a sorti de son sac un flacon de réglisse. Lentement, elle a fait couler le liquide dans ma bouche. C'est à ce moment-là, je crois, que je suis tombé amoureux d'elle, cette femme agissait sur moi comme le frottement d'une allumette – le cœur aussi est une matière inflammable –, mais c'était peut-être avant, le jour même de notre rencontre, pendant la garde à vue, quand elle est entrée dans le commissariat avec l'air inquiet de celle qui se rend à un grand oral. Elle était touchante à cause de l'inexpérience. Maître K. a fermé la bouteille, l'a rangée dans son sac. Elle a souri (je n'en suis plus très sûr). Et elle a dit ces mots, je m'en souviens comme si c'était hier : « Parlez-moi de votre dernier jour à New York », ce jour qui, selon elle, « avait tout déclenché ».

Le Bien, le Mal, etc.

« Dieu maudisse l'Amérique ! » – l'ultime imprécation de Natalia avant le chaos ! Elle avait postulé pour être serveuse dans un restaurant chinois minable situé au fond de la cour d'un immeuble décrépit de Chinatown, et sa candidature avait une nouvelle fois été refusée en raison de son absence de qualification – motif officiel –, à cause de son fort accent russe – motif officieux que les lois sur l'interdiction de la discrimination dissuadaient les employeurs d'invoquer –, cet accent qu'elle ne parvenait pas à brider en dépit de ses efforts, et qui, sous les sévices linguistiques qu'elle lui infligeait, trahissait moins ses origines que la honte qu'elle en éprouvait. Elle était rentrée plus tôt que prévu, désabusée, vaincue, espérant sans doute que je la réconforterais, que je la ferais rire et elle m'avait trouvé hagard, gisant à moitié nu sur le lit défait de notre chambre d'hôtel, au milieu des cendres et des mégots de cigares, des vêtements maculés de graisse et d'alcool, des bouteilles de bière vides, des miettes de pain, des journaux, des factures impayées, des mouchoirs en papier usagés. Et ivre – ivre mort ! A ne plus pouvoir distinguer le blanc du noir ; à ne plus me souvenir de mon nom ni de l'homme que j'étais avant la débâcle ; à ne plus maîtriser mes pulsions – et pourquoi les aurais-je maîtrisées puisque l'Amérique avait fait de moi un être amoral, asocial, un homme dépossédé de son identité et de sa langue, un humoriste sans humour, une victime de guerre ?

— Oui, Dieu maudisse l'Amérique ! a répété Natalia, en anglais toujours, comme si le fait de s'exprimer dans une autre langue que la sienne lui octroyait des libertés que l'usage de sa propre langue ne lui autorisait pas.

— Mais qu'il t'accorde d'abord la nationalité américaine ! me suis-je exclamé en remontant mon pantalon de la main gauche et en tapant, de la main droite, mon chien Dourak – un animal stupide comme son nom l'indique –, dont les aboiements me déchiraient les tympans.

Aussitôt, d'un geste rageur qui semblait cristalliser toutes les frustrations que l'anéantissement de ses rêves avait engendrées, Natalia a jeté son sac à main – une contrefaçon d'une grande marque de maroquinerie américaine ; le contenu s'est éparpillé sur le sol. Pêle-mêle : un tube de rouge à lèvres, un poudrier et un tube de mascara « interdits à la vente » était-il précisé sur les boîtiers et qu'elle avait pourtant achetés en solde sur le marché de Union Square où, chaque samedi matin, elle vendait des badges décorés de messages politiques tels que « Mettons Bush dehors ! », « Liberté et Justice pour du pétrole », « L'Islam n'est pas notre ennemi » et autres slogans partisans ; un porte-monnaie, une carte de métro, un peigne, et, collée par un chewing-gum à un plan de New York, sa carte de séjour – sésame qui nous avait ouvert les portes de notre propre enfer, nous étions les fomentateurs de nos troubles, les artisans de notre malheur, des idéalistes dans un monde sans idéal. « Qu'ils crèvent tous ! a continué Natalia dont le visage s'empourprait sous l'effet de la colère. Oui, tous : chauffeurs de taxis pakistanais, serveuses cubaines, diamantaires juifs, putes brésiliennes et surtout – surtout – les coiffeuses chinoises, a-t-elle dit en désignant ses longs cheveux brûlés, roussis, auxquels se mêlaient des mèches jaunâtres, oui, celles-là qu'elles retournent dans leurs ateliers clandestins à fabriquer leurs nems pour les restaurants huppés de Madison Avenue dans lesquels les gouvernants de ce pays viendront bientôt s'intoxiquer ! » Elle s'est figée un instant et, comme un cheval qui reprendrait sa course au galop, elle s'est écriée : « Et qu'ils en crèvent ! » J'ai éclaté d'un rire nerveux. Rien ne m'amusait tant que d'écouter les diatribes pseudo-révolutionnaires de Natalia.

— Arrête de cracher dans la soupe ! ai-je dit, péremptoire.

— Jamais ! a-t-elle répliqué. C'est qu'ainsi elle me paraît moins fade.

Ah ! L'ingratitude des nouveaux immigrants ! Jouir de la liberté d'expression dont ils sont privés et critiquer leur pays d'asile. Mordre jusqu'au sang le sein qui les a nourris. Natalia critiquait la société américaine, la politique de ses gouvernants, dénonçait les failles du système, les disparités sociales : liberté de tout dire *ici* puisque chez elle, *là-bas*, elle n'avait eu droit qu'au silence. Elle vociférait pendant des heures contre la politique de l'administration Bush, en plein air, assise à la terrasse de cafés bondés, encouragée par d'autres victimes de l'immigration – dans le quartier où nous vivions, à l'angle entre la 28e Avenue et Steinway Street, ils étaient nombreux à partager ses convictions politiques, à clamer haut et fort leur opposition au pouvoir en place alors que dans leur pays d'origine, ils craignaient même de murmurer le nom des dictateurs qui les avaient affamés, torturés, bridés, muselés comme des bêtes, les contraignant à fuir, souvent au péril de leur vie. Saddam Hussein traqué, ils n'osaient l'évoquer, comme si en le blasphémant, ils s'exposaient encore aux dangers de la torture. Ils critiquaient puisqu'on les y autorisait, qu'on les y incitait – la diffamation n'aime rien tant que se parer du voile de la liberté d'expression. « Oui, clamait Natalia sur un ton lapidaire, qui pourrait m'en empêcher ? Une vraie démocratie se reconnaît à sa capacité à supporter la critique. » Natalia en testait la résistance : moi, je n'étais partisan que de l'instauration d'une démocratie conjugale : pouvoir dire merde à sa femme sans risquer l'extradition. Ma douce Russe était devenue une immigrée révoltée, moraliste. N'avait-elle pas rebaptisé la Grosse Pomme *« the rotten apple »* – la pomme pourrie, ainsi qu'on surnommait déjà New York avant que Rudolph Giuliani ne vînt réduire la criminalité en augmentant les effectifs des prisons ? Natalia pourfendait les Américains en général, les Républicains en particulier. Il fallait la voir haranguer les foules de sa voix tonnante (oubliés, les chuchotements craintifs !) comme si elle ne s'était installée dans ce pays-là, dans ce quartier-là que pour y instaurer le désordre, y renverser les pouvoirs établis sans jamais remettre en cause le bien-fondé et l'utilité de sa rébellion que je qualifiais d'adolescente, non pas parce que son discours me paraissait puéril, mais parce qu'il trahissait sa vision manichéenne de la politique américaine, ses préjugés et jusqu'aux failles d'une éducation marquée par un propagandisme zélé. Et j'étais acculé à écouter les poncifs dont Natalia me matraquait, elle dont le discernement était proportionnel à la capacité visuelle ; et elle était myope. De vaines révoltes menées par de faux révolutionnaires ! Tous ligués contre l'Amérique : anticapitalistes, antimondialistes, militants écologistes, islamistes, tiers-mondistes. Tous se disputant le statut de victimes internationales de la politique américaine. « L'ennemi de l'Amérique, c'est le communisme ! » affirmait Natalia. Non, rétorquait Hassan, le responsable de l'hôtel où nous logions : « l'ennemi de l'Amérique, ce n'est plus le communisme mais le terrorisme ». Ce à quoi répondait enfin un troisième surgi de nulle part : « le pire ennemi de l'Amérique, c'est elle-même ». Je ne répliquais rien : entre les partisans d'une guerre propre et les défenseurs d'un pacifisme aux intérêts opaques, je ne pouvais pas choisir mon camp. Moi, je m'étais plié à ce que la société américaine avait voulu faire de moi : un joueur de poker. Et je ne revendiquais qu'un seul droit : celui de ne rien faire. Mais Natalia exigeait que je sorte de mon lit et que je me mette en quête d'un rôle, elle m'imaginait encore en haut de l'affiche alors que j'étais au bas de l'échelle. J'avais été successivement humoriste, guide au *Musée Juste pour rire* de Montréal (deux semaines), plongeur au mythique *Carnegie Deli* sur la 7e Avenue (trois semaines), clown analyste à l'*Humour Consulting Group*, un cabinet de conseil qui proposait le rire comme outil de management – l'humour devenait désormais un critère de recrutement – (quatre mois), livreur de pizzas (six mois) et vendeur de hot dogs (dix-huit jours). Depuis quelques mois, je travaillais comme animateur dans une maison de retraite pour Juifs en voie d'extinction située au cœur de l'Upper East Side, dans le quartier le plus huppé de la ville. J'étais payé pour distraire soixante pensionnaires âgés de soixante-cinq à quatre-vingt-quinze ans – il s'agissait de leur faire passer le temps avant qu'il s'arrête. Et pourtant, j'envisageais encore de changer de poste. Je ne me sentais plus capable de travailler. Non que je fusse un assisté inapte au travail mais j'étais persuadé que la sous-qualification, l'exercice d'un emploi inadapté à mes véritables compétences auraient des conséquences neurologiques, et dans l'état moral où je me trouvais, c'était bien le pire qu'il pouvait m'arriver. Je travaillais trois après-midi par semaine et, le reste du temps, je me contentais d'attendre le retour de Natalia en jouant au poker avec Hassan (le meilleur joueur de la ville, à égalité avec un certain Zylberberg, littéralement « montagne d'argent » en yiddish, qui, selon la légende, serait né sur une table de poker, sa mère ayant perdu les eaux et ressenti ses premières contractions au moment où elle avait lancé ses cartes, dévoilant un jeu historique), Milo, un émigré italien qui avait quitté deux ans auparavant son village natal pour « faire fortune » aux Etats-Unis et dont l'unique ambition se résumait maintenant à gagner assez d'argent pour retourner en Sicile, et Saïd, ancien pompier, mis au ban de la société américaine, suspecté d'activités terroristes : le matin du 11 septembre, il ne s'était pas rendu à la caserne, il avait planté une lame de couteau dans la paume de sa main en coupant une orange (« mais allez faire croire cette version aux agents du FBI », disait-il avec une pointe d'acrimonie dans la voix). Un grand sens de l'humour : « Les attentats, vous savez qui a fait le coup ? Le Mossad. » Saïd, l'éternel créancier, l'homme qui battait ses amis aux cartes et sa femme le soir. Membre de l'*American Arab Antidiscrimination Committee (ADC)*, un organisme qui élaborait des rapports sur les crimes racistes et les discriminations commis contre les Arabes américains, militant actif de ce qu'il appelait « la cause irakienne » dont le discours violemment antiaméricain (« les Américains exploitent les plus faibles, agressent l'environnement, imposent leur modèle capitaliste au reste du monde », allant jusqu'à trouver, dans la politique extérieure de l'administration Bush, une justification aux attentats du 11 septembre) ne se calquait pas sur celui de ses grands-parents, des immigrés syriens qui avaient fui la conscription obligatoire dans l'armée ottomane dans les années 1910, mais sur les diatribes de quelques extrémistes qu'il avait rencontrés dans un bar gay de Greenwich Village (« où, disait-il pour expliquer sa présence, on rencontrait les meilleurs joueurs de poker »). Un an et demi déjà que je végétais.

— Sors de là ! a hurlé Natalia en tirant sur le drap. Tous les objets qui encombraient le lit sont tombés par terre. Jusqu'à quand vas-tu rester enfermé sans rien faire ? Tu crois que les producteurs vont venir jusqu'à toi ? Allons, lève-toi, habille-toi convenablement et rends-toi à des auditions.

— Pour quoi faire ? Je ne décrocherai plus aucun rôle.

— Tu dois croire en toi, a continué Natalia que mon pessimisme ne déconcertait plus.

— Comment pourrais-je croire en moi alors que je ne crois même pas en Dieu ?

— Tu as tort, peut-être que si tu priais...

— J'ai déjà prié cent fois le seul dieu qui gouverne mon monde, Sam Calmann, le plus grand producteur d'artistes comiques, oh, oui ! je l'ai prié, je l'ai supplié de me recevoir et tu sais ce qu'il m'a dit...

Natalia ne m'a pas laissé le temps de finir ma phrase.

— Oui je le sais, a-t-elle renchéri d'un ton las, tu me l'as répété vingt fois.

— ... Il m'a dit, ai-je continué, bien déterminé à mener mon raisonnement à son terme, il a crié même car ce type ne parle pas, il hurle, ce type-là concentre entre ses mains plus de pouvoirs qu'un despote, ce type-là est omnipotent et omniscient, oui, il sait exactement qui sera le plus grand comique de demain, il sait ce qui fera rire le public et qui le fera rire, et c'est ce type-là qui m'a dit – ce type-là et pas un autre qui a hurlé quand je suis entré dans son bureau : *« Go and die ! »* Va mourir ! Qui d'autre qu'un dieu aurait pu me lancer une phrase pareille ? Le jugement dernier, Natalia ! J'ai péché par excès d'orgueil, j'ai cru que je pourrais faire rire les Américains, j'ai cru que je pourrais être le meilleur comique et au lieu de cela je suis devenu le type le plus larmoyant, le plus pitoyable, le plus...

— Le problème ne vient pas de toi mais de la situation internationale : les Américains veulent bien rire de tout mais pas avec les Français.

— Ecoute, je suis prêt à prendre la nationalité américaine s'il le faut.

— Tu as déjà ta carte verte.

— Mais je n'ai plus de carte bleue.

— Tu ne peux pas être un peu sérieux ? Je te rappelle que nous avons deux semaines de loyer de retard. Tout ce que tu as à faire pour le moment, c'est de trouver un emploi mieux rémunéré que ce job de clown pour vieillards.

— Et que veux-tu que je fasse, que je postule pour être preneur d'otages ?

— Arrête de jouer au poker avec cet ivrogne de Saïd.

— Jouer me permet d'oublier mes problèmes.

— Qui te demande de les oublier ? Au contraire, souviens-toi que tu es venu dans ce pays pour gagner et je ne parle pas de gagner au jeu.

— Je te rappelle que c'est toi qui as voulu t'installer aux Etats-Unis.

— *Ti menya dostal !* s'est écriée Natalia, en russe, une langue qui, pour des raisons inexplicables, rendait notre chien hystérique.

Lui qui jusque-là dormait sur le lit en aboyant de temps à autre, a cru à une attaque, il s'est rué sur Natalia et a planté ses crocs dans son mollet gauche. Natalia s'est mise à hurler en balançant dans le vide sa jambe ensanglantée.

— Calme-toi ! me suis-je écrié en m'adressant indistinctement à Natalia et à mon chien, et, en prononçant ces mots, j'ai donné un coup de pied dans le flanc de mon animal.

Oui, j'avais prié ! Quelques mois auparavant, le Congrès des Etats-Unis d'Amérique avait appelé les Américains à une journée de jeûne et de prière afin d'attirer la protection divine sur eux : j'avais jeûné, j'avais psalmodié quelques formules incantatoires et le lendemain, j'avais failli me noyer dans le bassin pour enfants de la piscine municipale. Je touchais le fond. Quel pouvait être l'avenir d'un comique français paranoïaque et sans emploi accompagné d'un chien névrosé et d'une ancienne communiste dans un pays en croisade contre le Mal ? J'observais Dourak dont les difficultés d'intégration furent telles que le changement de langue le rendit fou. Ce chien avait le mal du pays. J'avais cru le dresser en ne lui parlant qu'en anglais, je l'avais bien dressé, oui, mais contre moi. Il n'était plus qu'une masse informe et poilue, errant telle une bête sauvage à travers Manhattan, mordant ceux qui tentaient de le caresser, aboyant contre les passants, une bête qu'il fallait surveiller, nuit et jour, comme le lait sur le feu et que nous n'osions pas abandonner dans une ruelle ou un centre de protection canine, non par compassion – ce chien pouvait bien crever, je n'en aurais ressenti qu'une vague amertume – mais par sens du devoir, nous nous sentions responsables de sa misérable vie tout en opposant une irresponsabilité flagrante lorsqu'il s'agissait de la nôtre.

— Calme-toi, ai-je répété si doucement qu'on eût dit que je ne voulais pas être entendu.

— Me calmer ? a repris Natalia en haussant le ton. Je passe mes journées à chercher du travail pendant que tu joues aux cartes et tu m'accuses d'être responsable de cette situation ! Je te rappelle que c'est aussi à cause de toi, de tes ambitions et de ta fille que nous en sommes là ! Ah ! Moi j'aurais bien aimé avoir les moyens de faire venir mon fils ! Au lieu de cela, j'accepte des boulots minables, ceux que toi tu refuses au nom de je ne sais quelle dignité, une dignité que moi je qualifierais plutôt de paresse et tout cela pour quoi ? Pour payer la pension alimentaire que tu règles chaque mois à ton ex-femme pendant que moi je suis acculée au mensonge : *je suis désolée, maman, le mois prochain sans faute je te ferai parvenir un mandat mais pour le moment je ne peux pas.* Je ne peux pas ! voilà ce que je suis obligée de dire tout en devinant les implications de ce mensonge : les emprunts que ma mère devra faire, le manque que subira mon fils et le pire, la culpabilité que cette situation fait naître en moi. Tu ne sais pas ce que c'est de se réveiller tous les matins avec une crampe dans le ventre, un étau dans la poitrine et une douleur lancinante dans le crâne, tu ne te sens jamais responsable de rien, ton métier t'a complètement déresponsabilisé ! Rire, faire rire, voilà tout ce qui te préoccupe. Oh ! oui, j'envie ta nonchalance, ton inconscience.

Attention : il est entendu que Natalia n'a pas prononcé ces phrases dans ces termes, ni celles-là, ni toutes celles qui les ont précédées ni toutes celles qui vont suivre. Il est entendu que Natalia est russe, qu'elle parle mal le français, qu'elle parle mal l'anglais. Si je voulais être fidèle à ses propos, j'écrirais : « Je suis coupable, je me lève coupable avec le mal au ventre, le mal au cœur, le mal à la tête. Toi tu es pas coupable, jamais, toi, tu ris, tu ris les autres, c'est ta vie. Oh, toi tu as la chance ! » mais je ne veux pas la ridiculiser, je n'aime pas qu'on humilie les immigrés même quand ils sont en situation irrégulière, je n'aime pas qu'on humilie les femmes et la traduction est l'une des plus grandes sources d'humiliation, j'en ai fait l'expérience.

Natalia était ce que l'on appelle communément une personne engagée, contrairement à moi qui ai toujours confondu ma droite et ma gauche. Je passais des heures à supporter ses reproches : « Mais comment peux-tu te désintéresser », une phrase type à laquelle on pouvait associer des centaines de combinaisons : du sort des réfugiés politiques ? de l'accession de Poutine au pouvoir ? de la mondialisation ? du conflit au Proche-Orient ? du réchauffement de la planète ? de la politique américaine ? de la place de la femme dans la société musulmane ? de la montée des extrémismes religieux ? du déclin de la démocratie ? de la célébration prochaine du tricentenaire de Saint-Pétersbourg ? de la présence ou de l'absence d'armes de destruction massive en Irak ? C'était une situation absolument invivable pour quelqu'un comme moi qui, à défaut de comédie, avait néanmoins besoin d'une certaine dose de légèreté pour écrire. J'avais passé ma vie à fuir les situations d'échec et j'en étais là, à subir ce que j'avais cherché à tout prix à éviter : les sentiments anxiogènes. Comme un chanteur protège sa gorge contre les agressions extérieures, un humoriste préserve son moral. Je ne lis jamais les faits divers, je fuis les dépressifs

– c'est pourquoi j'évite de rester seul –, les endeuillés, je ne supporte ni les plaintes ni les récriminations. Si j'apprends que l'un de mes amis est malade, je l'évite jusqu'à ce qu'il soit guéri : mon attitude relève plus du réflexe professionnel que de la lâcheté, les lieux où le malheur rôde me sont interdits. Quand l'un de mes amis me reproche mon indifférence, je provoque la rupture : le chirurgien n'ampute-t-il pas un membre nécrosé pour empêcher la gangrène ? Mon humour est mon outil de travail, j'en vis depuis l'âge de dix-huit ans, il implique bien quelques concessions. Mais à New York, je devais non seulement supporter mes états d'âme mais aussi ceux de Natalia qui assumait avec moins de force qu'elle ne l'avait envisagé le fait d'être séparée de son fils.

— Je t'assure que mon fils a besoin de cet argent pour vivre, a-t-elle répliqué sur un ton radouci, alors que ta fille pourrait s'en passer.

— Ma fille, peut-être, mais pas sa mère.

— Tu ne comprends donc pas que ton ex-femme se sert de ta fille pour te manipuler, *toi* ?

Etrange comme les nouvelles compagnes accusent toujours la précédente de manipulation et les hommes d'intelligence avec l'ennemi. A croire qu'il existerait une sorte de conspiration conjugale que ni le divorce ni la pacification des rapports ne sauraient déjouer. En réalité, ce n'était pas tant l'existence de Mary qui suscitait la jalousie de Natalia que celle de l'enfant que nous avions eue *ensemble* et qui, lorsqu'elle surgissait, lui rappelait que j'avais aimé *avant elle.* Ma fille – le sujet le plus tabou de tous. Non seulement je ne l'avais pas vue aussi souvent qu'elle l'aurait souhaité – je craignais qu'elle découvrît mes échecs, sa mère n'était pas très coopérative et Natalia lui manifestait ouvertement son hostilité – mais elle m'avait d'une certaine façon instrumentalisé dans la querelle qui l'opposait à sa mère. La veille, elle avait fait irruption dans mon hôtel, à l'improviste ; Hassan lui avait dit que j'étais sorti et elle m'avait cherché quelques minutes tout au plus avant de me trouver affalé sur un des vieux canapés en velours jaune de l'*Egyptian Cafe*, fumant le narguilé. Cette rencontre impromptue m'avait plongé dans une confusion indescriptible : comment un père saurait-il expliquer à sa fille qu'il lui a menti sur sa condition ? Comment pourrait-il trouver les mots pour justifier les mensonges et les falsifications ? Je l'avais vue arriver de loin, vêtue d'une jupe en jean trop courte et d'un tee-shirt à manches longues, indifférente à la chaleur qui nous enveloppait, la température avait atteint trente degrés ce jour-là. Que faisait-elle dans ma rue, à 18 heures – l'heure à laquelle je descendais chaque soir, invariablement, pour sortir mon chien (car telle était la condition de l'homme occidental – libre) ? Je lui avais fait signe de me rejoindre. Elle s'était assise face à moi dans un fauteuil en velours maculé de taches de graisse. Elle était venue pour me parler. Je n'imaginais pas qu'il existât un moment plus critique que celui que je traversais. Je n'avais pas un dollar sur moi, Natalia menaçait de me quitter, et j'avais perdu la partie de poker qui devait changer le cours de mon existence. Non, décidément, Eve ne pouvait choisir pire moment pour me parler, et de quoi me parlerait-elle : de sa mère qui la brimait ?

de ses amies que leurs parents autorisaient à sortir le soir alors qu'elle était privée de tout si elle rentrait avec cinq minutes de retard par rapport à l'horaire prévu ? de son désir de faire ses études en France, un souhait qu'elle avait émis à plusieurs reprises et qui, selon moi, trahissait plus sûrement son souci constant, obsessionnel de se libérer de l'emprise de sa mère que celui, bien secondaire pour une lycéenne de seize ans, de découvrir les joies de l'enseignement français ? A moins qu'elle n'eût parcouru toute la ligne R en métro, coincée entre un Wasp lisant l'Ancien Testament et un Noir psalmodiant des versets coraniques, que pour me parler de moi, de la situation dans laquelle je me trouvais – il fallait être bien indifférent pour ne pas remarquer que je m'enlisais chaque jour davantage, non pas dans la misère – la misère, j'aurais su la surmonter – mais dans la dépression au sens premier du terme : abaissement, enfoncement. Les moments d'accalmie, ceux pendant lesquels je retrouvais mon sens de l'humour, survenaient de moins en moins souvent et je passais parfois ma journée dans des salles de cinéma à visionner des films drôles que certains exploitants projetaient encore pour reconstituer un vernis comique. Souvent en vain : je me sentais aussi enclin à rire qu'un jeune veuf. Et je me leurrais, Eve n'avait sans doute rien remarqué, pas plus qu'elle n'avait traversé la ville sous les regards inquisiteurs des femmes voilées pour se plaindre du traitement éducatif que lui infligeait sa mère. « Enfin, qu'est-ce que tu veux ? Pourquoi es-tu venue jusqu'ici ? Qu'avais-tu de si urgent à me dire ? » m'étais-je écrié, à la fois confus et exaspéré. « J'ai besoin d'argent », m'avait-elle dit d'une voix étonnamment calme, tout en caressant Dourak qui gisait à nos pieds. De l'argent ? La dernière chose que j'étais en mesure de lui offrir ! Et ce n'était pas sa mère qui l'envoyait, répétait-elle, craignant de raviver les tensions qui parasitaient encore, des années après notre divorce, les rapports avec mon ex-femme, « maman n'a rien à voir dans cette histoire, elle ne sait même pas que je suis venue te voir ». Alors, pourquoi ? Elle n'en pouvait plus, c'est ce qu'elle m'avait dit. Elle ne supportait plus la rigueur de sa mère : « Elle est dingue, elle me surveille tout le temps, elle passe son temps à me punir. — Mais enfin, que veux-tu ? Vivre avec moi ? C'est impossible ! — A côté de la vie avec maman, la vie avec toi serait un club de vacances », avait-elle conclu. Et après lui avoir dit que j'en parlerais à sa mère, que je lui enverrais de l'argent tout en sachant que je n'en ferais rien, je l'avais raccompagnée, en métro, jusqu'à Canal Street.

— Tu m'écoutes quand je te parle ? s'est écriée Natalia, me sortant de ma torpeur.

J'ai sursauté. Cela faisait sans doute quelques minutes qu'elle parlait seule tandis que je pensais une fois encore à ma fille, ressassant les mêmes souvenirs, les mêmes échecs. La sénilité me guettait plus sûrement que le succès.

— A côté de la vie avec toi, le goulag est un club de vacances, m'a-t-elle dit sèchement.

Je n'ai pas répondu à ses attaques, elle était, de loin, la plus résistante de nous deux. Elle avait reçu une éducation si sévère qu'elle en avait gardé un sens inné de la discipline. Elle manifestait une force morale étonnante dans des situations que je qualifiais de dramatiques telles que perdre ses clés, échouer à une audition ou rater son bus. Il n'était pas rare qu'elle me traitât de « petite nature » alors que je n'étais qu'un homme. Je me suis dirigé vers le cagibi qui nous tenait lieu de salle de bains, de salle d'eau, devrais-je dire, car il n'y avait ni baignoire ni douche, les toilettes se trouvaient sur le palier, rien qu'un lavabo à l'émail jaunâtre, à la robinetterie défectueuse d'où s'écoulait une eau potable pour qui voulait mourir dans l'heure.

— Comment est-ce que j'ai pu être assez stupide pour te suivre ? a repris Natalia que le monologue ne lassait pas. Pourquoi me suis-je laissé entraîner dans cette histoire ? J'aurais continué à faire des ménages, j'aurais fini par obtenir mes papiers et, peut-être, par être embauchée chez Estée Lauder. J'aurais même pu faire venir mon fils et ma mère à Paris. Ah, tu m'as bien manipulée ! a-t-elle hurlé alors que tout ce que je savais manipuler c'était un flacon d'acide sulfurique que j'envisageais de boire d'un trait si elle continuait à me tourmenter.

— C'est toi qui as voulu t'installer aux Etats-Unis, ai-je dit en haussant le ton afin qu'elle m'entendît à travers la fine cloison.

— Mais c'est à cause de toi que je me suis retrouvée à New York où il n'y a pas plus de travail pour les nouveaux immigrants que d'avenir !

Il y a eu un moment d'accalmie puis elle a surgi derrière moi, je n'ai pas réagi, je me suis contenté de rester penché au-dessus du lavabo, mon rasoir à la main.

— Non mais regarde-toi ! a-t-elle repris, regarde ce que l'Amérique a fait de toi !

J'ai levé mes yeux, le miroir reflétait mon image : je perdais mes cheveux à cause du stress, une barbe hirsute recouvrait la partie inférieure de mon visage, mes yeux étaient cerclés de cernes noirs, j'avais les pupilles dilatées par l'alcool. Les lettres de l'inscription qui ornaient mon tee-shirt apparaissaient, à l'envers : *Fuck me, I'm famous* – un souvenir d'Ibiza offert par de célèbres propriétaires de boîtes de nuit chez lesquels j'avais passé les meilleures vacances de ma vie, sur l'île de Formentera. Mais le pire était invisible à l'œil nu. Personne n'avait une vision endoscopique de mon être : qui pouvait deviner les ulcères gastriques, les crampes d'estomac, les reflux gastro-œsophagiens ? La grande faiblesse des gens aigris c'est l'incapacité à maîtriser le reflux des rancœurs. Je sentais le regard de Natalia glisser sur moi, bien plus acéré que la lame du rasoir que je tenais entre les mains.

— Tu es pitoyable, a-t-elle enfin lâché en désignant le tee-shirt qui lui inspirait ces paroles acerbes, non seulement tu n'es plus célèbre mais qui voudrait encore te baiser ?

C'est alors que la lumière s'est brutalement éteinte dans la salle de bains, dans notre chambre, dans l'hôtel et au-delà. Nous ne savions pas encore qu'une nouvelle plaie – les ténèbres – venait de s'abattre sur la ville de New York. J'ai laissé tomber le rasoir dans le lavabo, je suis resté un moment figé, incapable d'effectuer le moindre geste. Natalia s'est dirigée vers la fenêtre sous les aboiements de Dourak. D'un geste vif, elle a écarté le voilage crasseux : « Que se passe-t-il ? » a-t-elle demandé sur un ton qui trahissait son inquiétude. Je l'ai rejointe, j'ai posé ma main sur son épaule et, doucement comme si un raclement de voix pouvait révéler notre présence à une foule hostile, je lui ai murmuré à l'oreille : « Dieu t'a exaucée. »

The wrong man in the wrong place

J'étais dans le noir complet et ce n'était pas qu'une métaphore : la ville de New York était plongée dans l'obscurité. A 16 h 11, le jeudi 14 août 2003, une panne d'électricité a paralysé plusieurs Etats, du New England au Michigan, en passant par New York et une partie du Sud-Est canadien. En l'espace de quelques heures, les halls d'hôtels seraient pris d'assaut, des milliers de New-Yorkais erreraient dans les rues, chercheraient refuge dans les gares, dans les voitures, en violation de toutes les lois édictées par le nouveau maire de la ville. Ils s'allongeraient sur les marches des escaliers qui mènent au métro ; ils urineraient derrière les véhicules en stationnement, contre les réverbères, cachés derrière des parapets ; ils jetteraient leurs mouchoirs usagés, leurs emballages vides par terre sans plus se soucier des pénalités financières que la police de New York leur aurait infligées en temps *normal*. A période exceptionnelle, mesures exceptionnelles. Le pays était en guerre : contre le terrorisme, contre le Mal, contre la misère, contre tous ses opposants et contre lui-même. D'un geste brusque,

Natalia a tiré les rideaux. Le ciel se détachait, étrangement menaçant, nimbé d'une lumière diffuse, pâle, presque crayeuse, semblable à celle que produisent des néons lumineux de faible puissance. Dans l'immeuble d'en face, la plupart des occupants avaient ouvert leurs fenêtres afin de vérifier si la panne d'électricité était générale ou circonscrite. Tous les lampadaires étaient éteints. Les feux de signalisation ne clignotaient plus. De notre chambre, nous percevions le bruit des klaxons, des sirènes de police, des grésillements de postes de radio. Des voix s'élevaient, en provenance de la rue mais aussi des chambres attenantes à la nôtre, murmures inaudibles, braillements d'enfants, bribes de conversations auxquelles se mêlaient nos propres mots. A travers la vitre sale, Natalia observait le flux des véhicules que l'extinction de tous les signaux lumineux rendait confus en dépit de la présence d'un agent de la circulation en uniforme qui paraissait bien incapable de le maîtriser (de là où nous étions, nous apercevions ses bras qui s'agitaient dans le vide et le bas de son corps qui restait figé, comme cloué au sol). Dourak s'était calmé, il gisait à nos pieds, sa tête posée sur ses pattes, imperturbable. J'ai gratté machinalement la vitre du bout des ongles, j'ai envisagé le pire – une attaque terroriste – car quelle que fût l'atteinte portée à la ville, la tension était telle, l'obsession si prégnante, que l'hypothèse d'une menace contre les intérêts américains était émise. Une petite explosion, une agression au couteau, un accident d'avion et, aussitôt, le mot « attentat » était lâché.

— Ton père ! s'est soudain écriée Natalia. Il devait prendre le ferry de 16 heures pour Staten Island !

— Nous sommes perdus, ai-je soupiré.

Quelques jours auparavant, mon père m'avait téléphoné pour m'annoncer qu'il se trouvait à New York – « surprise ! » avait-il dit au bout du fil. Comment aurais-je pu me douter qu'il surgirait ainsi sans prévenir, lui qui n'avait jamais voyagé ailleurs qu'entre les lignes 7 et 11 du métro parisien et ne connaissait que trois expressions en anglais : *« Hello Sir ! May I have a cup of tea, please ? Where are the restrooms, please ? »* et, dans un but délictueux : *« Do you have an ashtray*[1] *? »*. Et voilà qu'il avait pris le premier avion, bravant ses peurs – il était claustrophobe –, avec, pour seul bagage, son petit cartable en moleskine noire (il reconnut plus tard avoir espéré que je lui achèterais une garde-robe complète confectionnée à ses mesures ainsi que je le lui avais laissé sous-entendre dans l'une de mes lettres) et, à peine arrivé à l'aéroport, s'était rendu au 203, Prince Street, une fausse adresse que je lui avais communiquée sans imaginer qu'il viendrait. Non seulement je n'avais pas osé avouer mes échecs à mes parents mais je leur avais fait croire, grâce à la participation active d'un ami maquettiste, que j'avais réussi une brillante carrière comique. Ce ne fut pas une entreprise difficile. Je leur avais envoyé des articles

---

1. Bonjour Monsieur, pourrais-je avoir une tasse de thé, s'il vous plaît ?
Où sont les toilettes, s'il vous plaît ?
Est-ce que vous avez un cendrier ?

élogieux signés par des journalistes fictifs et qui évoquaient avec force détails mon « talent », ma « grâce comique », mon « sens de la mise en scène » (sur ce dernier point, ils n'avaient pas tort : ma vie n'incarnait-elle pas jusque-là la parfaite maîtrise de l'organisation de mon existence, du moins, telle que je voulais qu'elle apparaisse aux yeux des spectateurs mornes qu'interprétaient les membres de ma famille ?). Je me souviens même d'un article prétendument publié en première page du *New York Times*, que j'avais rédigé en quelques minutes sous l'impulsion d'une inspiration fiévreuse – le dithyrambe est l'exercice journalistique le plus facile lorsque la personne qui en est l'objet est celle qui le rédige. « Le public américain a eu la chance hier soir d'assister à l'époustouflant spectacle comique du Français Jerry Sanders. Il y a du génie chez cet admirateur de Keaton, grand lecteur de comics, superhéros français venu sauver l'Amérique avec son humour cinglant, ses facéties burlesques et sa fausse désinvolture de troubadour, une forme d'exubérance aussi chez cet artiste polymorphe qui n'a d'autre religion que l'humour, ce réfugié sans revendication politique, cet exilé sans langue (...) Une heure trente de pur divertissement. » Suivaient un commentaire de l'ambassadeur de France aux Etats-Unis sur le rôle pacificateur du « brillant » humoriste dans le rapprochement franco-américain, une analyse d'un « éminent » éditorialiste politique sur l'influence du rire dans le processus de paix et enfin, un article d'un psychanalyste « de renom » sur la psychosomatique du rire. *Jerry Sanders, The entertainer of the year !*

annonçait le slogan publicitaire que j'avais fait imprimer sur des autocollants « que mon public américain colle sur le pare-brise arrière de sa voiture » avais-je écrit dans une lettre adressée à mes parents un jour où je n'avais même plus le courage de leur téléphoner : leur euphorie me minait. J'étais un parfait affabulateur et il m'arrivait moi-même d'être bluffé par mes propres élucubrations tant elles étaient crédibles, étayées de faits précis et racontées sur un ton qui n'autorisait pas le doute. J'ai fait également parvenir à mes parents, à leur demande cette fois car l'opération a nécessité plusieurs jours de travail, quatre photographies truquées me représentant au bras de diverses célébrités américaines et, notamment en couverture de *Vanity Fair* avec Susan Sarandon (sur la photo, je l'embrassais fougueusement sur la bouche et l'on pouvait lire la légende suivante : *No war !*), une femme que ma mère considérait comme l'actrice la plus douée qui soit, moins en raison de ses performances de comédienne qu'en vertu de ses prises de position politiques. C'est donc sans suspicion que mon père s'était rendu dans l'une des plus belles artères de Soho, au cœur du quartier artistique où se côtoyaient peintres, stylistes avant-gardistes et jeunes cadres branchés, et sans réserve qu'il avait frappé à la porte d'une superbe maison de famille du début du XIXe siècle, une grande bâtisse en briques rouges ornée de colonnes d'inspiration grecque. Il avait frappé trois fois, m'a-t-il expliqué plus tard, avant qu'une femme noire d'une cinquantaine d'années ne vînt lui ouvrir, « une femme très sèche » avait-il précisé, prenant soin d'ajouter, « un peu comme ta mère », une phrase qui aurait dû m'alerter sur l'hostilité qu'il manifestait envers ma mère et qui expliquait en partie sa venue à New York. D'une voix cassante, celle qui l'avait accueilli lui avait annoncé que, non, aucun Jerry Sanders n'habitait à cette adresse, ses employeurs occupaient cet hôtel particulier depuis des décennies. Il lui avait fait répéter sa réponse plusieurs fois, pensant qu'il en avait mal compris le sens et, soit qu'elle crût à tort qu'il se moquait d'elle, soit qu'elle considérât que la conversation était close, elle lui avait claqué la porte au nez, après quelques minutes de cet échange impossible. Quelle pensée a traversé l'esprit de mon père à l'instant où cette femme a contredit la parole de son fils ? A-t-il maudit le jour de ma naissance ou, plein d'une sollicitude toute paternelle, s'est-il laissé gagner par la pitié envers ce fils menteur qui était lui-même le fruit d'un mensonge (il m'avait fait croire pendant des années que j'avais été un enfant désiré) ? Non. Aussi incroyable que cela me parût lorsqu'il me l'avoua plus tard, sur le ton de la confidence et avec une sorte de candeur qui me laissa perplexe, mon père avait ressenti de la culpabilité. S'il ne m'avait pas trouvé, c'est qu'il n'avait pas noté correctement mon adresse. A aucun moment, il n'a douté de la véracité de mon récit, il avait confiance, oh ! non pas en lui, il avait passé sa vie à se dénigrer, mais en moi, et c'était cette confiance que j'avais cru pouvoir trahir à ma guise sur le seul fondement de cette supériorité dont il me parait. « Tu as eu la carrière que j'aurais désiré avoir ; tu as eu la vie que j'aurais voulu mener » me répétait-il, et derrière ces deux phrases invraisemblables, d'une telle impudeur qu'elles me glaçaient, je devinais les regrets et les désillusions d'un père qui vivait par procuration un succès que son fils s'était fabriqué de toutes pièces. Un mythomane ! voilà ce que l'Amérique avait réellement fait de moi. Il fallait mentir, s'inventer des vies et des femmes. Imaginer des emplois du temps surchargés, prévoir des rendez-vous fictifs qui noircissaient des agendas saturés. Raconter des histoires dont j'étais le héros comme dans ces jeux de rôle qui m'excitaient tant, enfant, et auxquels je participais maintenant avec réticence. L'empire du mensonge ! Je mentais à mes parents pour les épargner. Je mentais aux femmes pour les séduire. Je mentais aux producteurs pour les duper. Les mensonges me préservaient de moi-même, je ne me confrontais plus à mes échecs, je les esquivais. Et je me déguisais comme les autres, je portais masque et costume. Un parfait animal social. Car nous nous travestissions tous, sans exception : mères de famille honnêtes, professeurs intègres, citoyens courageux, immigrés idéalistes, pour nous présenter, parés de nos morales dérisoires sur la scène sociale. Nous interprétions avec plus ou moins de talent les rôles que la société, nos parents, nos conjoints, nos enfants nous avaient assignés. Tu seras avocat – pour le prestige de la robe. Tu épouseras cette femme – un parfait hétérosexuel. Tu auras trois enfants – quelle belle famille ! Nous récitions nos textes tels qu'ils avaient été écrits pour nous, par d'autres qui disaient nous connaître, qui disaient nous aimer, sans oser changer un mot, sans en altérer la ponctuation de crainte d'en modifier le rythme. Le respect des apparences : Fiez-vous à ce que vous voyez dans les miroirs déformants que la société a spécialement créés pour vous ! Le sens de l'imposture. Le règne des faux-semblants : Mentons-nous les uns les autres. Que pouvais-je répondre à mon père ? Avouer que je n'habitais pas à l'adresse que je lui avais communiquée, c'était reconnaître que j'avais échoué et je savais, bien que cette idée ne fût jamais directement inculquée au sein de notre famille, que j'avais, comme les autres, une obligation de réussite. Une obligation de résultat ! Car c'était bien cela le rêve américain ! Excellence – Compétitivité – Performance. Avoir son nom imprimé en haut de l'affiche. Jouer à guichets fermés. Etre invité dans les dîners où se pressait l'élite. Signer un contrat avec le meilleur agent du pays. Etre en couverture des magazines. Faire scandale. Le seul domaine où il m'arrivait encore de gagner, c'était au jeu... Sans réfléchir, j'avais indiqué à mon père un autre numéro, sur la même rue – celle de mon unique admirateur, Jérôme, un peintre français de cinquante ans, qui avait fait fortune aux Etats-Unis en peignant des toiles de goudron noir. J'avais téléphoné à Jérôme afin de lui expliquer la situation et il avait reçu mon père à son domicile en lui faisant croire qu'il s'agissait de ma maison, avec un professionnalisme tel qu'il m'avait laissé pantois. « Bienvenue chez votre fils » avait-il dit à l'homme émerveillé qui s'était présenté à lui. Comment aurait-il pu ne pas être abasourdi quand la richesse qui s'étalait sous ses yeux était le fruit du talent artistique de son fils (et non du sens commercial de mon ami, comme il l'apprit plus tard avec consternation). Mon père – le fils errant – trouvait une terre d'asile chez son fils, et quelle terre !

luxe, calme et volupté. Les yeux écarquillés, le sourire figé empreint de fierté paternelle, il avait franchi le seuil d'un immeuble rose bonbon de cinq étages, et c'est la voix déformée par l'émotion qu'il avait appelé ma mère pour lui annoncer quel succès leur fils rencontrait *là-bas*, quelle vie leur fils menait *là-bas*, répétant inlassablement ces mots *là-bas* qui m'avaient ouvert les portes du vedettariat. Il le croyait et je ne le contredisais pas. Je me gardais bien de lui raconter que ces portes s'étaient ouvertes pour me claquer instantanément au visage. Un quart d'heure après son appel, j'étais arrivé dans le loft immense de Jérôme qui jouait le rôle de l'ami bienveillant, de passage dans ma maison, s'invitant à dîner dans ma salle à manger. Mon personnel nous servit à boire. « Ta vie est un rêve » m'avait dit mon père avec contentement en humant le cigare que Jérôme lui avait offert. *Welcome in America !* Où se trouvait-il à présent ? La nuit tomberait bientôt. Le matin même, il m'avait téléphoné – il ne connaissait toujours pas la réalité de ma situation financière, je n'avais pas eu le courage de lui dire la vérité, pas plus qu'il ne m'avait confié la véritable raison de sa venue à New York, les aveux, nous ne nous les autoriserions que plus tard. Ce jour-là, en se levant, il s'était mis en tête de visiter la statue de la Liberté. Je l'avais prévenu que le site était fermé au public, mais mon père avait insisté pour prendre le ferry. « Accompagne-moi » m'avait-il dit ; j'avais décliné sa proposition, j'avais du travail, un déjeuner avec un « grand » producteur dans le « meilleur » restaurant de Manhattan. En réalité, je ne craignais pas tant de devoir, une journée entière, l'écouter, le plaindre, tisser de nouveau des liens que l'éloignement avait distendus, que d'être contraint, tout ce temps durant, de jouer ce rôle que j'interprétais avec de moins en moins de naturel. Chaque jour, je sentais l'édifice de mes mensonges craqueler, et la présence de mon père, pour discrète qu'elle fût, n'en précipitait pas moins cet instant que je redoutais, ce moment critique où tous : famille, amis, producteurs, agents et, surtout, Alain et Thomas, découvriraient que j'avais menti. Ce moment où moi-même je ne supporterais plus mes histoires. Comment en étais-je arrivé là ? Pourquoi n'avais-je pas quitté New York en comprenant, quelques semaines seulement après y avoir posé mes valises, que je n'y réussirais aucune carrière, n'y décrocherais aucun rôle ? Car je le savais, je l'avais toujours su ! Aucun des producteurs qui, à Paris, s'étaient engagés à me proposer des contrats n'avait souhaité me recevoir. Aucun des réalisateurs qui prétendaient vouloir faire de moi une tête d'affiche n'avait trouvé les financements nécessaires. Même l'agent américain qui, après m'avoir vu sur scène en France, avait décidé de miser sur moi, organisé mon départ et négocié ma présence sur scène dans l'un des clubs les plus prisés de la ville, avait rompu mon contrat dès mes premières représentations. J'avais bien persévéré, jouant quelques soirs – vingt minutes tout au plus – dans des petits cafés-théâtres qui foisonnaient à New York – le *Comedy Cellar*, le *Laugh Factory*, le *Gotham Comedy Club*, mais le contexte politique international n'avait fait que hâter ma fin. Pourquoi Natalia et moi n'étions-nous pas rentrés quand tout était *encore* possible ? J'aurais réintégré mon groupe ou créé mon propre spectacle, j'avais connu un certain succès en France, ma notoriété était telle qu'après quelques mois d'absence, j'aurais eu toutes les chances de reconquérir mon public. Pourquoi, dans ces conditions, n'ai-je pas pris le premier avion pour Paris (ce que j'ai fait quelques mois plus tard, ruiné, seul et oublié de tous, sous la pression de mon père qui, après avoir appris la sinistre vérité, avait payé mon billet et organisé mon retour) ? La peur d'être confronté à mon échec ? Non. Si j'étais parti pour changer de vie avec l'espoir de faire une carrière internationale, j'étais resté pour ma fille. A chaque fois que l'idée de rentrer à Paris s'insinuait en moi, elle était aussitôt chassée par un appel d'Eve. Il me suffisait d'entendre sa voix au bout du fil pour renoncer à mes projets. Une part de moi – celle qu'elle incarnait – restait américaine. Cette gosse me ressemblait. Je retrouvais en elle l'obstination de mes débuts et cette dérision qui caractérisait chacun de mes actes, chacune de mes paroles comme si nous cherchions tous les deux à fuir le sérieux, la rigueur sociale et, peut-être, à déjouer l'absurdité d'une vie que l'absence, l'éloignement, la mort, menaces immédiates ou futures, réelles ou supposées, avaient tatouée d'une marque indélébile. Je la revoyais, le jour de mon arrivée à New York, à l'aéroport JFK, sagement postée devant une photo de Bush souriant, ses cheveux blonds tirés en queue-de-cheval, son corps longiligne engoncé dans un uniforme bleu marine – jupe plissée et veste cintrée avec, sur la poche gauche, l'écusson représentant la respectable école –, ses grandes chaussettes bleues qui laissaient apparaître ses genoux pâles et osseux, espiègle, provocante en dépit de son accoutrement, comme toutes ces adolescentes que l'horloge biologique a rendues charnelles avant l'heure. Cette image d'elle m'attendant patiemment anéantissait toutes mes velléités de retour. Je n'avais rien à lui offrir, je n'avais pas su être un père, je ne saurais pas devenir son ami, son confident, son mentor. Je ne possédais plus ni argent ni relations. Je ne l'avais presque pas connue, je ne l'avais pas vue grandir et si, à bien des égards, je ne me sentais pas responsable d'elle, j'éprouvais pourtant le besoin de mieux la connaître. Longtemps, j'ai pensé que je n'étais pas un bon père. Même si je ne l'avais pas totalement abandonnée – je lui téléphonais parfois, j'envoyais avec plus ou moins de régularité de l'argent à sa mère, j'assurais le service minimum ; en dépit de l'éloignement, j'essayais d'être présent dans sa vie – je constatais avec une certaine amertume que j'endossais mieux le rôle de fils. Je vivais la paternité comme une obligation sociale à laquelle je ne pouvais me soustraire sans perdre la face – et j'étais maladivement fier. Il y avait des pans entiers de mon histoire avec ma fille qui avaient été arrachés et j'essayais, à quelques années de la quarantaine, de reconstituer le fil de ce mélo qui m'avait mené, moi, l'artiste égocentrique et narcissique, à m'intéresser à une autre personne qu'à moi-même sans que rien fût exigé en retour. Je lui avais téléphoné, vers 10 heures du matin, elle m'avait répondu d'une voix rauque, encore ensommeillée. Je lui avais demandé d'accompagner mon père « pour cette fois, seulement » avais-je cru bon de préciser ; elle avait décliné l'offre. « Puisque personne ne peut m'accompagner, j'irai seul », avait-il conclu. Et il devait y être, en route pour

Staten Island ! « Sur le ferry, il ne risque rien », a dit Natalia pour me rassurer : sans succès. Même si la menace n'existait pas, mon père parvenait à la créer par une psychose contagieuse. J'imaginais ce qui se passerait si les visites de la statue étaient encore autorisées. Le dernier symbole de l'amitié franco-américaine, l'incarnation de la liberté, transformé en geôle de luxe pour touristes français ! Je voyais la scène : mon père, lui qui supportait si mal l'enfermement qu'il ne tirait jamais les portes derrière lui et ne prenait pas l'avion sans avoir ingurgité plusieurs anxiolytiques, hurlant comme un dément, exigeant qu'on le libère, frappant ceux qui s'opposeraient à son passage, écrasant hommes, femmes et enfants si la situation l'exigeait. Et le pire : son arrestation pour troubles à l'ordre public, sa comparution devant la justice américaine, le nouvel enjeu que sa condamnation aurait représenté dans la querelle diplomatique qui opposait la France aux Etats-Unis, les problèmes posés par son extradition, les répercussions que ses délits auraient eues sur ma vie : ma carrière, avortée ; ma réputation, bafouée ; mon nom, associé à celui d'un individu dont la présence aurait constitué une menace pour la sécurité du pays. Un homme en proie à la folie, s'exprimant en français aurait été – à coup sûr – considéré comme un dangereux terroriste. Je craignais le pire pour mon père. Voilà où nous en étions quand les ténèbres se sont abattues sur New York. Nous ne connaissions pas encore la cause de cette soudaine panne qui paralysait la ville, et, nous l'apprendrions plus tard, les villes alentour.

— Nous devrions peut-être descendre dans le hall pour savoir ce qui se passe, a dit Natalia.

— Tu as raison. Et aussitôt, j'ai saisi mon blouson qui était roulé en boule par terre.

Mais lorsque Natalia a ouvert la porte, elle s'est trouvée nez à nez avec Hassan. Il se tenait droit et impassible, aussi élégamment vêtu que s'il s'apprêtait à participer à une cérémonie officielle. A la lueur de la bougie qu'il serrait entre ses doigts, ses yeux noirs avaient pris une teinte bise, sa peau paraissait plus mate et sa moustache (qui, selon certains clients, dissimulait une horrible cicatrice, séquelle d'une blessure qu'il s'était faite quand, pendant la guerre du Liban, il avait été enrôlé de force dans l'armée), moins touffue : çà et là, on entrapercevait les traces des chéloïdes qui s'étaient formées autour de la cicatrice. « Alors, vous avez des informations ? » a demandé Natalia d'une voix inquiète. Mais, à cet instant, Hassan ne se souciait pas plus de l'obscurité qui enveloppait la ville que du règlement de notre loyer, et c'est le moment qu'il a choisi pour me faire la proposition la plus excitante de ma carrière : une partie de poker à la lueur des bougies. Natalia m'a lancé un regard noir qui en disait long sur les répercussions qu'un simple « oui » pourrait avoir sur la survie de notre amour. « Il n'y a plus d'électricité, ton père se trouve quelque part, en pleine mer, je doute que ce soit le bon moment », m'a-t-elle fait sèchement remarquer. C'était une proposition vraiment irrésistible. S'il se trouve des joueurs de poker parmi mes lecteurs, ils n'auront aucun mal à deviner la jubilation qui monta alors en moi. J'avais déjà dépensé la quasi-totalité de mon salaire et, aussi absurde que cette intuition pût paraître à la compagne d'un joueur, familiarisée avec les complications de ce qu'elle qualifiait de « vice » quand je n'y voyais qu'un moyen d'obtenir rapidement de l'argent, je sentais que j'allais gagner. « N'y va pas » m'a dit Natalia dont le teint trahissait l'irritation. « Allons, juste un moment » a renchéri Hassan. « N'y va pas » a répété Natalia que l'insistance de ce joueur invétéré rendait de plus en plus agressive. « Je crois que c'est à Monsieur Sanders de décider » a conclu Hassan qui, je le savais, ne supportait pas qu'une femme contrevînt à ses désirs. A ce stade de la conversation, ce n'était plus tant le plaisir de jouer avec moi qui animait Hassan que celui de faire ployer Natalia. « Entre une femme et une partie de poker », me recommandait mon père, « choisis toujours la seconde. Au poker, tu as une chance sur deux de gagner alors qu'avec une femme, tu perds à tous les coups. » « Je vous attends en bas », a continué Hassan en restant immobile, et j'ai lâché un « oui » inaudible que Natalia a interprété comme une déclaration de guerre. « Tu n'es qu'un raté » m'a-t-elle dit – je le savais. « Un minable » – je le savais. « Un bon à rien » – je le savais. « Et surtout : tu ne me fais plus rire. » C'était la deuxième fois de la journée qu'elle me le reprochait. Le rire comme l'amour sont deux phénomènes irrationnels et fugitifs. Rire, ils n'avaient tous que ce mot-là à la bouche ; ils le faisaient rouler sous leur langue comme une pilule anxiolytique. Chacun souhaitait faire de sa vie une entreprise de divertissement, au sein de cette société du spectacle, le pouvoir appartenait aux humoristes. Longtemps, le rire autorisa toutes les transgressions. *Tu ne me fais plus rire !* Non suivi de succès, il n'en tolérait plus aucune.

— Je sors, a conclu sèchement Natalia.

Et, sur ces mots, elle a claqué la porte, me laissant avec Hassan qui me couvait de son regard bienveillant comme si, en ne cherchant pas à retenir ma compagne, j'avais prouvé ma force, ma virilité, alors que je venais, une fois de plus, de faire la preuve éclatante de mon impuissance et de mes faiblesses.

Pourquoi j'ai dit non à la guerre (conjugale)

Natalia partie, j'ai descendu à tâtons les escaliers, précédé de Hassan, bougies à la main. Dourak était resté dans la chambre. Ses aboiements nous déchiraient les tympans. « Il faudra vous débarrasser de cet animal » m'a lancé sèchement Hassan. J'ai acquiescé en hochant la tête, un réflexe ridicule puisqu'il me donnait le dos et, tandis que je cherchais désespérément la rampe, j'ai lancé ma jambe dans le vide en priant intérieurement pour ne pas glisser. La plupart des clients s'étaient regroupés dans le hall de l'hôtel et les salles attenantes. Déjà, les rumeurs enflaient : un attentat ? Un accident ? Plus tard, la presse canadienne émettra l'hypothèse d'un acte de vandalisme perpétré par un écureuil. *The city of the world* menacée par un rongeur. Cinq ans auparavant, une stagiaire rubiconde de vingt-deux ans avait ébranlé la première puissance mondiale et provoqué l'une des plus grandes crises politiques du XXe siècle. Une bouche gourmande, humaine ou animale, il n'en fallait pas plus pour déstabiliser l'Amérique. J'ai suivi Hassan dans la pièce qu'il avait aménagée en salle de jeu. C'était un lieu austère, aux murs verdâtres recouverts de tapis d'Orient, où flottaient en permanence des effluves de narguilé. Du plafond pendaient des lampes d'inspiration orientale qui menaçaient à tout moment de tomber sur nos têtes. Dans un coin, posé sur un meuble en bois, un téléviseur diffusait habituellement les programmes de la chaîne qatarie *Al Jazira*. Ce jour-là, un étrange silence enveloppait la salle. Assises autour d'une grande table en bois, à peine éclairées par la lueur des bougies, quatre silhouettes se détachaient. Je distinguais le profil chevalin, les cheveux drus, le torse musculeux de Zylberberg, redoutable joueur de poker le soir, diamantaire le jour ; à ma droite, je reconnaissais celui que l'on appelait le « Docteur Al » bien qu'il n'en possédât ni le titre ni les compétences. C'était un homme au visage longiligne surmonté d'une touffe de cheveux si épaisse qu'on eût dit qu'il portait une perruque. Al, qui s'appelait en réalité Ali, avait quitté le Yémen quelques années plus tôt avec sa femme et ses deux filles et avait américanisé son nom au lendemain des attentats du 11 septembre. Il dirigeait une boutique de vêtements traditionnels, l'*Islam Fashion Inc*, ainsi que l'une des librairies du quartier sobrement appelée *Le Coran*. Il y vendait des livres sur l'Islam, des DVD sur « la vie du dernier prophète », des posters retraçant la généalogie des vingt-cinq prophètes, des CD du Coran et y distribuait les dépliants du Comité arabe américain ainsi que des appels contre la guerre en Irak. A ma gauche, deux autres types que je n'avais jamais vus auparavant. L'un était un homme d'une trentaine d'années, il portait une longue barbe hirsute, ses yeux noirs se fondaient dans l'obscurité. Il parlait beaucoup, en arabe, en faisant de grands gestes avec ses mains comme s'il cherchait à capturer ses propres mots pour mieux les museler. Le dernier, enfin, me terrifiait et j'ai eu du mal à cacher mon trouble en le voyant : j'aurais été bien incapable de deviner son âge tant il était défiguré. Son visage était entièrement brûlé, il n'avait plus de nez, seuls ses yeux, petites billes terreuses, surgissaient de ce champ de ruines. Et pourtant, il souriait, indifférent à lui-même. Ils m'ont salué d'un geste de la main. Al m'a fait signe de les rejoindre en désignant du doigt la chaise qui se trouvait à deux mètres de lui. Hassan m'a servi à boire. Du thé, rien que du thé quand mon estomac réclamait de l'alcool – du whisky, du bourbon, de la vodka, de l'arak ! Non – l'un d'eux m'a rappelé que l'Islam prohibait l'alcool. Bienvenue sur Steinway Street ! songeais-je intérieurement en faisant couler le liquide brûlant dans ma gorge tandis que le barbu s'écriait : « Allah Akbar ! » en saisissant ses cartes – Dieu s'ingérait désormais dans toutes les affaires du pays. Ma seule préoccupation, c'était de gagner. Ce soir-là, je le sentais, j'avais la baraka et si le grand brûlé (dont j'appris par la suite qu'il avait reçu les éclats d'une bombe en plein visage au Pakistan) n'avait pas engagé une discussion politique qui nous a menés sur d'autres terrains minés, de mots ceux-là, je serais à ce jour riche de plusieurs milliers de dollars. Ils me prenaient à partie sur l'intervention militaire américaine en Irak : y avait-il ou non des armes de destruction massive ? s'interrogeaient-ils, quand l'unique question qui me taraudait était : y avait-il ou non des paires dans leurs jeux ? Puis ils ont voulu savoir ce que je pensais de la loi sur la laïcité qui venait d'être adoptée en France ; fallait-il leur avouer que j'étais plus favorable au port du string qu'à celui du voile ? J'étais venu pour jouer, et uniquement pour cela. A l'ère de l'individualisme, je pensais que s'il y avait une cause à défendre, autant que ce soit la mienne. « Ce gosse n'a aucune conscience politique », regrettait ma mère lorsqu'elle constatait que je préférais le cinéma aux meetings du PS, « il confondrait Groucho Marx avec Karl Marx » : elle avait tort, non seulement je les distinguais mais je trouvais que les *Mémoires capitales* du premier étaient beaucoup plus drôles que *Le Capital* du second. A dire vrai, je n'étais pas un très bon joueur de poker. En dépit de la précocité de mon apprentissage, j'ai toujours privilégié les filles au jeu. Je misais des sommes que je ne possédais pas et, dès la première partie, je perdais. Il m'arrivait de gagner quand les autres joueurs étaient moins bons que moi ou que la guigne les guettait, c'est-à-dire rarement. Ce jour-là, je me confrontais non seulement à d'excellents partenaires mais la chance, dont je me croyais cinq minutes auparavant auréolé, avait visiblement changé de mains. La chance est aussi infidèle qu'une femme. Il suffisait de voir l'attitude arrogante de celui qui se faisait appeler « docteur » pour comprendre que le seul qui bluffait vraiment, c'était moi. Qui d'autre que moi-même pouvais-je duper ? Mon jeu était médiocre et aucun signe ne laissait présager une suite meilleure. Mes mains moites s'accrochaient aux cartes. Des gouttes de sueur perlaient sur mon front. *Il faut savoir quitter la table*. Oui, mais à quelle heure ? Au bout de soixante-quinze minutes de jeu, deux éventualités se présentaient : prétexter un malaise et partir (avec le risque, bien réel, de susciter leur suspicion, d'être poursuivi et rattrapé) ; rester, avec la certitude d'être assassiné (car Hassan avait fait sienne cette devise d'Al Capone qu'il avait érigé en modèle : « On obtient plus avec un mot gentil et un flingue qu'avec un mot gentil et rien ») ; mon ardoise s'élevait alors à plusieurs milliers de dollars de dettes et je n'avais pas la moindre chance de la rembourser, à moins de braquer une banque, ce qui, dans un pays aliéné par ses névroses sécuritaires, équivalait à braquer l'arme contre moi. J'ai choisi la première solution. D'un geste brusque, j'ai renversé mon thé sur moi et, hurlant comme un dément, j'ai quitté la salle de jeu sous les cris (de compassion, de protestation ? De rage) des autres joueurs. *Faites vos jeux ! Rien ne va plus !* J'avais fui une fois encore sans réfléchir aux conséquences de mon geste. Ils n'en resteraient pas là, bien sûr, de même qu'il était illusoire de croire que Natalia m'accueillerait à bras ouverts. Mais enfin, avais-je d'autres choix ? Dehors, les rues étaient presque désertes. Les rideaux de fer des magasins avaient été tirés. Quelques personnes erraient encore à la recherche d'un endroit où dormir, d'autres couraient, espérant atteindre leur domicile avant la tombée de la nuit. A mesure que le jour déclinait, mon inquiétude croissait : aucune trace de Natalia à proximité de l'hôtel, ni dans les cafés voisins. Je suis allé jusqu'au *Fatima Pediatric Center*, j'ai demandé au médecin de garde, une amie de Natalia, si elle ne l'avait pas vue, elle m'a répondu qu'elle ne savait rien, elle était bien trop préoccupée – comme tout le monde ici – par la soudaine panne d'électricité qui paralysait la ville. Je suis entré dans les quelques grands magasins encore ouverts, ceux que Natalia avait l'habitude de fréquenter sans jamais rien y acheter – car nous n'en avions plus les moyens, les seuls moyens dont nous disposions étaient ceux qui nous permettraient d'en finir avec nous-mêmes. J'ai frappé aux portes de nos rares amis – Yassir, l'inventeur de la pizza halal, ce faux prophète qui m'avait assuré que j'étais promis à un brillant avenir, Maria, la masseuse cubaine qui avait réclamé l'asile politique et était devenue maquerelle après avoir travaillé quelques mois avec Natalia chez *Adam et Eve*, le plus grand salon esthétique de notre quartier. Aucun d'eux n'avait vu Natalia. J'ai marché pendant plus d'une demi-heure, m'attardant dans un club de jeux où des vieillards refaisaient le monde, remonté Steinway Street, traversant les rues adjacentes, petites zones pavillonnaires ou industrielles, quand soudain je l'ai vue. Elle se tenait devant moi, le corps adossé contre une des portes vitrées des studios Kaufman Astoria. Ironie du sort, les plus grands comiques américains y avaient tourné leurs films ; moi, j'allais y interpréter ma fin. « Natalia ? » Elle s'est retournée, serrant contre elle son énorme sac dans lequel il me semblait qu'elle transportait les fragments de sa vie passée. Je me suis précipité sur elle pour l'étreindre et l'embrasser mais elle m'a repoussé d'un geste brusque en lâchant cette phrase définitive : « Tout est fini entre nous. » « Tu pourrais au moins respecter un préavis », ai-je répliqué. Et c'est alors qu'elle a crié une nouvelle fois : « Tu ne me fais plus rire ! »

Oh ! Oh ! Pour qui sonne le glas ? Je suis un homme drôle, oui, c'est ce que les femmes disent de moi la première fois qu'elles me rencontrent. Après, ça se gâte. Mais ça se gâte toujours après, y compris pour les types les plus subtils. L'amour s'ennuie vite. Il veut du beau, du neuf. C'est un enfant pourri. Et il se lasse. L'amour est la première révolution sociale, il profite à toutes les classes, mais comme tous les régimes révolutionnaires, il finit souvent en dictature. C'était encore la même histoire. Toutes mes amours ont commencé par des malentendus. Je séduis les femmes en les faisant rire et elles me quittent lorsqu'elles comprennent qu'au quotidien, je sais mieux les faire pleurer. Je suis prêt à tout pour les rendre amoureuses : j'invente des histoires, je raconte des blagues, la vie devient, pendant deux ou trois semaines, une immense scène de théâtre où j'interprète mes meilleurs sketches pour une seule personne. Comment, dans ces conditions, peuvent-elles me résister ? Mais passé le temps du désir et des premières étreintes, je m'ennuie. Elles veulent que je sois drôle en permanence, affecté au rire comme un employé administratif. Demandez à une femme quelle est la principale qualité qu'elle recherche chez un homme. Une fois sur deux, elle répondra : « le sens de l'humour », ce qui laisse beaucoup d'espoir aux estropiés, aux Rmistes et aux impuissants. Je comprenais Natalia : elle avait rencontré en France un homme drôle et elle s'était retrouvée aux Etats-Unis avec un type taciturne, goguenard, hypocondriaque et joueur qui la réveillait chaque nuit à trois heures du matin non pas pour lui faire l'amour – il y avait longtemps que le devoir de mémoire s'était substitué au devoir conjugal : on se souvient du temps où l'on se désirait encore – mais pour lui confier ses angoisses. « Et alors ? lui disais-je, tu es tombée amoureuse d'un homme drôle ; tu vis désormais avec un homme ennuyeux, tu ne vas pas me quitter parce qu'un adjectif en a remplacé un autre ? » Oh ! non ! Pas un : dix adjectifs avaient transformé une vie trépidante en une succession de journées mornes ! Je n'étais pas seulement ennuyeux – l'ennui, elle aurait pu le braver, une sortie au théâtre, un bon roman auraient fait l'affaire – mais pauvre, inconnu, seul, paranoïaque, dépressif. Natalia énumérait mes défauts comme si elle avait dressé une liste de griefs qu'elle barrait d'un trait de stylo rouge à mesure qu'elle les énonçait. « Et maintenant, laisse-moi », a-t-elle conclu, lapidaire.

Je me suis confondu en excuses, je me suis mis à genoux, je lui ai offert dix roses sans même en négocier le prix, j'ai imploré Dieu et les hommes, je l'ai demandée en mariage, je lui ai promis le meilleur (sans préciser lequel), j'ai joué sur la corde sensible et je me suis retrouvé sur une corde raide : Natalia n'avait pas envie de rire et c'était très sérieux. Elle m'a reproché diverses choses : des faits dont j'aurais été responsable, des mots que je n'aurais pas dits, des gestes que j'aurais dû faire, une coiffure dont, selon elle, je n'aurais pas dû changer et jusqu'aux cinq kilos qu'elle n'aurait pas pris si... blablabla. Enfin, j'ai pris à part une voyante à l'allure de tzigane qui passait par là et je l'ai payée afin qu'elle répète en français, avec la crédibilité qu'un billet de dix dollars devait lui conférer, la phrase suivante : Vous allez finir avec cet homme. Le message était clair. Malheureusement, j'ai encore été victime des aléas de la traduction et, pour une raison qui selon moi s'expliquait moins par le prix dérisoire que j'avais proposé que par un problème d'élocution, la vieille voyante a dit à Natalia, avec l'assurance des menteurs : Vous allez *en* finir avec cet homme. Aussitôt, Natalia a reculé de trois pas pour fuir la voyante comme elle me fuyait moi, le responsable de cet horrible malentendu : « Je ne veux plus jamais entendre parler de toi ! » s'est-elle écriée devant un employé des studios qui nous observait.

Rien ne m'excitait plus que ses exhibitions nerveuses. L'agitation de son corps électrisé par ses cris et le balancement de ses seins moulés dans son tee-shirt orné d'un badge *Guerra no !* offraient un spectacle d'une grande sensualité, et je me demandais, en la regardant, comment une fille pacifiste pouvait être si belliqueuse en amour. Elle m'a alors fixé en gardant les lèvres entrouvertes comme si elle venait de découvrir quelque chose, et elle s'est éloignée, me laissant seul – à la manière russe, elle m'avait érigé en dieu pour mieux me récuser par la suite.

Cette nuit-là, Natalia m'a officiellement quitté. A cet instant, je sais exactement ce que vous pensez. C'est aussi ce que je pense : j'ai un problème avec les femmes. Permettez-moi de m'allonger un moment. Je ne peux pas rester seul, j'ai toujours besoin d'attirer l'attention sur moi. Il faut que je séduise, que je fasse rire. Les femmes sont comme les cartes, on doit en prendre plusieurs avant de tomber sur la bonne. Selon ma mère, je souffre de ne pas être assez aimé. Selon les femmes qui m'ont aimé, je suis un égoïste, un homme immature, inconstant, imprévisible. Un cynique en qui on ne peut pas avoir confiance. Et elles concluent que je n'ai aucune morale. C'est d'ailleurs ce que j'ai répondu à mon avocate quand elle m'a demandé de citer des témoins de moralité. « Vous n'en trouverez pas, je n'ai malheureusement que des témoins d'amoralité. » Maître K. a pris un air grave qui la vieillissait de quelques années, elle a dit : « nous trouverons ». Et je me souviens avoir pensé qu'elle chercherait longtemps.

Les bonnes résolutions

Après ma dispute avec Natalia, j'ai pris une résolution à laquelle personne n'a opposé son veto : rentrer à Paris. Je n'avais plus rien à faire à New York. L'inéluctabilité de mon départ n'attristait plus Natalia, elle se consolerait dans les bras d'un autre ainsi qu'il est écrit : *Tu l'oublieras !* Quand je l'ai vue s'éloigner, sa longue silhouette s'élançant sur la route, serrant contre sa poitrine son grand sac à main rouge, j'ai pensé : Cours ! Rattrape-la ! Arrivé à sa hauteur, prends-la dans tes bras, embrasse-la fougueusement (ainsi que tu as vu Cary Grant le faire dans un film d'Hitchcock). Et entraîne-la vers l'hôtel le plus proche (ainsi que tu as vu Sergi Lopez le faire dans *Une liaison pornographique*) – on ne devrait adapter son comportement amoureux qu'à l'évolution des mœurs cinématographiques. Je n'en ai rien fait, comme toujours, je suis resté un simple spectateur, je suis plus doué pour le fantasme que pour l'action à cause des risques et autres complications, des crises de pleurs et d'hystérie et si les symptômes persistent parlez-en à votre pharmacien. Je suis resté immobile, impassible et fier, je la regardais en me répétant intérieurement : Je l'ai perdue ! Je l'ai perdue ! et en concluant presque aussitôt que mon bilan personnel présentait un tel passif que je n'en étais plus à une perte près. C'était fini. J'allais rentrer chez moi, quitter ce pays, oublier cette femme. Mais je devais d'abord retrouver mon père. J'étais arrivé chez Jérôme par la grâce d'un chauffeur de taxi fou qui connaissait tous les itinéraires menant au centre de New York, était capable de vous citer le nom de chaque rue et qui, en dépit du capharnaüm dans lequel était plongée la ville, m'avait amené à destination pour la modique somme de vingt dollars. Pendant le trajet, il s'était arrêté cinq ou six fois pour faire monter à bord du véhicule des New-Yorkais qui tentaient de rentrer chez eux. C'est ainsi que j'ai fait la connaissance d'une jeune Afro-Américaine qui venait de manquer le casting le plus important de sa vie. « Je suis danseuse », a-t-elle précisé comme si elle cherchait à justifier l'érotisation excessive de son corps moulé dans une combinaison en coton blanc coupée au niveau des genoux, et tout à trac, je lui ai assuré qu'elle décrocherait le job. Je suis tombé amoureux et, lorsqu'elle est descendue du véhicule, nous avons échangé nos coordonnées à défaut d'un baiser avec la certitude que nous nous reverrions (en tout cas, moi, je l'avais au moment où elle a sorti de son sac une petite carte rose sur laquelle elle avait fait imprimer son nom de scène Baby Rose et, plus bas, le mot *dancer*). Je ne l'ai plus jamais revue. Elle aurait pu être la mère de mes enfants, me répétais-je en la regardant descendre du taxi, à Times Square, étonnamment calme. Privées de l'éclat de leurs écrans à cristaux liquides, les rues paraissaient tristes et grises. Des centaines de piétons traversaient la chaussée sans se soucier des taxis dont les klaxons résonnaient comme le dernier cri de détresse d'une ville en deuil. Broadway où se pressait habituellement une foule bigarrée et cosmopolite, ce quartier qui devait concentrer le plus de néons au monde, était devenu en quelques heures un lieu en noir et blanc, comme recouvert de cendres, à peine éclairé par la lueur de flammes qui vacillaient dans des bougeoirs de fortune – assiettes recouvertes de papier aluminium posées à même le sol par des cadres en costume-cravate transformés, pour l'heure, en SDF improvisés. Une ville à l'énergie bouillonnante, mise en veille tel un homme trop actif terrassé par un brusque arrêt de ses fonctions vitales. Les écrans géants, les cours de la bourse, l'information en continu, les gigantesques placards publicitaires, les enseignes lumineuses éclairant les devantures des nouveaux symboles de la mondialisation – toutes les composantes du capitalisme américain étaient anéanties par une coupure d'électricité. Ce n'est qu'au bout d'une heure que nous avons atteint Prince Street où j'espérais retrouver mon père. Mais en arrivant chez Jérôme, j'ai constaté qu'il n'était pas là. Je l'ai attendu longtemps dans le salon rococo parfumé à la vanille, je me suis même endormi sur l'un des innombrables canapés en cuir blanc qui encombraient la pièce. Lorsqu'il est enfin arrivé, il s'est assis dans un rocking-chair, chassant d'un revers de la main le chat de Jérôme qui s'y était lové. Il a exigé qu'on lui serve un café « bien frappé ». « Oh ! mon Dieu ! Quel pays ! » s'est-il exclamé en passant sa main sur son front. Il me semblait qu'il exprimait mes propres pensées. Ses traits étaient tirés, ses yeux mi-clos comme s'il se trouvait dans un état comateux. Je l'ai laissé se reposer un moment. J'ai pris au hasard un magazine dans la pile qui s'entassait sur la table basse – un vieux numéro de *Playboy* : « Je ne comprends pas que tu achètes encore ce genre de journaux à ton âge, il y en a partout chez toi », m'a-t-il dit sèchement. J'avais oublié qu'il croyait que j'étais propriétaire des lieux, je mentais tellement que je ne me souvenais même plus de mes différentes versions. J'ai reposé le journal sur la pile, observé le décor au luxe tapageur. Le salon était immense, avec une baie vitrée qui donnait sur un jardin laissé à l'abandon. Partout, des bibelots, des objets clinquants, des lustres imposants, des tableaux pop art représentant des femmes nues recouvertes de peinture blanche, des tapis en peaux de bêtes et, accrochés aux murs, des têtes d'animaux empaillés – des cerfs, des sangliers, des renards – que Jérôme collectionnait (en contradiction avec son art minimaliste) et je me demandais comment mon père pouvait croire que c'était moi qui habitais ici, moi qui avais choisi ces meubles, ces objets désuets, laids et vulgaires : de la camelote, du toc ! Comment mon père pouvait-il me méconnaître à ce point, lui qui m'avait élevé, comment mon père évoluait-il dans ces lieux étrangers sans deviner la véritable identité de leur propriétaire, comment mon père acceptait-il l'idée incongrue que son fils fût capable de se transformer à ce point, de devenir un autre – totalement différent de l'homme qu'il avait connu –, et comment un père croyait-il aux mensonges de son fils, sans ressentir le moindre doute, au seul motif qu'il avait confiance en lui et peut-être aussi, qu'il l'aimait ? Il a bu son café lentement, par petites gorgées, aspirant du bout des lèvres le liquide glacé qui coulait dans sa gorge en émettant un glougloutement obscène. Enfin, il s'est mis à parler d'une voix atone et en clignant nerveusement les paupières comme un nouveau-né sur lequel on aurait braqué un projecteur. Il avait passé la nuit à l'ONU – le black-out avait au moins eu le mérite d'affecter une nouvelle mission à l'Organisation, que certains aimeraient définitivement la voir exercer : dortoirs de luxe. « Oui, hier, me racontait-il, je t'avais dit que je voulais voir la statue de la Liberté mais tu m'as dit qu'elle était fermée au public alors en chemin j'ai changé d'avis et je suis allé visiter le siège des Nations unies. J'arrive là-bas, il devait être environ quatre heures de l'après-midi, je me trouvais dans la salle des pas perdus quand soudain la lumière s'est éteinte. Une cohue indescriptible, je t'assure que personne n'a pu garder son calme (et surtout pas toi, ai-je pensé), les gens couraient dans tous les sens, certains sortaient des toilettes à moitié nus. Panne généralisée, nous a-t-on dit et là... » Mais il n'a pas eu le temps de finir sa phrase ; à cet instant Jérôme est entré dans le salon accompagné d'une superbe blonde que je n'avais jamais vue auparavant. Mon père m'a lancé un regard en biais : « Ce type vient chez toi à l'improviste avec une femme et tu ne dis rien ? » a-t-il demandé. « C'est mon ami », ai-je bredouillé. « Un ami qui passe plus de temps chez toi que tu ne le fais toi-même. Où dors-tu toutes les nuits ? » « Raconte-moi plutôt ton histoire », ai-je répliqué. Et, pour la première fois, un rictus d'autorité a crispé son visage. « Il y a eu soudain cette panne, a-t-il continué, et là, j'ai paniqué, tu sais que je suis claustrophobe, j'ai fait une crise d'angoisse, pas une petite, non, tu me connais, dans ces moments-là je vois les choses en grand, une crise, une seule, qui semblait cristalliser toutes celles que j'avais connues : crise d'épilepsie, de pleurs, de tétanie, crise de nerfs et je te jure que je n'étais pas loin de la crise cardiaque. J'ai même commencé à avoir des palpitations. Il y avait un médecin italien parmi la foule, je ne comprenais rien à ce qu'il me disait mais il m'a aidé à m'allonger, on ne pouvait pas appeler les secours alors finalement, ils m'ont proposé de passer la nuit là-bas, une nuit horrible, il faisait une chaleur étouffante, il n'y avait pas un rai de lumière et les diplomates n'ont pas arrêté de ronfler. J'ai cru devenir fou. » D'après mon père, ils furent nombreux à trouver refuge dans le bâtiment, contredisant les mauvaises langues qui arguaient de l'inutilité de l'organisation. Il était pâle ce matin-là, moins à cause de la nuit blanche qu'il avait passée que de la pression exercée par les mots, les mots des aveux qui, disait-il, lui « étaient venus pendant la nuit ». Il ne m'a même pas demandé où j'avais dormi, il ne s'en souciait pas (et au moment où j'ai prononcé ces mots, Maître K. a ouvert son petit carnet pour y noter quelque chose). Et, sans que j'aie à lui poser la moindre question, il m'a raconté la véritable raison de sa venue à New York. La vérité en marche ! Pour un partisan du mensonge comme moi ! Je ne me sentais pas prêt à entendre le récit dont mon père allait m'accabler et, si j'en avais eu le courage, je l'aurais laissé seul, livré à lui-même dans cette ville inconnue. Mais voilà, je ne pouvais pas partir car j'avais besoin de lui : il me manquait trois mille dollars, une somme que je devais réunir avant midi. Le mensonge, rien que le mensonge, TOUS les mensonges ! Mais non, semblaient dire les yeux de mon père. Approche-toi. Viens là, *mon fils*. Tu vas TOUT savoir. « J'ai soixante-neuf ans, il est temps pour moi de te dire que... » Quoi ? Tu es homosexuel ? bisexuel ? exhibitionniste ? fétichiste ? fondamentaliste ? Tu vas t'inscrire à un cours d'arts martiaux, te convertir au bouddhisme, à l'Islam ? Tu es atteint d'une grave maladie – oh ! non ! pourquoi toi, maintenant ? – mais laquelle ? cancer ? de quoi : du côlon, de la gorge, du foie, de la peau ? diabète ? maladie de Parkinson ? Tu es recherché par la police ? Quel vol as-tu encore commis : petit larcin ou gros casse ? Avec toi, TOUT est possible. Les hypothèses les plus invraisemblables se pressaient dans ma tête tandis qu'une voix me répétait : *Allez ! Vas-y ! Demande-lui de te prêter de l'argent avant qu'il ne soit trop tard ! Allez ! C'est ton père !* Hassan et les autres joueurs devaient déjà être à mes trousses. Je n'ai pas eu le temps d'ouvrir la bouche.

— Je vais faire un lifting, a dit mon père avec un visage de marbre à la Keaton.

Mon sang s'est liquéfié, mon visage est sans doute devenu livide puisque mon père a éclaté de rire et s'est ravisé presque aussitôt : « Je plaisantais ! Tu as perdu ton sens de l'humour ? » C'était peut-être la seule perte qui m'affectait. Je n'avais plus envie de rire et encore moins avec mon père. A moins que ce fût *lui* et lui seul qui ne me fît plus rire. Ses élucubrations, sa fantaisie, son excentricité. Je lui avais demandé, dès son arrivée à New York, de renoncer à porter ses lunettes rouges, je l'avais mis en garde : « Avec ces lunettes voyantes, tu vas attirer l'attention sur toi » et il m'avait répondu, péremptoire : « Parfait. A soixante-neuf ans, il est temps qu'on me remarque. » Que pouvais-je faire de lui ? Que devait-on espérer d'un père pareil ? Un père avec ses lubies, ses phobies, ses extravagances, un père sans autorité avec lequel il aurait fallu rompre comme avec une femme immature. Il disait qu'il ne savait pas comment me l'annoncer. Il parlait trop, puis trop peu. Il passait sa main dans ses cheveux. Cela me rendait nerveux. Il me narguait. Je le brusquai : « Alors ? » et « De quoi s'agit-il ? ». Il minaudait, prenait des poses d'adolescent effarouché. Il craignait ma réaction. Il craignait mon jugement. Il regrettait d'être venu ; d'ailleurs, il allait repartir, là, tout de suite, sans m'avoir rien dit, « parce qu'il n'y avait rien à dire, finalement », rien qui justifiât sa présence. On eût dit un enfant hésitant à avouer son méfait et sollicitant la bénédiction paternelle par anticipation. « Mais enfin, explique-moi clairement de quoi il s'agit ! » me suis-je écrié. Il a eu un mouvement de recul, il fallait parfois le brusquer pour le provoquer. Il a regardé à gauche, à droite comme s'il s'apprêtait maintenant à commettre un vol et qu'il craignait d'être pris en flagrant délit. Puis il a parlé d'une voix forte et avec une certaine emphase. Il était amoureux, c'est ce qu'il m'a annoncé. Quand il parlait, ses narines frémissaient, ses yeux brillaient, il me faisait penser à ces révoltés habités par une cause. La sienne était humanitaire : il disait qu'il voulait « sauver sa peau ». « A mon âge, m'expliquait-il en rajustant ses lunettes sur son nez, on a statistiquement plus de chances d'avoir un cancer de la prostate que de tomber amoureux. » A près de soixante-dix ans, mon père souhaitait changer de rôle et c'était donc cette nouvelle qu'il était venu m'apporter – messager de lui-même. Il tombait le masque physiquement ; il avait poussé le souci de transparence jusqu'à transformer son apparence. Il avait rasé son bouc et les extrémités de sa moustache. Il avait troqué ses costumes noirs contre un pantalon en flanelle grise et une chemise blanche très cintrée. Même son cynisme mâtiné d'humour s'était mué en une franche jovialité. Il avait teint ses cheveux – ultime transformation –, et j'observais avec une certaine répugnance ce châtain virant au roux qu'il arborait sans aucune gêne, lui qui n'avait fait que se moquer de cette féminisation du monde, de ce nouveau culte de l'apparence masculine, lui qui disait maintenant : « Je suis un autre. » Allons ! ce n'est pas possible ! Il ne s'agit pas de mon père ! C'était bien une renaissance qu'il espérait de ces mutations et, notamment, de la plus radicale d'entre elles : il divorçait. Ses parents morts, il souhaitait se défaire de tous les liens qu'il avait tissés, retrouver un statut d'homme libre comme si, délié de l'attache filiale, il décidait dans une même impulsion d'arracher la laisse conjugale au bout de laquelle il s'était laissé promener une vie durant par sa femme. Mais je ne comprenais pas les raisons qui incitaient mon père à engager une telle procédure, après plus de quarante ans d'un mariage sans heurts, et à traverser l'Atlantique pour me l'annoncer « de vive voix » avait-il précisé ; la rencontre physique entre un père et son fils revêtait alors à ses yeux une solennité, une authenticité que la parole filtrée par les lignes téléphoniques ne pouvait pas transmettre. « Une histoire d'adultère, voilà ce qui t'a fait venir jusqu'ici ? » ai-je demandé. « Non, m'a-t-il corrigé, une histoire d'amour. » J'étais abasourdi. « Qu'est-ce que cette femme a de plus que maman ? » « Cinq ans » a-t-il répondu.

Il s'est tu. Puis il m'a dit d'une voix étranglée qu'il y avait « autre chose » ; je ne voyais pas ce qu'il pouvait y avoir de pire. « Quelque chose de plus politique » a-t-il ajouté, et c'est là que je me suis rappelé que Natalia et moi n'avions pas fait l'amour depuis dix jours.

Tout est politique (X)

La première fois que Natalia et moi avons fait l'amour, c'était dans l'appartement familial, dans ce que mes parents appelaient dorénavant « la chambre d'amis » alors qu'ils n'en recevaient jamais. Les seules personnes qu'ils accueillaient chez eux, sans les y avoir expressément invitées et sans leur proposer d'y passer la nuit, étaient des immigrés, clandestins ou non, la plupart venus d'Europe de l'Est, de petites bourgades perdues aux confins de la Pologne et de la Roumanie. Du plus loin que je me souvienne, notre maison était toujours remplie d'immigrés : futures femmes de ménage, étudiants en transit, aspirants mannequins, maçons, peintres, le numéro de téléphone et l'adresse de mes parents circulaient de main en main. Mes parents ne leur donnaient pas d'argent, ils se contentaient de les recevoir, de leur offrir à manger – en échange de menus travaux –, ils les aidaient à trouver du travail au noir, et c'est à cette époque je crois, je devais avoir treize ans, que j'ai admis deux évidences : la première est ma préférence pour les filles d'Europe de l'Est ; la seconde est que l'amour devrait rester un éternel sans-papier, sans régularisation possible. Après avoir rencontré Natalia chez les amis de mon producteur qui l'employaient, je lui avais proposé d'aller boire un verre un soir dans un bar animé de l'île Saint-Louis mais nous nous étions retrouvés au cinéma, dans une salle du Quartier latin, devant une vieille comédie de Billy Wilder qui nous avait fait rire aux larmes et j'avais pensé, en l'embrassant, en la voyant rire : cette histoire commence bien. Les histoires d'amour commencent mal en général. Sur des malentendus, des mensonges et, passé les premières heures, les langues se délient, les goûts s'affirment : on sait si l'on est fait pour s'entendre. Je suis tombé amoureux du rire de Natalia, un rire sonore, tonitruant et presque musical qui provoquait un tumulte en moi, elle riait à gorge déployée en gardant la bouche ouverte comme le font les enfants sans se soucier de paraître impudiques ou vulgaires. De même que certains jugent le potentiel sensuel d'une femme en la regardant manger, j'étais capable de déceler les indices d'une sexualité libre derrière les éclats d'un rire généreux, offert sans contraintes, un rire spontané qui électrisait mes sens et érotisait le moindre de ses gestes y compris les plus banals, tels que poser sa main sur mon avant-bras, saisir son verre, tout en continuant de sourire avec un air béat qui préfigurait une autre forme de plénitude. Le rire secouait son corps, ses mains virevoltaient, ses seins se balançaient sous les ondulations de son torse, on eût dit qu'elle se trouvait à bord d'un train fantôme qui filait à vive allure à travers une grotte sombre, et j'étais la cause de son excitation, mon humour la chatouillait et mon rire, mon propre rire, devenait contagieux, elle gloussait, elle criait : « arrête ! » et je continuais, je ne lâchais pas la bride jusqu'au prochain départ. Pourtant, ce soir-là, je l'avais à peine embrassée (à cause des lois restrictives sur le harcèlement sexuel/ parce que j'avais la trouille d'essuyer un refus) et je l'avais raccompagnée jusque chez elle sans avoir osé lui montrer de quoi j'étais capable (c'est-à-dire : pas grand-chose/de grandes choses), sans proférer les phrases d'usage (je vous rappelle demain matin/je ne suis pas un homme pour vous), sans lui demander son numéro de téléphone (je l'avais déjà/je n'avais pas l'intention de la revoir), sans lui dire à haute voix tous ces mots qui se pressaient dans ma tête (vous êtes belle/j'ai envie de vous prendre, là, maintenant), sans rien tenter (une approche/un viol déguisé). Certains hommes s'inclinent devant une femme en pleurs, je ne m'abandonne qu'aux femmes qui rient. Le lendemain, je lui avais encore proposé de sortir et elle avait dit « oui », spontanément, je n'avais même pas eu besoin d'insister alors que dans les situations les plus classiques, il me fallait souvent leur sortir le grand jeu, leur faire des promesses que je ne tiendrais pas. Je l'avais emmenée dîner dans un restaurant japonais, je n'avais pas pu l'inviter chez moi, je vivais à l'époque avec une maquilleuse âgée d'une trentaine d'années dont l'équation sociale : mariage + famille = l'infini des possibles commençait à provoquer chez moi des réactions éruptives. A chaque fois qu'elle me parlait de « notre avenir », j'avais des poussées d'urticaire. Après le dîner, Natalia avait refusé d'aller à l'hôtel à cause des dépenses qu'elle jugeait superflues et c'est moi qui lui avais proposé d'aller chez ma mère, j'avais les clés de chez elle et je savais qu'elle assistait tous les lundis soir à un cours de sophrologie qu'un obscur professeur de bien-être dispensait pour cent euros de l'heure à des personnes psychologiquement fragiles. Je ne pouvais pas deviner que le cours serait annulé, qu'elle rentrerait deux heures plus tôt et qu'elle nous surprendrait, Natalia et moi, nus et dans une posture que ma mère avait qualifiée de « compromettante ». Drôle d'endroit pour une rencontre. « Maman, je te présente Natalia. » Puis, me tournant vers Natalia : « Voici ma mère. » Ce sont des choses qui arrivent. Les présentations étant faites par l'entremise du destin, j'ai conclu que cette fille était la femme de ma vie, je n'avais jamais sérieusement envisagé d'épouser la fille qui vivait chez moi, elle manifestait une certaine rigueur qui m'avait séduit au début de notre histoire mais dont j'avais compris qu'elle ferait tôt ou tard obstacle à ma fantaisie. Je cherchais à privilégier la stabilité de ma relation tout en sachant en mon for intérieur que je n'étais pas doué pour la représentation sociale. J'avais déjà mis en scène ma vie en épousant ma première femme et, après ce qu'il convient d'appeler un fiasco conjugal, je n'avais plus songé à me marier. Les mariages, comme les naissances, sont toujours des faits accidentels. Et il faut les traiter comme tels. Depuis que je vivais avec elle, mes amis disaient de moi que j'étais plus « serein », plus « équilibré » et leurs remarques me rassuraient, me confortaient dans l'idée que j'avais fait le bon choix – un choix sensé, juste, cette femme allait m'offrir la stabilité, la tranquillité, le confort – ces éléments constitutifs d'un bon mental qui sont généralement l'apanage des mères (mais la mienne, comme je l'ai dit, devait déjà assurer sa propre survie morale) –, « un autre homme » oui, plus calme, moins anxieux, un père enfin conscient de ses responsabilités paternelles, un homme apaisé, plus attentif aux autres – mais un homme éteint. Cette femme avait remis de l'ordre dans ma vie. Et l'amour est désordre. Et la sexualité est désordre. Les grandes lésions désorganisatrices ! Celles qui vous ébranlent, vous affectent durablement. Celles qui vous métamorphosent, vous l'être *civilisé*, l'être *maîtrisé*, l'être *raisonnable* en un être confus, hagard, inquiet. Ma liaison avec Natalia : les montagnes russes. A son côté, j'étais tourmenté, mais *vivant*. Quelques jours après notre rencontre, j'avais donc provoqué une dispute avec ma compagne, j'étais rentré très tard, sans la prévenir, elle m'avait accueilli avec des reproches et, avant qu'elle eût pu porter le coup de grâce, je lui avais dit que nous devions nous séparer un moment ; je n'ai pas rompu définitivement, en amour, mieux vaut être assuré tous risques. Elle n'avait même pas l'air surprise, la comédie avait assez duré, les femmes d'humoristes savent qu'un jour ou l'autre, les pleurs succèdent aux rires. Comme toutes celles qui l'avaient précédée dans ma vie, elle m'avait reproché d'être « dur, insensible et égoïste » et, ultime injure, « de ne plus la faire rire ». Elle a pris ses affaires et les miennes avant de sortir en emportant l'argent liquide que je conservais dans une cassette vidéo d'un film de Woody Allen au titre incitatif : *Prends l'oseille et tire-toi.* Deux jours plus tard, Natalia a emménagé chez moi mais a refusé de démissionner de son poste de femme de ménage pour, disait-elle, « conserver son indépendance », une revendication que je ne discutai pas puisqu'elle avait aussi été celle de ma mère et, avant elle, celle de ma grand-mère. Je suis le grand défenseur des droits des femmes, je l'ai dit à Maître K. et elle a répondu qu'il faudrait le répéter au procès au cas où le juge serait une femme. Je signe toutes les pétitions en leur faveur. Il n'y a pas plus engagé que moi quand il s'agit du droit à l'avortement. Ma mère m'a gardé (après deux mois de tergiversations dignes des plus grands débats théologiques : Fallait-il ou non créer *l'homme* ?), Mary a gardé notre fille (délai légal d'avortement dépassé), Natalia a gardé son fils (par amour pour le père de l'enfant). Et dans ces trois cas, voyez où cela nous a menés : dépression (pour moi), délinquance (pour ma fille), abandon de famille (dans le cas de Natalia et, pour son fils, des séquelles irréversibles). Je l'affirme au risque de choquer les ligues puritaines (« Ne le dites pas, m'ordonne Maître K., au risque de choquer les jurés ») : ma mère aurait dû avorter. « Ne le dis surtout pas devant ma compagne » réplique mon père. Et c'est ainsi qu'il me révéla ce secret « plus politique » qu'il n'arrivait pas à exprimer simplement : la femme qu'il aimait était conseillère UMP à la mairie du XVIe. Une femme de droite (« très conservatrice » a-t-il ajouté), avec un homme de gauche ! Une nouvelle cohabitation ! J'ai affiché une moue déçue. Je ne savais pas ce qui me choquait le plus : que mon père quittât ma mère pour une autre ou que cette femme dont il était amoureux fût du bord politique opposé au nôtre. Son monde intérieur m'était indéchiffrable. Je retrouvais mon père, après ces mois d'absence, transfiguré par l'amour, exalté par une rencontre qui avait, répétait-il, « bouleversé sa vie ». Il était venu jusqu'ici pour m'annoncer cela ? Non. Ce n'était pas tout. Il lui avait fait croire qu'il était producteur, qu'il habitait à Neuilly dans un hôtel particulier, qu'il était parti aux Etats-Unis pour y rencontrer des actrices américaines. Lui, mon père, en négociation avec Halle Berry ? Quelle mascarade ! Et pour mener à bien ce qu'il appelait « son entreprise de séduction », il avait lui aussi usé des artifices tortueux du mensonge. Une mise en scène, semblable à la mienne. Tel fils, tel père.

— J'ai besoin d'argent, Jérémy, dit-il en ôtant ses lunettes comme s'il devenait sérieux tout à coup. Tu es mon fils, je t'ai aidé à réussir, tu es riche maintenant, tu possèdes le plus beau loft des environs et...

— C'est impossible, ai-je murmuré.

— Comment ça c'est impossible ? Tu ne peux pas me faire ça, j'aime cette femme.

— Tu n'as qu'à lui dire la vérité. Si elle tient à toi, elle restera.

C'était un argument absurde, rien ne blesse autant une femme que la vérité.

— Non, je ne peux pas, c'est trop tard. Elle ne me le pardonnerait pas. Je ne te demanderai qu'une petite somme.

C'était la deuxième fois en vingt-quatre heures que l'on me demandait de l'argent. Ma fille, puis mon père. Alors que j'étais le seul à avoir réellement besoin d'argent – je m'embourbais dans mes mensonges.

— Combien ? ai-je demandé.

— Cent mille dollars. Je sais que ce n'est pas grand-chose pour toi.

— Mais tu es dingue ! Comment pourrais-je trouver

une somme pareille, je n'ai même pas dix dollars sur moi.

— Comment ?

— Je n'ai pas dix dollars sur moi.

Aussitôt, j'ai fouillé dans mes poches et j'en ai sorti un billet de cinq dollars.

— Tiens, voilà tout ce que je possède.

Il me regardait avec une moue incrédule.

— Tu te moques de moi ? Et ta maison ?

— Elle appartient à Jérôme, voilà pourquoi il est tout le temps là, il est chez lui ici, dans son salon, dans sa chambre à coucher, au milieu de ses femmes et de ses meubles, il conduit ses voitures et te fait servir par son personnel, il est riche à millions et ne me demande pas comment il gagne sa vie, demande-moi plutôt comment je gagne la mienne, rien, je ne gagne rien, je ne fais rien, les seuls jobs que j'ai réussi à garder sont des postes de serveur et de clown dans des maisons de retraite pour Juifs, je loue une chambre dans un hôtel de passe d'Astoria.

Et, plagiant Groucho Marx, j'ai ajouté :

— Eh oui, parti de rien, j'ai atteint la misère...

— C'est une blague, dis-moi que tu plaisantes...

— Est-ce que j'ai l'air de plaisanter ?

Soudain, il s'est levé de sa chaise et il a pointé un index vengeur vers moi en criant :

— Tu as tout perdu au jeu, c'est ça ?

— Oui. (J'ai joué et j'ai perdu. On ne perd pas des sommes amassées en plusieurs années à cause d'un échec professionnel, les intérêts bancaires, les placements financiers, les comptes ouverts à l'étranger sont souvent les bouées de sauvetage auxquelles les grands noyés se raccrochent avant de rejoindre la rive. Oui, je suis un grand joueur, j'ai tout perdu au poker, au black jack, à la roulette russe, au bridge, aux machines à sous et maintenant que vous le savez, filez !) J'ai raconté n'importe quoi. Je vous ai menti – à tous. Le seul rôle que j'aie pu obtenir en deux ans c'est une figuration dans une publicité.

Je ne lui ai pas avoué – je ne l'avais avoué à personne, pas même à Natalia, j'étais tellement grimé qu'elle ne m'aurait pas reconnu – qu'il s'agissait d'une campagne publicitaire où, déguisé en coq français, couvert de ridicule, j'encourageais le téléspectateur à consommer des poulets américains.

— Mais enfin pourquoi ne nous as-tu rien dit ?

Je n'ai pas répondu, j'ai pris ma tête entre mes mains pour ne plus croiser son regard. J'espérais qu'il me réconforterait, qu'il me dirait : « Ce n'est rien, je vais t'aider, ne t'inquiète pas » – qu'il interpréterait son rôle de père – mais au lieu de cela, il s'est écrié sur un ton plaintif : « Oh ! mon Dieu ! Que vais-je devenir ? » Il osait me dire cela à moi, son fils, moi qui n'avais plus le moindre avenir ? Et moi : qui se souciait de ce que j'étais devenu ?

C'était le jour le plus noir de ma vie – celui qui déterminerait les événements qui allaient suivre. Le pays était resté si longtemps plongé dans l'obscurité, prostré dans son deuil que j'ai compris, ce jour-là, que moi aussi j'étais mort, moi aussi, je devais renaître ailleurs. En moins de vingt-quatre heures, j'avais touché le fond sans espoir de remonter à la surface. Qui aurait pu me hisser : mon père dont les préoccupations amoureuses avaient accaparé l'esprit jusqu'à le rendre imperméable aux larmes de son fils ? Natalia qui, je le savais, ne reviendrait pas sur sa décision de me quitter ? Ou Saïd, avec ses histoires de houris (« Soixante-dix vierges t'attendent là-haut, hurlait-il avec plus de concupiscence que de piété, pas une de moins ! ») qui ne faisaient qu'attiser mes pulsions suicidaires ? Il fallait en finir mais comment ? « Rentre à Paris avec moi », m'a dit mon père sur un ton qui ne trahissait aucune contrainte. « A Paris. Mais pour quoi faire ? Personne ne m'y attend. Alain et Thomas mènent leurs propres carrières. Je ne peux pas repartir de zéro ! » C'est alors qu'il a lâché cette phrase terrible qui a balayé mes réticences mais aussi les derniers fragments d'estime que mes échecs successifs n'étaient pas parvenus à emporter. « Tu ne repars pas de zéro mais de moins que zéro. » J'étais anéanti – totalement hors d'état de nuire. Les mots sont les pires armes de destruction massive ou individuelle.

L'empire du mensonge

« Devant le juge, vous ne direz pas que vous buvez, même occasionnellement. Vous ne direz pas non plus que vous jouez au poker sauf si vous apprenez que le juge est lui-même un joueur. Vous ne direz pas que vous fuyez vos amis quand ils sont dans le malheur mais que vous les soutenez, vous les soulagez en les faisant rire. Vous ne direz pas que vous n'avez jamais désiré d'enfant ni que vous frappez votre chien. Vous ne parlerez pas de politique. Vous ne direz pas que votre fille écoute Marilyn Manson – toutes les associations catholiques sont liguées contre lui. Enfin, vous direz à quel point il est difficile d'être humoriste, vous parlerez de l'obligation d'être toujours drôle, de la peur de ne pas être à la hauteur. Vous êtes une victime, c'est ce que vous direz devant le juge, c'est ce que vous répéterez devant les jurés. » Aucune femme ne me comprenait comme Maître K. Elle avait beau avoir vingt-cinq ans, elle avait une grande connaissance de la psychologie masculine. « Vous me demandez de mentir », ai-je dit faussement ironique, alors elle m'a regardé droit dans les yeux en disant : « Oui, n'est-ce pas ce que vous savez faire de mieux ? » Après avoir entendu une remarque pareille, j'aurais dû légitimement exiger un autre avocat, mais je m'étais attaché à elle, j'avais besoin d'un visage de femme la nuit, pour m'endormir et à part elle, il n'y avait que ma mère qui me rendait visite, le choix était vite fait, je n'osais tout de même pas fantasmer sur ma mère, il y a des limites à mon amoralité. Maître K. avec sa longue robe noire m'excitait beaucoup – l'uniforme, la nudité fantasmée, l'interdit. « Vous direz », a continué Maître K. selon le plan qui se déroulait dans sa tête : thèse-antithèse-synthèse ainsi qu'elle l'avait appris à la faculté de droit, « vous direz que votre compagne vous a influencé, que les Américains sont francophobes. Vous insisterez sur la précarité de vos emplois, la fluctuation de vos sentiments, la douleur de vos échecs. Vous parlerez de l'arrogance américaine, de la crispation francophobe, du mépris pour la culture française. Vous direz que vous êtes parti uniquement pour votre fille, par sens des responsabilités, par loyauté. A aucun moment vous ne parlerez d'avortement, de délai légal dépassé. Dès que vous avez appris que votre femme était enceinte, vous avez accueilli la nouvelle avec calme et vous avez pensé : nous élèverons cet enfant. Vous n'êtes rentré en France que pour travailler, n'ayant pas pu vous intégrer en Amérique à cause du sentiment antifrançais qui règne là-bas. Je compte beaucoup là-dessus, vous l'avez compris, l'Amérique vous a ruiné, vous a brisé parce que vous étiez français. Vous direz que vous avez proposé à Natalia de vous épouser et d'adopter son fils. Vous direz que vous avez grandi sans figure paternelle, que vous avez menti à vos parents pour ne pas leur faire de peine. Et puis vous pleurerez. Quand un humoriste décroche un rôle dramatique, il y a de fortes chances pour qu'il décroche aussi un César. Pour vous, ce sera la remise de peine. » Cela faisait beaucoup de mensonges mais j'étais prêt à tout pour sortir de là. Je supportais mal l'enfermement. J'avais des nausées, des vertiges, des crises de spasmophilie, de tétanie, etc. Maître K. paraissait de plus en plus résolue, je commençais même à croire en sa compétence quand elle m'a dit à voix basse qu'elle voulait approfondir « la question de l'échec personnel » comme s'il s'agissait d'un enjeu international. Alors, pour la première fois, j'ai parlé de mon père.

Deux ou trois choses que vous devez savoir sur mon père

Bien qu'apparaissant sous les traits d'un personnage secondaire, mon père est le principal acteur de ma vie ; aussi, par souci de clarté, un bref portrait s'impose. Physiquement, il ressemble à Georges Perec à la différence près qu'il porte des lunettes rouges. Quand j'étais enfant, il m'emmenait avec lui, à vélo, je m'asseyais sur le siège arrière, je posais mes mains sur ses hanches et il roulait, il roulait vite, en récitant *Je me souviens*, il le connaissait par cœur, *Je me souviens* à voix haute et en soufflant bruyamment comme s'il était exténuant de se souvenir. Je me souviens que mon père était coléreux, tyrannique, caractériel – cruel parfois –, qu'il humiliait ma mère, suscitait la crainte de ses enfants, harcelait nos voisins ; mais aussi qu'il était drôle – le roi du burlesque ! – et son humour le préservait de l'animosité et des rancunes, le dispensait de justifier ses maladresses ; nous lui pardonnions ses offenses parce qu'il nous faisait rire. Il maniait l'ironie et le sarcasme, ma mère était son souffre-douleur, il se moquait d'elle, de sa famille – en public, toujours –, il la couvrait de ridicule et nous riions aux dépens de celle qui avait cru faire de sa vie un spectacle en épousant un clown, oui, nous riions quelquefois jusqu'aux larmes des élucubrations d'un père que nous aurions détesté s'il n'avait su désamorcer la haine par le rire. Ce sens inné de la comédie annulait les névroses que les hasards de l'hérédité et, plus sûrement, les aléas de la vie, lui avaient infligées. Son enfance avait été ponctuée de si nombreux deuils qu'il ne pouvait s'y référer autrement qu'avec dérision comme si la mort, en se répétant, en se déclinant à tous les modes – mort par asphyxie, par accident, mort collective –, perdait son caractère tragique pour devenir un événement aussi fortuit qu'une rupture. Il n'avait que vingt ans lorsque son père décéda d'un arrêt cardiaque. En moins de six mois, ce commerçant prospère, propriétaire d'une boutique de prêt-à-porter féminin située au cœur de Paris, avait vu son affaire péricliter à la suite non pas d'une mauvaise gestion financière mais d'une fatale gestion de l'image. Sous la pression familiale, il avait renoncé à renouveler le contrat de son mannequin vedette, une superbe Tchécoslovaque de dix-huit ans, pour employer sa femme et ses deux filles (des jumelles girondes et rougeaudes) comme représentantes de sa marque *Rose Désir*. Après quelques mois d'exploitation et de promotion publicitaire du nouveau catalogue, l'entreprise avait fait faillite. Mon grand-père s'en attribua l'entière responsabilité et, d'autocritique en autoflagellation, parvint à briser sa confiance et sa santé. « Mon père mort, j'ai pris sa place », disait mon père. Et effectivement, il se substitua à lui, sa mère demeurant une femme-enfant qui était passée de la tutelle d'un père à celle d'un mari puis d'un fils, et s'il n'avait rencontré ma mère, il est probable qu'il ne se serait jamais marié. Il aurait passé le restant de ses jours entre sa mère et ses sœurs, restées vieilles filles jusqu'à ce que l'une d'entre elles, l'aînée de quelques minutes, décidât de rentrer dans les ordres contre l'avis de tous, « moins par vocation, disait mon père, que pour justifier sa virginité ». Quelques années plus tard, toutes trois décédèrent dans un accident d'avion, ce qui expliquait en partie ses phobies, ses peurs excessives et la plus invalidante d'entre elles : la peur de l'avion. En public, c'était un père modèle, un honnête citoyen, un homme fidèle à ses convictions politiques. Dès mon plus jeune âge, il m'emmenait avec lui – lever à quatre heures du matin ! – pour coller des affiches de propagande. Je le regardais, ébahi, mélanger des débris de verre à la colle puis, d'un mouvement vif, étaler au dos du papier la pâte visqueuse à l'aide d'un gros pinceau avant de poser enfin avec application l'affiche sur les murs. Il me décrivait avec une jubilation perverse les douleurs corporelles que toute personne qui tenterait d'arracher l'affiche se verrait infliger. J'imaginais les doigts criblés de verre, les vêtements maculés de sang de l'ennemi politique, mon père prenait les traits d'un monstre sanguinaire entièrement dévoué à une cause qui ne pouvait paraître que funeste aux yeux d'un enfant de cinq ans. Ces gestes de militant trahissaient la nature de la relation qui me liait à mon père : il me semblait que si je cherchais à gratter le vernis derrière lequel il se protégeait, je me blesserais aussi. Il y avait quelque chose de tranchant chez lui qu'il masquait sous une apparente bonhomie, et cette dureté n'émanait pas de sa révolte contre le système, mais plutôt de sa soumission : il était aigri. La plupart de ses anciens camarades de classe avaient obtenu des statuts enviables au sein de l'université, de l'ordre judiciaire alors qu'il n'était resté qu'un modeste employé administratif, chargé de l'état civil. « Je refuse, disait-il, la politique gouvernementale, le système, les inégalités, les injustices, les violations des droits, je refuse de servir les intérêts du patronat, des mondialistes, des capitalistes, je refuse l'instauration d'une médecine à deux vitesses, la discrimination raciale et sexiste. » Mais s'il refusait les compromissions sociales, il tolérait les petits arrangements avec lui-même. Il luttait contre des injustices qu'il faisait subir à sa propre famille. Il militait pour les droits de la femme et de l'enfant qu'il bafouait sitôt qu'il se trouvait chez lui. Jusqu'à l'ultime corruption : lui qui avait lutté toute sa vie durant contre l'exploitation sociale décida, après quarante ans de bons et loyaux services à la mairie du XIe, qu'il pouvait dorénavant bénéficier des avantages sociaux pour lesquels il s'était battu, et, insistait-il, « suffisamment sacrifié ». Il connaissait toutes les aides sociales, leurs conditions d'obtention et jusqu'aux moyens, illégaux parfois, de les obtenir. Il était capable de vous réciter par cœur la liste des trente maladies qualifiées d'affections longues et coûteuses qui ouvraient droit à des indemnisations conséquentes. A l'âge de soixante ans, il s'inventa une maladie neurologique, il en apprit les symptômes dans des revues psychiatriques et après quelques mois, il toucha le jackpot social : un arrêt-maladie, une carte de grand invalide, un macaron de handicapé qui lui permettait de stationner son véhicule sur des emplacements réservés, sans avoir à payer le moindre ticket de stationnement, et toutes sortes d'aides parallèles qui le maintenaient dans un état de dépendance. A chacun son rêve ! Comme les escrocs milliardaires s'installent dans des édens fiscaux, il s'était choisi un paradis social, la France, pour y vivre une retraite paisible. Hélas ! il fut pris en flagrant délit de validité motrice au marathon de Paris par un inspecteur de la sécurité sociale et ce fervent homme de gauche fut privé de tous ses droits. Quant à sa carte du PS, elle disparut de son portefeuille : confisquée, brûlée, déchirée ? Nul n'en sut jamais rien. Il y avait une certaine incohérence pour un militant aussi engagé que mon père dans la lutte sociale à se corrompre par les voies qu'il condamnait par ailleurs âprement, mais pour absurde qu'elle parût, sa volte-face révélait en réalité sa lucidité critique. S'il avait apprivoisé l'inéluctabilité de la mort naturelle, l'idée de mort sociale le hissait à un niveau d'anxiété tel qu'il lui fallait plusieurs fois par semaine vérifier la situation de ses comptes bancaires pour retrouver une certaine sérénité. Il avait vu, tout au long de ses années de militantisme politique, tant de gens broyés par la société, exclus du système, qu'il en avait gardé une peur excessive, presque pathologique, de l'exclusion. Et j'en étais là, moi, le fils prodige attendant que quelqu'un daignât constater ma mort sociale, réelle et constante. L'avantage du suicide social est que celui qui le tente a la certitude de ne pas se rater. Personne ne viendra le réanimer. Qu'on en finisse ! Mon père l'avait compris. Voilà pourquoi j'acceptais qu'il fût à la fois un salaud et un saint – les conceptions manichéennes m'ont toujours paru suspectes. Il pouvait nous faire rire aux larmes après nous avoir infligé une punition pour des fautes que nous n'avions pas commises. Et nous oubliions, oui, nous oubliions par la seule force du rire qu'il avait suscité qu'il avait été injuste. Il fallait le voir déambuler à travers les pièces de la maison, juché sur des talons aiguilles, le corps moulé dans une robe appartenant à notre mère, portant sur la tête perruque et foulard de soie, affublé de ses lunettes rouges qu'il ne quittait jamais, moins pour se singulariser que pour se rappeler à lui-même, tous les jours, devant la glace, que la vie était une farce grotesque. Mes amis disaient : « ton père n'est pas très net » et ils n'avaient pas tort : nous n'en avions qu'une vision déformée, nous parvenions à peine à en saisir les contours. Il fallait l'entendre imiter une prétendue employée de l'association pour les pupilles de la Nation : « Bonjour, je vous appelle pour une collecte de fonds. » Au bout du fil, ses victimes bredouillaient avant d'invoquer la conjoncture difficile, l'inflation galopante ; il avouait alors la supercherie et c'était, à chaque fois, la même jouissance perverse d'avoir traqué les faiblesses de l'âme humaine. Malgré ce goût pour la farce, ses amis l'aimaient, les femmes jalousaient ma mère. Il inventait des histoires et des vies : c'était un usurpateur doublé d'un mythomane. L'humour légitimait les vices, excusait les déviances. Ainsi, à l'âge où tous les fils souhaitent ressembler à leur père, j'ai compris qu'il me faudrait être drôle pour conquérir les femmes, être aimé de ma mère – l'humour menait aux voies de la réussite et de l'absolution : c'était un sixième sens qui décuplait les cinq autres. Ce fut seulement à la mort de ma grand-mère et de mes tantes que je découvris la misérable condition du comique. Mon père, l'aîné, souhaita lire l'éloge funèbre mais à sa grande stupeur, chacun des membres de ma famille s'y opposa pour des raisons qui restèrent longtemps obscures et ce fut un cousin éloigné, un homme instable qui avait émigré en Amérique du Sud, auquel revint finalement cette mission. Un musicien mutique qui n'avait pas aligné plus de quatre mots dans sa vie ! Et, le jour de l'enterrement, incapable de rédiger le moindre texte, il se contenta de recopier l'éloge type que le responsable des pompes funèbres lui avait remis. Plus tard, lorsque je suis moi-même devenu humoriste, j'ai compris que certaines tâches me seraient interdites : annoncer un décès, lire un éloge funèbre, témoigner lors d'un procès, interpréter *Hamlet*. Etre père.

Entrée réservée aux artistes

« Alain Venet : *Stand-up !* » annonçaient les lettres lumineuses sur le fronton du théâtre où Alain devait donner le soir même une unique représentation à la communauté francophone de New York au profit de l'institut Pasteur pour la recherche médicale. Il m'avait appelé de Paris quelques jours plus tôt pour m'informer de sa venue sans exiger quoi que ce soit, courtois, presque amical. « Je ne peux pas t'offrir les places, m'avait-il expliqué, puisqu'il s'agit d'une soirée caritative, mais je pense que tu ne vois aucun inconvénient à les acheter toi-même. » Aucun inconvénient à payer des tickets à cent dollars l'unité quand je ne possédais plus rien ? Mais je n'avais pas osé m'humilier davantage, j'avais emprunté de l'argent, comme d'habitude, et j'avais réservé deux places. Plus tard, j'ai appris qu'on lui avait proposé un cachet faramineux pour cette représentation. Je n'avais aucune envie d'y assister mais mon père avait tellement insisté que je m'étais résigné. Pour l'occasion, il s'était apprêté, parfumé comme si cette soirée déterminait le cours de sa vie alors qu'elle annonçait la fin de la mienne. Peut-on infliger traitement plus inhumain et dégradant à un artiste raté que de le faire participer contre son gré à la célébration d'un autre artiste qui, lui, a *réussi* ? Nous étions arrivés en avance, comme d'habitude, engoncés dans des costumes étriqués que Jérôme nous avait prêtés. Je reconnaissais certains visages, serrais des mains – ce n'était pas moi qui monterais sur scène et pourtant j'avais le trac. Ils étaient des centaines, peut-être des milliers, tous venus pour rire – et ils avaient payé pour cela. Ils avaient quitté leur travail plus tôt, confié la garde de leurs enfants à une nourrice, puis étaient sortis, leurs billets en poche, ces sésames de l'euphorie. Ils se pressaient les uns contre les autres dans une interminable file d'attente, se précipitaient sur leurs fauteuils sans même jeter un regard vers l'ouvreuse – spectateurs égoïstes, impatients, enfin libérés des tensions de la journée, s'enthousiasmant déjà du rire à venir. Assez de pleurs, de drames ! C'est aussi ce que pensait mon père en pénétrant dans la salle de théâtre d'où s'élevait un brouhaha étourdissant. Le destin est hasardeux et nous nous sommes retrouvés assis au premier rang entre Juliette Binoche et David de Rothschild. Ironie du sort, ces deux-là possédaient tout ce dont j'avais désormais besoin : la capacité de réconfort et la capacité de financement. Pourtant, je ne leur ai rien réclamé. Je suis resté là, pendant plus d'une heure, à les écouter rire des facéties d'un autre, ils riaient et à mesure qu'ils riaient, je pleurais intérieurement sur tout ce que j'avais perdu. Il n'y avait personne pour me regretter – pas même mon père, qui m'avait demandé, à l'issue du spectacle, de l'accompagner jusqu'à la loge d'Alain ; je n'avais aucune envie de le féliciter, et de quoi l'aurais-je félicité, je n'avais pas aimé son spectacle, je l'avais trouvé long, lourd, vulgaire et pour tout dire, un peu pathétique, mais c'était peut-être la jalousie qui me rendait furieusement critique, je l'avais écouté en traquant les erreurs, en guettant la faille dans l'espoir qu'il glissât de son fil, qu'il perdît l'équilibre. Mon père insistait, il ne l'avait pas revu depuis longtemps, il aimait bien Alain. Et nous nous étions dirigés vers une pièce spacieuse aux murs recouverts de tentures rouges où se pressaient quelques privilégiés. « Patientez quelques instants, Alain va vous recevoir », m'a dit la brune au regard sévère qui accueillait les invités. Nous l'avons attendu près d'une heure devant un buffet qui avait été dressé au fond de la pièce. J'observais mon père tandis qu'il mangeait des petits canapés en léchant la sauce qui dépassait, il parlait la bouche pleine et ses paroles me parvenaient déformées par le masticage et la pression des aliments contre son palais. « Tu vois, je n'ai pas trouvé Alain très drôle », a-t-il dit alors qu'il avait ri pendant toute la durée du spectacle. Soudain, j'ai entendu la voix d'Alain qui criait mon nom, je me suis retourné, il était là, derrière nous et, avant que j'aie pu lui parler, mon père se dirigeait vers lui en hurlant : « Formidable ! grandiose ! » « Alain ? » ai-je demandé, ne sachant plus s'il s'agissait de lui ou d'un autre. « Alain ? » ai-je répété. Il s'est avancé vers moi en souriant. Il avait beaucoup changé depuis notre dernière rencontre. Il avait maigri, ses traits s'étaient creusés ; à travers sa chemise taillée dans une toile de coton très fine et portée cintrée au niveau de la taille, on distinguait son corps osseux. Il avait perdu ses cheveux aussi – oh ! pas autant que moi ! – et je devinais même qu'il avait fait procéder à quelques implants capillaires sur le haut du crâne. Il fallait bien sauver les apparences. « Ah, tu es venu ! » s'est-il écrié avec une joie excessive, puis, en se penchant vers moi pour m'embrasser : « Alors, comment va notre star américaine ? » Et il a éclaté de rire, il riait de sa propre niaiserie et il me semblait que son rire ricochait sur les quelques personnes qui l'entouraient, gardes du corps, attachées de presse, metteur en scène, coiffeur et autres collaborateurs serviles : rire devenait une obligation professionnelle à laquelle ils ne pouvaient se soustraire sans prendre le risque d'être évincés du cercle des privilégiés, cet espace protégé par un cordon imaginaire qu'ils avaient pu franchir à force de gloussements obligés ou de simulations orgasmiques. Ils avaient tous, successivement – à chacun son tour ! –, été ses amants, ses maîtresses, ensemble ou séparément, ils avaient réalisé ses caprices les plus insensés, obéi à tous ses fantasmes, y compris ceux qui portaient atteinte à leur intégrité physique et à leur dignité. Ils ne lui refusaient rien puisque tout lui était dû : il avait fait d'eux ses éternels débiteurs. Qu'est-ce qui pouvait justifier cet autoritarisme et cette omnipotence ? Son aura, sa richesse, sa célébrité, ces trois éléments à la fois ? Sur quoi se fondait ce pouvoir monocratique dont je ne l'aurais jamais soupçonné si je ne l'avais vu l'exercer ? Il mondanisait tout, y compris notre amitié qui me paraissait à présent totalement superficielle. Nous étions comme ces étrangers qui se rencontrent à une soirée de gala et qui se quittent, après avoir échangé quelques paroles stériles, sans connaître leurs identités respectives. Il n'avait pas toujours été cet homme arrogant, terriblement cynique, entouré de niaiseux. Et pourtant, ce n'était pas le succès qui avait à ce point transformé le comique pétillant qu'il avait été en cette espèce de pitre, ce donneur d'ordres, ce minable faiseur de rires, non, c'était autre chose, une peur qui chaque jour gangrenait davantage son humour – la peur de ne plus pouvoir se maintenir au niveau de notoriété qui était le sien. Elle était palpable. Dans les questions empreintes de doutes qu'il posait sans arrêt – « Comment m'as-tu trouvé ? Tu crois que le *New York Times* va faire un papier ? » –, dans sa gestuelle maniérée qui trahissait le contrôle qu'il exerçait sur son travail et sur lui-même, et jusque dans ce ton compassé qu'il employait à présent, cette façon de parler en articulant les mots de peur qu'ils n'échappent à sa censure. Seule une parfaite maîtrise de sa vie et de sa carrière lui permettait encore de supporter les pressions, le stress et les enjeux économiques dont il était désormais l'objet. Il était miné par la peur de l'échec. Moi, j'étais brisé par l'échec. J'ai compris en le voyant, et cette idée m'a rassuré, que l'échec a ceci de valorisant qu'il vous humanise. En France surtout où, contrairement aux Etats-Unis, celui qui réussit devra tôt ou tard payer la facture. « Puisque le spectacle est fini, vous dînez avec nous ? nous a demandé Alain. Mon hôtel est juste à côté. » Mon père était fatigué, il voulait rentrer. Je tentais moi aussi de me dérober. Alain insistait : non, non, pas question de te quitter comme ça, tu restes avec moi et, sans me laisser dire au revoir à mon père, il m'a tiré par le bras en direction opposée. Une fois dehors, nous avons marché ainsi, côte à côte, jusqu'à la 44e Rue, devancés par son garde du corps et suivis par ses fidèles collaborateurs. Une foule grouillante s'agitait autour de nous – touristes émerveillés, citadins pressés, tous marchant à pas rapides, le menton surélevé comme tiré vers le haut par un fil imaginaire, des marionnettes humaines happées par l'énergie de Broadway qui avait retrouvé ses couleurs flamboyantes après le black-out. Un prédicateur noir hurlait comme un dément, une bible à la main, espérant nous convertir. C'est là, au cœur d'une rue illuminée par les éclats papillotants des néons, qu'Alain m'a parlé de lui, de son irrésistible ascension. Pas une semaine sans qu'il fût invité sur un plateau de télévision, sans qu'il reçût un nouveau scénario. Il venait d'acquérir un grand appartement à usage mixte sur la place du Trocadéro ainsi qu'une villa dans le Lubéron. Il passait ses vacances avec... suivait une liste de personnalités du monde cinématographique et audiovisuel, des animateurs, des producteurs et je devinais, derrière son apparent détachement, une forme de contentement qui me révulsait. Les intonations de sa voix trahissaient moins sa satisfaction puérile de faire partie d'une sphère privilégiée qu'il appelait avec une pointe de vanité « l'élite médiatique » que la fierté légitime d'avoir réussi à s'imposer dans le milieu de la comédie, fierté que rien n'avait pu corrompre si ce n'est cette obsession *d'en être*. Pouvoir dire : je connais telle actrice, je dîne avec tel homme politique, je suis l'ami *intime* de tel présentateur de télé, insistant sur ce mot « intime », l'utilisant souvent, le banalisant même comme s'il lui accordait un nouveau statut alors que, vidé de son sens littéral, il n'était plus qu'un adjectif errant et inutile qui dénaturait son propos et le rendait presque pathétique. « Et toi, alors ? » m'a-t-il demandé. « Oh, moi, je vais tourner avec Capra » – les morts, au moins, ne font pas de castings. Après quelques minutes de marche, nous sommes arrivés à son hôtel, le *Royalton* – un des hauts lieux du tourisme branché, situé juste en face de l'*Algonquin*, un autre hôtel fréquenté par le milieu littéraire et où Alain avait passé toutes ses vacances à New York avec son père. A l'atmosphère feutrée, à l'élégance stricte et un peu désuète de cet établissement mythique, il préférait désormais la sobriété artificielle des endroits à la mode. Un hôtel comme il s'en construit des dizaines aujourd'hui : murs de béton gris, immenses miroirs accrochés au-dessus de canapés en toile blanche, rideaux drapés habillant de grandes fenêtres. Et, en fond sonore, des musiques sans âme diffusées en boucle. Nous avons dîné dans une salle aménagée au fond du hall, une pièce encore envahie de miroirs où chacun pouvait s'admirer à sa guise. Une fois assis, nous n'avons pas parlé, nous contentant d'écouter Alain, acquiesçant à chacune de ses paroles ; j'ai remarqué qu'il paraissait tendu, lui qui avait l'habitude de plaisanter sur tout restait réservé. Au bout d'une heure d'un repas qui nous semblait interminable, les alcools et les plats ayant été consommés, j'ai compris que le seul mot que je pouvais désormais associer à sa personne était *ennui*. Et c'est moi, engagé volontaire, qui, pour chasser cet ennui que nos visages ne dissimulaient plus, ai décidé de faire mon show dans ma langue maternelle : trente minutes à l'issue desquelles les proches d'Alain riaient aux éclats tandis que lui devenait de plus en plus grave : je l'écrasais de ma supériorité comique. Et lui qui se forçait à rire, mâchoire crispée, paupière battant nerveusement la mesure, lui qui me regardait comme si je lui avais volé la vedette, moi qui ne faisais que réclamer mon dû : les rires et les applaudissements, ce dont j'avais été privé pendant ces deux années où, pris en otage par une politique internationale défaillante, j'avais perdu mon public et ma petite notoriété mais pas mon humour, c'est ce que je découvrais à présent, aussi excité qu'un paralytique qui recouvrerait l'usage de ses membres. Et c'est Alain qui a interrompu ma prestation, il était fatigué, disait-il, cette journée l'avait vidé de toute son énergie, il avait sommeil. Il s'est levé, m'a embrassé sans chaleur et est monté dans sa chambre. En l'espace de quelques secondes, ses collaborateurs ont quitté la salle de restaurant. A mon tour, j'ai voulu partir. Mais lorsque je me suis levé, je me suis retrouvé face à face avec moi-même devant un des grands miroirs et j'ai eu des envies de meurtre. Je suis sorti pour me fuir. Un voile opaque recouvrait la ville. Une bande de clochards ivres et défoncés essayaient de forcer une voiture avec un pied-de-biche. Au-dessus de leurs têtes, incrusté dans la façade d'un building, un panneau luminescent indiquait : *Coût de la guerre en Irak* et, plus bas, un montant de plusieurs milliards de dollars. Ils s'acharnaient sur le véhicule, rayaient la tôle à l'aide de tessons de bouteilles quand ils m'ont aperçu. Ils ont commencé à m'insulter. Et soudain, j'ai eu peur – ce pays m'avait contaminé. Alors je me suis mis à courir. Ma vie n'était désormais qu'une succession de fuites.

Un Européen

Le lendemain matin, en me réveillant après avoir passé la nuit chez Jérôme, j'ai annoncé à mon père que j'acceptais de le suivre. Puis j'ai téléphoné à ma fille, je souhaitais la voir avant de rentrer à Paris. Une heure plus tard, Eve était là, à l'*Olive Tree Cafe* où je lui avais donné rendez-vous, sur MacDougal Street, une annexe du *Comedy Cellar*, l'un des hauts lieux de la comédie à New York où je m'étais produit quelques soirs durant. C'était un genre de pub où l'on servait des spécialités d'Europe de l'Est, un endroit sombre, semblable à une cave, à peine éclairé par des lampions accrochés à des plafonniers et la pâle lumière du jour qui filtrait à travers des vitraux multicolores. Le soir, après leur spectacle, les artistes venaient y prendre un verre au milieu de leur public, vedettes du petit écran mais aussi auteurs de séries télévisées, apprentis comiques et rois du stand-up. Un escalier étroit menait du restaurant à la salle de spectacle et, en le descendant, vous ne pouviez pas manquer les dizaines de photos d'artistes épinglées çà et là sur les murs. Eve est arrivée en retard. J'avais le cœur qui battait lorsqu'elle est entrée, simplement vêtue d'un jean et d'un débardeur en coton blanc, je n'avais plus le moindre désir de fuite, j'aurais pu rester des heures à la regarder siroter son Coca avec sa paille, murmurer *« well, well »* comme si ce que je lui disais était totalement insignifiant alors que je devinais qu'elle s'était résignée à l'idée d'avoir un père lâche – je n'avais fait que l'abandonner –, un père absent – ainsi que le sont tous les pères – et un père irresponsable. Mes explications, elle les a écoutées d'une oreille distraite, préférant regarder un film de Charlie Chaplin qu'un grand écran diffusait en boucle. Elle riait. Moi aussi, je me suis mis à rire – c'est la dernière image que je garde de nous à New York. Puis elle m'a demandé si elle pouvait me rejoindre à Paris pour les prochaines vacances, je lui ai répondu que je l'appellerais dès mon arrivée. D'une voix atone, elle a dit : « Je ne veux plus vivre avec maman », je n'ai rien répliqué – j'applique avec une vraie conscience citoyenne la politique de l'autruche. Dix minutes plus tard, Eve était partie. Enfin ce fut au tour de Natalia de me rejoindre dans ce café, suivie de près par Dourak qui tournait autour de moi. Natalia, la moue boudeuse, les cheveux relevés en chignon, serrant dans sa main droite l'anse de ma valise. Au téléphone déjà, elle m'avait prévenu qu'elle ne m'accompagnerait pas, elle voulait que nous nous séparions un moment. C'était vraiment fini et je songeais à notre épitaphe. Je lui avais toutefois demandé de m'apporter mes affaires car je n'osais pas retourner à l'hôtel. Quand elle est arrivée, je me suis levé pour l'embrasser mais elle m'a repoussé fermement. Elle a désigné Dourak en disant : « Tu le gardes, je ne sais pas ce que ce chien te trouve mais si tu ne l'emmènes pas avec toi, il se laissera mourir. » Dourak aboyait comme un dément, il devenait vraiment sénile, je me suis demandé ce que j'allais faire de lui.

— C'est tout ? Nous allons nous quitter comme cela, sans un mot, dans ce café ? Je t'aime encore, je ne suis pas sûr d'avoir vraiment envie de partir et...

Mais je n'ai pas pu finir ma phrase, elle a répondu quelques mots en russe que je n'ai pas compris. Enfin, elle s'est levée – tout cela n'a pas duré plus de cinq minutes – et elle est sortie. J'ai pensé au moment où le public quitte la salle après une représentation. Le brouhaha, le bruissement des étoffes, les claquements des talons, les commentaires d'après-spectacle et l'instant, fragile, où les portes se ferment. C'était toujours une histoire d'abandon.

Dès que Natalia a disparu de mon champ de vision, j'ai pris la valise qu'elle avait posée sur la table et je l'ai ouverte. Elle y avait entassé mes vêtements en vrac sans prendre la peine de les plier, mes chaussures se mêlaient à mes affaires de toilette, le linge sale aux chemises propres. Mes pochettes de disques étaient fissurées ou complètement cassées. J'ai refermé la valise d'un geste brusque. Il me semblait que c'étaient mes projets, mes rêves, que je rapportais avec moi à Paris, souillés et chiffonnés. Une heure plus tard, mon père est arrivé, à bord d'un taxi en route pour l'aéroport. Le chauffeur était un Indien à la mine patibulaire qui roulait vitres ouvertes en dépit de mes protestations – jusqu'à la fin, ce pays m'aura réservé un sort pitoyable. A l'aéroport, les formalités ont duré des heures. Nous avions passé la première barrière de sécurité quand deux policiers m'ont isolé : ils m'ont ordonné d'ôter ma veste, mes chaussures, de tendre les bras en croix, d'écarter les jambes. Ils ont vérifié que je ne portais pas d'arme. Enfin, ils m'ont questionné pendant plus d'une heure : « Vous n'avez rien à déclarer ? » « Non », ai-je répondu. Et aussitôt, ils m'ont fouillé avec tant d'acharnement qu'ils ont fini par trouver, dans l'une de mes poches, quelques cartes de visite que mes voisins new-yorkais m'avaient confiées bien avant cette fatale partie de poker. Il y avait là les cartes de Yassir Yayaoui, Hassan Sofiane, Mehdi Saïd. L'un d'eux a quitté la pièce. Quand il est revenu, quelques minutes plus tard, il a brandi une fiche annotée.

— Que fait un Français de retour chez lui en possession de cartes de visite au nom d'Américains arabes ? a-t-il demandé.

— Ce sont des amis.

— Vous n'avez que des amis arabes interdits de casino ?

Et hop ! Interpellation, arrestation, interrogatoire. Ils m'ont finalement relâché. Ce jour-là, je me suis interdit de séjour sur le territoire américain. Je suis monté dans l'avion, précédé de mon père. C'est là que j'ai pensé à Venise, au voyage que j'avais effectué cinq ans auparavant avec une femme que j'avais aimée. Je ne m'étais jamais senti aussi heureux qu'en Italie. J'étais un Européen. Et j'ai pensé, en pénétrant dans l'avion pour Paris, que l'on ne devrait traverser la vie qu'à bord d'un vaporetto.

No man's land

J'avais raté l'ascenseur social. Si à l'aller, j'étais parti en Concorde avec caviar et champagne servis en cabine par des hôtesses aux mensurations de mannequins, recroquevillé contre le sein d'une Natalia amoureuse, au retour je n'avais eu droit qu'à un voyage en classe économique à bord d'un charter bringuebalant avec escale à Londres et, pour tout partenaire de vol, un père phobique. J'avais été malade durant tout le vol. Je m'étais levé de mon siège une dizaine de fois, suscitant la méfiance des hôtesses de l'air qui rôdaient autour de la cabine comme des agents du FBI, me demandant toutes les cinq minutes, à travers la cloison fine des toilettes : « Que se passe-t-il, monsieur, vous avez un problème ? » Je n'ai plus que cela, des problèmes ! Difficultés professionnelles, financières, conjugales, ma vie était le cœur du problème. L'hôtesse a tambouriné à la porte, a demandé d'une voix inquiète : « Est-ce que je peux vous aider ? » et, devant mon silence (qu'expliquait ma présence aux toilettes et non pas, comme elle le croyait, une quelconque manœuvre terroriste), s'est écriée : « Mais enfin, qu'est-ce que vous trafiquez là-dedans depuis une heure ? » Je brûlais de lui répondre : « Trafic de drogues » mais je me suis contenté de murmurer sur le ton d'un patient admis en unité de soins palliatifs : « Je suis malade. » Les Américains ne plaisantaient plus : même l'humour devenait une menace terroriste. Et j'ai regagné mon siège, le corps las, le visage livide, contracté par les douleurs qui m'assaillaient de toutes parts. Assis au côté de mon père, j'ai pensé : voilà, je flotte dans les airs comme dans le ventre de ma mère, au-dessus de l'Atlantique, à mi-chemin entre la France et les Etats-Unis, dans ce no man's land qu'est désormais ma vie – un terrain neutre, inhabité, peuplé de silhouettes chimériques et de rêves improbables, une terre stérile, insonorisée où ne résonnaient plus ni les rires ni les cris et où coulaient les larmes, non pas les miennes, j'avais renoncé à m'apitoyer sur mon sort, mais celles de mon père puisque j'avais exterminé ses rêves et ses désirs, j'avais craché sur son terreau infertile et rien n'avait poussé –, voilà, je retrouve ma place auprès de mon père. Je n'avais jamais tué l'enfant en moi, je ne pouvais tout de même pas laisser un clown commettre un infanticide. Je jouissais enfin pleinement des droits que ma naissance, fût-elle accidentelle, m'accordait. Je pouvais réclamer à boire quand j'avais soif. Je me plaignais et mon père m'écoutait, auditeur dévoué. J'avais sommeil, mon père tendait son épaule vers moi : « Endors-toi, mon fils. » A chacun ses activateurs d'enfance, me répétais-je en me recroquevillant contre lui. Mais cet état de grâce n'a été que de courte durée. L'avion commençait son décollage quand mon père, que les interrogatoires dont nous avions été l'objet avaient rendu nerveux et qui n'avait pas pris de calmant pour prévenir ses crises d'angoisse, est devenu hystérique. Il a quitté son siège en hurlant qu'il suffoquait : *vite de l'air ! Faites quelque chose !* Je ne savais pas comment le rassurer, *vite, je vais mourir si je ne descends pas de cet appareil !* Je n'arrivais pas à me calmer moi-même. Ne panique pas. Garde ton sang-froid. Je ne voulais pas être son tuteur, *au secours ! au secours !* J'ai laissé les hôtesses de l'air intervenir à ma place. Elles l'ont agrippé, l'ont allongé de force, ont placé un masque à oxygène sur sa bouche et son nez. Tandis que l'une maintenait ses jambes en l'air, l'autre lui parlait avec douceur en vérifiant de temps en temps la pression de l'oxygène qui sortait d'une grosse bonbonne en fer. Et c'est lui qui fut l'objet de toutes les attentions, lui que l'on prit en charge : son malaise en avait fait un client privilégié alors qu'il avait obtenu le billet le moins cher. Sur les recommandations du personnel navigant, il s'est installé en première classe, s'est allongé sur une banquette spacieuse et confortable. On lui a servi divers rafraîchissements. Des hôtesses aux visages d'anges lui demandaient s'il n'avait besoin de rien – oh ! à peine un murmure afin de ne pas l'affoler davantage : se sentait-il mieux ? Désirait-il une couverture, des écouteurs ? Passait-il un agréable voyage ? Il répondait avec une pointe d'humour, les hôtesses riaient. J'avais des pulsions meurtrières. Si je n'avais pas été apte pour l'infanticide, je saurais tout à fait commettre le parricide. Et ce n'est pas un hasard, me disais-je, si c'est lui qui me ramène en France, car les espoirs qu'il avait nourris à mon encontre s'étaient finalement consumés, il était venu rassembler les cendres. J'avais échoué là où il avait échoué : un fils ne pouvait pas infliger pire humiliation à son père. Et c'était lui maintenant qui m'humiliait dans cet avion presque vide, lui qui, nimbé de cette autorité feinte, une autorité qu'il n'avait jamais su exercer autrement qu'avec embarras et un inextricable sentiment d'incapacité, m'avait dit : « Dors ! » comme si je pouvais trouver dans le sommeil la solution à mes problèmes. Je me souvenais de mon retour en France après que j'avais abandonné ma première femme à son sort de mère célibataire, du sentiment de plénitude qui m'avait submergé dès mon arrivée à l'aéroport : je rentrais chez mes parents. Les droits des fils sont inaliénables. Tout ce que je désirais, c'était redevenir un fils.

Quand enfin l'avion a atterri à Paris, je n'ai pas pu retenir un soupir de soulagement, non pas parce que j'étais arrivé sain et sauf en France – je n'avais pas peur de mourir – mais parce que j'allais retrouver ma mère, elle seule savait m'apaiser. Je m'étais précipité vers la sortie comme un gamin après une trop longue séparation, je l'avais vue de loin, j'avais reconnu ses cheveux châtains qui viraient au roux au gré des traitements colorants qu'elle leur infligeait chaque mois pour couvrir ses mèches blanches, et son regard gris-vert qui semblait dire : « Ah ! Qu'il est beau ! Le champion du monde ! » J'avais couru en agitant les mains, un peu maladroit, un peu gauche – et quelle importance ? Fallait-il jouer un rôle, une fois encore, ici, à Paris ? –, tellement heureux de la revoir après ces longs mois passés loin d'elle, presque fier en voyant mon reflet dans ses yeux et indifférent tout à coup aux autres passagers qui entraient et sortaient, souriaient ou pleuraient, indifférent à tout ce qui m'entourait puisqu'elle était là à m'attendre, les bras grands ouverts, comme au temps où nous jouions à « Je suis Jean-Louis Trintignant et toi, Anouk Aimée », j'avais quatre ans et elle, trente-cinq, elle chantait *Chabadabada* tandis que je courais vers elle en pensant : c'est ça l'amour. Elle a fait quelques pas jusqu'à moi – j'y croyais encore, lorsque soudain, elle m'a lancé au visage une phrase assassine comme on jette une bouteille en verre contre un mur : « Oh ! mon Dieu, tu as perdu tes beaux cheveux ! » m'achevant sur le coup, causant ma perte définitive. « Que s'est-il passé ? » (ramasse les débris de verre et entaille-moi). « Tu as pris dix ans » (oui, merci de les insérer dans la fente prévue à cet effet). « C'est incroyable, comment as-tu pu perdre tous tes cheveux en moins de deux ans ? » (le verre est maintenant disséminé dans mon corps. Merci). « Je ne sais pas, maman. D'ailleurs, si je trouve le salaud qui a fait le coup. » Elle a souri mais le cœur n'était plus à la fête. Eh oui, à l'origine des malheurs d'un homme, il y a toujours une calvitie trop précoce. J'avais commencé à perdre mes cheveux quelques semaines après mon arrivée à New York, une ou deux mèches d'abord que Natalia repoussait d'un geste de la main sans oser émettre la moindre remarque – les femmes savent instinctivement réprimer les critiques lorsqu'elles visent le crâne d'un homme. Un homme perd ses cheveux. Il en perd le sommeil. Il n'a plus le moral. Une perte succédant à une autre, sa femme le quitte. La vie n'est qu'un apprentissage de la perte. Ma mère m'a saisi par le bras en me tirant vers elle : « Allez, viens ici que je t'embrasse ! » Impossible de retrouver la couleur originelle des images. Ma vie était pareille à un film d'amateur qui fourmillait d'incohérences : mauvais raccords, acteurs minables, dialogues stériles et tout cela mené par un réalisateur dément. Je voulais quitter la salle avant la fin. Nous sommes restés debout une demi-heure avant que les bagages n'apparaissent. Je n'ai jamais compris pourquoi c'était toujours mes affaires qui arrivaient en dernier, j'enviais ces passagers chanceux qui n'attendaient jamais l'estomac perforé par l'angoisse et l'esprit embrumé de pensées effroyables, je les regardais avec admiration et une pointe de jalousie quand ils s'emparaient de la valise de la main droite tandis qu'ils caressaient de la main gauche le visage de la personne qui était venue les chercher. Enfin, je l'ai vue, cette petite chose en cuir vieilli, c'était bien ma valise, éventrée, grande ouverte sur le tapis qui roulait lentement. Toutes mes affaires étaient éparpillées : quelques chemises, des tee-shirts, une paire de chaussures, deux pull-overs et, gisant tel un naufragé, mon vieux costume de scène sur lequel mon tube de dentifrice avait giclé. « Ce n'est rien, a dit ma mère, je le déposerai au pressing. » « Ce ne sera pas nécessaire, ai-je répliqué, je n'en aurai plus besoin. » Et, en prononçant ces mots, j'ai jeté mon costume taché dans une poubelle. J'avais cumulé tant d'échecs, tant de désillusions que j'avais pris la décision de ne plus monter sur scène : cela portait malheur. Nous sommes allés chercher mon chien qui avait fait le voyage en soute. Je l'avais drogué avant de le faire monter dans l'avion si bien qu'il était encore à moitié somnolent, traînait les pattes et vagissait comme un nouveau-né. Mes parents n'ont pas prononcé un mot durant les dix premières minutes du trajet en voiture. L'autoradio diffusait la *Sonate Pathétique* de Beethoven – une musique de circonstance.

Dans le rétroviseur, j'observais mon père : il fronçait les sourcils, relevait sa lèvre supérieure en une moue de dédain. Tout à coup, brisant la loi du silence, ma mère a dit à mon père d'aller plus vite car, a-t-elle précisé en se tournant vers moi, « tes frères vont arriver ». J'ai manqué de descendre de la voiture en marche au risque de me briser le cou : la réunion familiale, pire qu'un procès pénal ! Présumé coupable, non-respect de la procédure contradictoire, jugement et condamnation. Mon père nous a déposés devant l'immeuble ; il est retourné chez sa compagne sans prendre la peine de monter dans son ancien appartement où il avait vécu toutes ces années « en pilotage automatique » ajoutait-il comme s'il cherchait à tout prix à dénigrer son existence passée, à oublier jusqu'aux visages de ceux qu'il avait aimés et, d'une certaine façon, à se discréditer à nos yeux. Il n'a pas daigné embrasser ses enfants, il m'a dit de « les saluer ». Avant de pénétrer dans le hall d'entrée, j'ai déclaré à ma mère que j'avais une course urgente à faire. Elle a gardé mon chien, m'a donné vingt euros, je me sentais humilié, j'avais l'impression d'être un adolescent alors, vite, très vite, j'ai glissé les billets dans la poche de mon jean et j'ai laissé ma mère devant la porte de son immeuble. Je suis allé dans un café, j'ai acheté un paquet de cigarettes au débit-tabac, je me suis attablé au bar, j'ai commandé un verre de champagne, il n'y avait pourtant rien à fêter, quand soudain, j'ai entendu une voix derrière moi, une voix de femme.

« Jérémy Sandre ? » s'écriait-elle. Jérémy Sandre ! Personne ne m'avait appelé ainsi depuis des mois ! A New York, tout le monde me connaissait sous le nom de Jerry Sanders, « tout le monde » se réduisant à mes compagnons de jeu et aux quelques commerçants du quartier où je vivais. Je me suis retourné. Une femme d'une trentaine d'années, blonde, sans charme, se tenait devant moi, le dos voûté, les épaules rentrées vers l'intérieur. « Vous êtes bien Jérémy Sandre ? » a-t-elle insisté. J'ai hoché machinalement la tête : il me semblait qu'elle parlait d'un autre. « J'ai assisté à tous vos spectacles », a-t-elle murmuré, puis elle a fouillé dans son sac à main d'où elle a extirpé une feuille de papier et un stylo qu'elle m'a tendu fébrilement sans proférer aucun mot pour expliquer son geste ; je l'ai regardée avec étonnement, cherchant dans son regard troublé les raisons de son attente. Finalement, au bout de quelques secondes, elle m'a demandé si je pouvais lui signer un autographe. « Pardon ? » « Un autographe, je voudrais un autographe de vous », a-t-elle répété. J'étais abasourdi. J'ai pris la feuille, j'y ai apposé ma signature – l'ancienne, celle qui m'avait apporté une petite consécration et un peu d'argent, celle que je griffonnais avec l'assurance de ceux qui ne doutent pas de l'admiration que les autres leur portent, ceux qui ne doutent jamais, pas même d'eux-mêmes. Et quelle honte je ressentais quand avant, ce geste me semblait naturel ! Oui, quelle honte de duper cette femme – « je suis une de vos admiratrices », avait-elle ajouté –, de la maintenir dans l'illusion que j'étais resté cet artiste prometteur, cet homme qui avait su la faire rire ! j'étais un imposteur. Quelle honte de la laisser penser que cette signature pouvait avoir une quelconque valeur ! Mon nom ne m'appartenait plus, j'y avais renoncé en l'américanisant comme on quitte une femme pour une autre en croyant à tort que la nouvelle nous apportera l'amour que la précédente n'a pas su nous donner. Lorsque je lui ai rendu le papier, elle m'a remercié en me regardant avec de plus en plus d'insistance. Est-ce qu'elle attendait autre chose de moi, un sourire, une proposition indécente – et pourquoi ne l'aurais-je pas invitée à me suivre quelque part, à s'enfoncer avec moi dans la moiteur de la ville puisque tout nous y incitait ? Pourtant, je ne lui ai rien proposé, je lui ai dit « Au plaisir de vous revoir » alors que je n'avais aucune envie de la revoir et j'ai commandé un autre verre. J'étais flatté d'avoir été reconnu. On eût dit qu'une main bienveillante m'avait caressé de l'intérieur. La notoriété, la célébrité et l'admiration qu'elles suscitent – toutes ces vanités dérisoires m'avaient manqué. Je suis resté encore un long moment, une demi-heure peut-être, dans le café enfumé à écouter les bribes de conversations d'un couple amoureux : « Tu es faite pour moi. Est-ce que tu sais skier ? Je suis tellement plein de névroses. J'aurais voulu être le père de tes enfants. Moi aussi j'ai envie de foutre le camp avec toi, il faut que je me calme. Je t'aime mais j'ai peur. Je suis fou de toi. Il faut que je travaille. Epouse-moi. » Et j'en ai eu assez. Assez du bruit qui parasitait mes pensées, de mes pensées qui assombrissaient mon moral, de mon moral fluctuant qui se répercutait sur ma santé physique, de ma santé physique qui déclinait chaque jour davantage et chaque jour, je me réveillais avec l'angoisse de ne pas pouvoir me lever, je me couchais avec l'angoisse de ne pas m'endormir, mes cycles de sommeil étaient aussi inconstants que mes désirs, je pensais : qu'est-ce que je vais devenir et puis je ne pensais plus rien, je dormais pour oublier mes échecs, oublier l'homme que j'avais été, et au réveil, il fallait oublier les rêves que j'avais faits, ceux dans lesquels j'étais encore un artiste, je portais mon costume de scène, et les gens riaient, ils applaudissaient mais peut-être n'était-ce pas moi qu'ils acclamaient car il y avait si longtemps que l'on ne m'avait pas dit « bravo ! » et « encore ! », il y avait si longtemps que l'on ne m'avait pas applaudi que j'en avais perdu toute confiance, toute estime et sans doute aussi, toute dignité. Voilà où j'en étais quand il a fallu me rendre chez ma mère. Et, terrifié à l'idée de revoir mes frères, j'ai commandé deux verres de vin blanc que j'ai bus d'un trait en espérant que le liquide jaunâtre nuirait gravement à ma santé et j'ai fumé cinq cigarettes puisque fumer tue.

« Et c'est tout ? » a demandé Maître K., à moins que ce ne fût moi, depuis que j'étais incarcéré, je passais trop de temps avec moi-même. « Vous ne m'avez presque pas parlé de votre enfance. » « Omission délibérée », ai-je répondu. Et j'ai ouvert l'album de famille.

Deux ou trois choses que vous devez savoir sur moi Ou *La véritable histoire de mes origines*

L'année 69 ne fut pas érotique. L'année de ma naissance et, pour ma mère, celle qui marqua la fin de sa vie de femme – ma venue au monde engendra une descente d'organes, une dépression post-partum et, finalement, une hystérectomie – fut politique. A partir de cette date, ma mère milita activement pour le droit à l'avortement (mon engagement est venu plus tard, à la naissance de ma fille) ; jusque-là il n'y avait guère que ses projets qui avaient avorté : créer une association ; partir en mission humanitaire en Inde ; écrire une biographie de Léon Blum. « Tout ce que je suis parvenue à mener à terme, ce sont mes grossesses », ironisait-elle. Elle était très précisément tombée enceinte en mai 1968. L'après-midi, elle militait pour les droits de la femme ; le soir, euphorique, elle oubliait de prendre sa pilule. Les idéaux féministes s'inclinaient devant le pouvoir de la Nature. Quel peut être l'avenir d'un homme dont la naissance est un accident ? Je suis une erreur de distribution. Il n'y avait pas de rôle principal pour moi dans la saga familiale, pas même un rôle secondaire : j'ai joué les figurants pendant des années. Certains se soucient de leur situation post-mortem, il n'y a guère que ma situation anténatale qui m'obsède. « Un accident », c'est ainsi qu'a été qualifiée mon arrivée inopinée au sein d'une famille comptant déjà cinq mâles, un père et quatre fils dont le plus jeune avait à peine treize mois. Le terme a été officiellement admis le 3 janvier 1979, à 22 h 12, à l'issue d'une discussion familiale qui dura près de six heures pendant lesquelles chacune des parties concernées, mon père, ma mère, mes frères (surtout le dernier qui n'avait pas pu jouir des avantages que sa position de benjamin devait lui conférer) et enfin, moi, proposa sa version des faits. Pour mon père, il y avait un fils de trop dans la famille. Ma mère nuançait cette affirmation en reconnaissant qu'il aurait dû y avoir un fils en moins. Oui mais lequel ? « Tu n'étais pas attendu » m'avait dit ma mère comme si j'avais surgi de nulle part sans qu'un lien existât entre leur présence et la mienne. Ainsi, je suis entré dans le monde par la grande porte de l'Absurde. J'étais toujours de trop. J'étais celui à cause de qui on ne pouvait plus partir en vacances parce que, m'expliquaient-ils, « ta présence nécessitait la réservation d'une troisième chambre ou d'une suite de luxe » (j'ai eu quatre ans jusqu'à l'âge de dix ans. Combien de fois ont-ils menti sur mon âge pour ne pas payer mes droits d'entrée, usant de tous les subterfuges : introduire une tétine dans ma bouche, me promener en poussette, me porter dans leurs bras ?) ; celui surtout à cause de qui il avait fallu revoir l'aménagement de l'espace, les parents se contentant dorénavant de dormir dans le salon, sur un canapé-lit inconfortable tandis que l'intrus partageait avec son aîné ce qui était encore neuf mois auparavant le lit conjugal. Pas une fois ils n'ont évoqué les avantages que ma naissance leur avait accordés et notamment l'augmentation du montant de leurs allocations familiales ainsi que la part fiscale supplémentaire qui allégeait leurs impôts quand je grevais leurs vies. Comme si ma seule présence n'était pas un obstacle suffisant à ma survie en milieu hostile, j'étais très laid à la naissance – une affirmation avancée par mon frère aîné et confirmée par quelques témoins familiaux. Lorsque les gens me regardaient, ils ne s'émerveillaient pas – oh, comme il est beau ! –, ils ne disaient rien, les silences sont parfois des insultes. Et tous les jours, je me confrontais à cette question : quelles pouvaient être les chances de succès auprès des femmes d'un homme qui n'avait même pas été désiré par sa propre mère ? J'étais un immigré clandestin dans ma propre famille. « Il aurait fallu t'envoyer à la Ddass », avait dit un jour mon frère aîné. La menace de l'expulsion a été brandie jusqu'à ce que j'atteigne l'âge de onze ans. Là, une révolution s'est produite : je suis devenu drôle. C'est arrivé du jour au lendemain comme une mauvaise grippe et mes parents se sont peu à peu attachés à moi grâce à l'humour qui sauve de tout, y compris des maladies nerveuses. Très tôt, ma mère avait décelé chez moi cette aptitude à faire rire comme d'autres découvrent des signes d'intelligence précoce. J'ai commencé à rire à l'âge de quatre mois, à faire rire à l'âge de trois ans. A l'âge où d'autres s'extasiaient devant des dessins animés, je passais des heures devant ma glace, m'exerçant à l'art difficile de la comédie : je manipulais mon visage comme une pâte tendre et malléable, sculptais mes traits. Puis je présentais l'œuvre de mes mains aux regards admiratifs et bienveillants de mes parents qui riaient, quelquefois jusqu'à l'étouffement. L'expression de mon sens comique m'ouvrit les portes de ma propre famille : j'étais devenu indispensable à leur bien-être moral. J'en profitais. J'étais le fils le plus drôle ! Né avec un bon mot dans la bouche comme d'autres avec une cuiller en argent. Le type le plus adulé ! Celui devant lequel tout le monde se pâmait – les filles mais aussi les garçons, les professeurs, les parents d'élèves, tout ce que l'établissement scolaire comptait de femmes de ménage et d'aides ménagères, oui, tous et jusqu'à la directrice, une femme d'apparence revêche qui, à chacune de ses convocations pour indiscipline, me renvoyait de son bureau en assenant un « Sortez, Sandre, vous ne ferez jamais rien de votre vie ! » sans oser m'infliger autre chose qu'un avertissement. Nimbé de mon aura comique, j'étais épargné de tout reproche : qui aurait osé mener une expédition punitive contre un être animé d'une aussi pieuse intention que celle de faire rire ses semblables ? J'avais compris que l'humour était une arme sociale et la comédie, une entreprise de salubrité publique. Mon père disait : « tu as hérité de mon sens de l'humour », il me le rappelait avec une certaine fierté comme s'il m'avait fait une donation de son vivant. « Et tu ne paieras pas le moindre droit de succession ! » Ah ! Le bel héritage ! Il annonçait : « tu seras l'artiste que je n'ai pas été » et cette apparente prédiction expliquait mon comportement et mes choix futurs : ma médiocrité scolaire, mon inscription dans un cours de théâtre après mon échec au bac, mon entrée dans le monde du spectacle comme dans une arène, *poussé* par le père – je sentais la pression de sa main invisible. Oui, cette injonction paternelle avait influencé le cours de ma vie et je me demandais souvent jusqu'à quel point elle avait été déterminante, jusqu'à quel point l'éducation, ses propres comportements, nos origines sociales, et sans doute aussi ses échecs personnels, avaient façonné mon avenir sans que je pusse rien faire d'autre que ce qui avait été *écrit* pour moi. Tout nous ramène aux désirs de nos pères. Le mien n'avait jamais su être un *vrai* père avec son cortège de règles, de devoirs. En vertu de la loi du mimétisme, j'agissais comme lui. Qu'est-ce que j'étais devenu ? Non pas une pâle copie – la ressemblance, j'aurais pu la tolérer, quel fils n'envisage pas de ressembler à son père, fidèlement, trait pour trait ? – mais l'exact objet de ses attentes. J'étais doué pour la comédie, j'avais incontestablement des talents d'acteur mais je me demandais parfois si je n'aurais pas fait un bon médecin, un professeur exigeant, un commerçant prospère comme mon frère. Je voulais qu'il m'admire. Je voulais lui faire plaisir. C'était une démarche de *fils*. Et j'en étais là aujourd'hui, fils décevant et fils déçu.

Deuxième partie

« Dieu merci, les Français existent ! »
Woody ALLEN, *Hollywood Ending*.

Comment survivre en milieu hostile

Je me trouvais encore dans l'axe du Mal. A mon arrivée à Paris, en août 2003, j'ai constaté – avec effroi – que j'avais quitté un pays en proie à la francophobie pour un autre qui, en l'espace de quelques mois, était redevenu américanophobe. Les représailles étaient ouvertes ! Dans une France hostile, rongée par l'antiaméricanisme, on me fit payer cher mon rêve américain. Mon agent me renvoya de son bureau sans m'avoir fait signer aucun contrat – tu as choisi l'Amérique ; Alain et Thomas ne répondirent pas à mes appels – tu as choisi l'Amérique ; les médias français ne me consacrèrent aucun article – Jérémy Sandre a choisi l'Amérique. Quant à ma famille, elle m'accueillit non pas comme l'enfant prodigue de retour au pays mais comme un collaborateur embrigadé par les forces ennemies. « Nous t'avions dit de ne pas partir en Amérique » – ultime application du principe de précaution. Je n'écoute pas les conseils surtout quand ils sont proférés par mes frères. Mais mon désir d'immigration avait été perçu par mes proches comme une marque d'opportunisme et avait symbolisé, à bien des égards, l'échec d'une éducation où l'engagement politique ouvrait la voie à toutes les formes de missions. Ma grand-mère était socialiste. Ma mère était socialiste. Mes frères étaient socialistes. Seul mon père avait troqué le socialisme contre l'écologie, moins par conviction politique que par convenance personnelle, les locaux du parti des Verts étant situés dans notre rue. Tous à gauche ! Voilà pourquoi je suis devenu humoriste. Le rire a une fonction sociale. Tous les hommes ont le droit de rire, tous, sans distinction de race, d'origine, d'appartenance sociale, de religion. Des militants ! De farouches opposants à l'impérialisme américain ! Et je savais, bien qu'elle n'osât pas me l'avouer, qu'aux scènes new-yorkaises, ma mère eût préféré celles des congrès du PS. Mes frères et ma mère m'accueillaient, moi et mes mensonges, comme on accueille des grands blessés de guerre. Il y avait de la compassion dans leur regard, de la douceur dans certains de leurs gestes mais il ne fallait pas attendre d'eux des paroles apaisantes. Des reproches – rien que des reproches ! – ponctuaient leurs phrases. Je ne répondais rien, les laissais répéter inlassablement leurs griefs. Pris au cœur d'une tourmente politique, j'avais perdu toute conscience idéologique. Je les écoutais me réprimander comme un enfant pris en faute : « Tu n'aurais jamais dû partir, nous t'avions prévenu, nous t'avons mis en garde plus d'une fois » ; vociférer contre Bush : « Un président qui part en guerre contre le Mal ne peut pas être tout à fait en paix avec lui-même » ; critiquer sans nuance la politique américaine : « une politique impérialiste » ; diaboliser une nation. Mon frère Fabrice, surtout, qui militait à l'extrême gauche. Il fallait l'entendre lui, l'ancien socialiste, le cerveau rétréci par ses nouvelles utopies, dénoncer ce qu'il appelait « le complot américano-sioniste ». C'était donc cela la nouvelle pensée de gauche : un brassage d'idées confuses, haineuses, un fourre-tout intellectuel et rhétorique semblable à un paquet de linge sale dans lequel mon frère jetait en vrac toutes les immondices que son esprit dogmatique et intolérant engendrait ? Il ne m'épargnait aucun poncif : les engagements politiques se limitaient désormais à des prises de position stéréotypées que des observateurs incultes véhiculaient sans scrupule. « Je suis un anticapitaliste, anticolonialiste, antiaméricain et antimondialiste », se vantait-il alors qu'il était simplement antipathique. Moi, je n'étais qu'un anticonformiste anticonceptionnel. Ah, l'arrogance de l'ignorance ! Il me faudrait vivre auprès de ces gens-là ? Ils n'étaient pas encore arrivés chez ma mère lorsque j'étais rentré, un peu ivre, un peu confus, après avoir bu quelques verres dans un café voisin. Je me souviens avoir pensé que l'appartement avait changé, j'étais resté quelques minutes, debout, les bras ballants, à dresser l'inventaire de tout ce qui avait été modifié, substitué, déplacé comme si je jouais encore, à mon âge, au jeu des différences et, après avoir scruté chaque recoin de l'appartement avec l'application d'un agent immobilier venu dresser un état des lieux, j'avais compris que la seule chose qui avait changé ici, c'était moi. Je me sentais en territoire étranger, le nom qui figurait sur la sonnerie de la porte d'entrée, sur les documents administratifs que ma mère laissait traîner, ne m'identifiait plus. Sandre/Sanders. Qui des deux étais-je vraiment ? Je m'étais créé un double – un double américain, un raté, sans ambition et sans avenir, et nous étions deux désormais à revenir sur les lieux de l'enfance, deux à pleurer. Je ne me reconnaissais pas dans le grand miroir de l'entrée, j'avais l'impression de me redécouvrir enfin, avec émotion et un certain effroi, après des mois où, dépossédé de mon droit à ma propre image, je discernais à nouveau les contours de mon visage, me réappropriais mon identité. Souviens-toi de l'homme que tu étais *avant*. J'avais tant grimacé devant ce miroir, contractant mes mâchoires, jouant tantôt sur l'expressivité de mon regard, tantôt sur sa neutralité, m'exerçant à l'art de la pantomime, roulant les yeux, tapant des mains, m'acclamant, m'acclamant : en scène ! Mais il y avait un autre détail, l'absence de mon père, sa désertion physique et jusqu'à la destruction de son odeur, son parfum ne flottait plus dans l'atmosphère. Nous ne respirions plus qu'un air purifié, insignifiant, un peu artificiel qui ne me rappelait rien, ne m'évoquait aucun souvenir d'enfance et qui chassait les odeurs comme les traces du passé. « Tu trouves que la maison a changé ? » m'a demandé ma mère comme si elle sollicitait un avis, une critique alors qu'il n'y avait rien à dire, rien qu'un fils pût dire à sa mère après un si long voyage. J'étais fatigué, quelque chose en moi s'était brisé – un ressort interne, celui qui d'une pression nous propulse d'un monde paisible et cotonneux vers une terre plongée dans le chaos. J'avais regagné ma chambre d'enfant. Je n'avais plus d'appartement à Paris, je n'avais pas osé solliciter l'aide de Thomas et d'Alain. Du premier parce que je pensais qu'il refuserait de me parler, je ne lui avais pas donné le moindre signe de vie ces derniers mois sinon pour lui demander de l'argent, une seule et unique fois ; du second parce que notre brève rencontre à New York n'avait fait que raviver en moi un puissant sentiment d'échec, sa réussite était telle qu'elle me dévalorisait. Et il y avait le souvenir accablant de cette amitié volage dont il ne restait que des sentiments fades et sans relief, cette amitié que le temps, l'éloignement et les discordances avaient ternie – qui pourrait lui rendre ses couleurs d'origine ? Oh ! non ! je n'avais pas envie de les revoir, pas tout de suite, pas dans cet état, il faudrait se justifier, se raconter – je ne voulais parler à personne.

Je suis resté allongé plus d'une heure, je me suis peut-être endormi, je ne m'en souviens plus très bien, je me rappelle seulement avoir été réveillé par les cris de ma mère. « A table ! » hurlait-elle comme si l'appartement était immense alors qu'une seule cloison, aussi fine qu'une planche de bois, séparait ma chambre de la cuisine. Je me suis levé sans prendre la peine de me peigner, j'ai regagné la cuisine, suivi de Dourak qui n'avait pas aboyé une fois depuis notre arrivée en France. Il déprimait à cause de l'exil. Il suffisait de regarder son œil éteint, son corps lourd qu'il déplaçait avec lenteur pour s'en convaincre et je me demandais si mes états d'âme ne s'accordaient pas aux siens. Depuis quelques semaines, je me sentais déprimé, agressif, j'avais envie de mordre. Mais si mon chien représentait un danger pour les autres, moi, je n'étais nocif que pour moi-même. Ma mère était debout, son corps plaqué contre l'évier dont le robinet gouttait. Elle avait noué un tablier en tergal bleu autour de sa taille. Elle portait des chaussons à talons ornés d'un nœud en satin. Des mèches de cheveux glissaient sur son front, recouvrant son œil gauche. « Non ! non ! s'écriait-elle. Nous déjeunerons dans la salle à manger, tes frères t'attendent. »

Interruption momentanée avec prise d'anxiolytiques.

Reprise.

Ma relation avec mes frères pourrait faire l'objet d'un livre, d'un sketch, d'un film, elle n'a, hélas ! jamais suscité la moindre inspiration créatrice. Lorsqu'ils arrivaient dans un lieu où je me trouvais déjà, je désertais. Je n'avais rien à leur dire, ce qui avait permis à ma mère d'affirmer, un jour où nous en étions venus aux mains : « Je peux admettre que tu n'aies aucune affinité avec l'un de tes frères mais que tu les détestes tous les quatre m'oblige à reconnaître que c'est toi qui as un problème. » Très bien. Allons-y. Mea-culpa et autocritique. Bis. Tout est de ma faute. Je suis impossible à vivre, coléreux, égoïste et parfois impulsif, je déteste les familiarités, l'intimité m'angoisse, je suis légèrement exhibitionniste, j'aime les écrivains nihilistes, j'ai des accès mélancoliques, je suis hypocondriaque, sentimental, cyclothymique et il m'arrive de croire en Dieu, mais « est-ce de ma faute s'ils n'ont aucun sens de l'humour ? ». Ma mère n'a pas osé répondre parce que tout ce que je disais était vrai ! Elle le savait, nous le savions tous ! Il était de notoriété familiale qu'elle avait donné naissance à un fils drôle après en avoir enfanté quatre psychorigides

– et, à bien des égards, psychopathes –, des types sérieux, dépourvus de fantaisie dont on aurait pu dire, usant d'une formule critique lapidaire : sans espoir ici. C'était pour me démarquer d'eux que j'avais développé mon sens de l'humour. Ma mère n'avait-elle pas, sur le modèle de Minnie Marx, tenté en vain d'imposer les nouveaux « Sanders Brothers » ? « Aussi fantasques que des contrôleurs du fisc » avait dit un jour ma tante, la sœur de ma mère. C'est d'ailleurs ce qu'est devenu l'un de mes frères, percepteur, je lui dois tous mes démêlés avec le fisc, c'est cela, l'esprit de famille. Mais je n'avais aucune envie d'attiser une nouvelle querelle, j'aspirais au calme, par compassion personnelle : j'avais pitié de moi. Ils étaient là, les quatre fils. Sur le canapé, Jules, l'aîné. Sur la chaise, Philippe, le cadet. Debout, près de la bibliothèque, Franck, le troisième fils et enfin, face à moi, les bras tendus, prêt à m'étreindre (pour m'étouffer ?), le quatrième, Fabrice. Je ne m'étais jamais habitué à l'idée que ces types pouvaient être de la même famille que moi. Je ne m'étais tout simplement jamais habitué à eux. Il faut avoir vécu avec de tels monstres pour oser une pareille affirmation. Nous sommes quatre à le faire : trois de leurs ex-femmes et moi. A ma différence, elles ont obtenu des dommages et intérêts pour avoir subi leur présence, elles ont réussi à prouver aux juges, expertises médicales et témoignages à l'appui, que leurs mariages leur avaient causé un préjudice certain. Qui témoignerait en ma faveur ? Qui raconterait les humiliations qu'ils m'infligeaient ? Lorsque j'étais enfant, mon frère aîné me frappait. Le cadet ne cessait de répéter que j'étais moche. Le troisième me rappelait ma condition de grand accidenté de la vie. Il n'y a guère que le quatrième qui m'ait préservé, oh ! pas très longtemps, dès l'âge de sept ans, il s'est mis à me haïr. L'avantage avec la haine, c'est qu'elle est toujours réciproque contrairement à l'amour qui file souvent en sens unique. Nous nous détestions cordialement, c'est-à-dire que nous respections certaines formes, nous avions encore le sens des convenances. Nous continuions de dîner ensemble chez nos parents, nous nous téléphonions pour nos anniversaires respectifs (généralement, avec un mois de retard). « Salut ! » ont-ils lancé alors qu'ils ne m'avaient pas vu depuis deux ans, « salut ! » comme s'ils m'avaient quitté la veille. Nous n'avions rien à nous dire. « Passons à table ! » s'est exclamée ma mère. Et aussitôt, mon frère aîné s'est assis à la place de mon père, sans hésitation, et, même, avec une certaine assurance. « Papa n'est pas mort » ai-je dit sèchement et il a répondu qu'il n'avait pas de leçons à recevoir de moi. « Allons, allons, a enchaîné ma mère, vous n'allez pas commencer. Et puis maintenant, c'est ma place. » En prononçant ces mots, elle a poussé mon frère et s'est assise. Depuis le départ de mon père, ma mère menait une existence toute monacale qui obéissait à de nouvelles lois spatio-temporelles : prendre sa place, à la table de la salle à manger ou dans le lit conjugal, c'était substituer son autorité à la sienne, violer les règles qui avaient régi leur vie commune pendant plus de quarante ans – un geste transgressif qui marquait sa résistance à la rupture, sa capacité à affronter la perte, elle était devenue une veuve sans mari à pleurer, une femme sans souvenirs. Une abolition de toutes les formes de mémoire, voilà ce qu'elle prônait depuis ce qu'elle appelait « la trahison du collabo ». Adieu : *je me souviens*. Maintenant, ils péroraient tous : j'oublie. Et pourtant, ce n'était pas cette aventure qu'elle lui reprochait, « l'adultère, j'aurais pu le lui pardonner », non, c'était son renoncement à ses idées, la rupture idéologique. Mon père avait quitté une femme mais il était surtout un transfuge du PS. « On peut trahir une femme, pas ses idéaux », répétait-elle. Eh oui, à défaut d'avoir pu « changer la vie », – slogan prometteur du PS dans les années 80, mon père avait néanmoins décidé de changer la sienne. Je savais pourquoi il avait rompu si brutalement avec les idéaux de sa jeunesse. Ce n'était pas tant la rencontre amoureuse avec cette femme que cette blessure politique dont il ne parlait plus qu'avec détachement tandis que ma mère tentait encore d'en maîtriser l'infection. Pendant deux ans, elle avait été en proie à des crises d'abattement moral. Elle n'était pas la seule. Mes frères aussi déprimaient. Qu'une personne sombrât dans la dépression était une situation relativement banale, mais qu'une famille entière prît un traitement anxiolytique pour des troubles dépressifs liés aux mêmes causes était un cas assez exceptionnel pour que le médecin de famille inventât un terme spécifique applicable au mal dont ils souffraient : le syndrome dit de l'échec Jospin. Au lendemain de la défaite du candidat socialiste au premier tour de l'élection présidentielle de mai 2002, la famille Sandre devint mélancolique, irritable, amère. Ma mère pleura. Mes frères pleurèrent. Moi, cela me fit beaucoup rire. Je les imaginais le jour où ils avaient dû, tous, aller voter pour Jacques Chirac au second tour, dans un ultime geste républicain tandis que moi je me trouvais à New York dans mon lit à visionner une rétrospective des films de Max Linder. Depuis, et ce malgré la victoire des socialistes aux élections suivantes, ils déprimaient encore plus, ils se sentaient coupables. Quant à mon père, il perdit la foi politique. Sur ce point, j'étais son digne fils. Nous allions nous asseoir quand soudain la sonnerie de la porte d'entrée a retenti. « Tu attends encore quelqu'un ? » ai-je demandé à ma mère avec une certaine anxiété, je redoutais d'avoir à affronter un autre membre de ma famille. « C'est ma femme » a répondu Fabrice en se précipitant vers le couloir. Je n'avais pas eu l'occasion de rencontrer son épouse, une Roumaine dont il avait fait la connaissance chez mes parents. Dès l'instant où elle a franchi le seuil de la salle à manger, j'ai compris que j'allais convoiter la femme de mon prochain. J'ai toujours eu un penchant pour les femmes des autres, elles ont été choisies – un tri a déjà été opéré, on risque moins de se tromper. C'était une démarche shakespearienne : *« O enfer ! Choisir l'amour par les yeux d'un autre ! »* Choisir l'amour par les yeux de mon frère a longtemps été mon mode de fonctionnement amoureux. Si une fille s'affichait à son bras, je savais instinctivement qu'elle était pour moi. Et celle qui se tenait devant moi était sa femme – sa femme ! Elle avait les cheveux coupés très courts, à la garçonne. Vingt-huit ans, peut-être, de taille moyenne, assez mince avec des hanches un peu larges et des seins ronds dont on discernait les formes. Dès qu'elle est entrée, mon chien a couru vers elle, il jappait, se trémoussait, on eût dit qu'il la connaissait, il y avait comme un parfum d'exil autour d'elle

– c'était un parfum d'homme – et je m'en suis enivré – il faut parfois se fier à l'instinct animal. Elle portait un costume d'homme et, en dessous, un haut en dentelle noire : « un peu androgyne » ai-je remarqué, ce n'était pas pour me déplaire. Mon frère a fait les présentations, il a dit : « Voici ma femme » comme s'il s'agissait d'une pièce de collection et, pour la première fois de ma vie, je l'ai envié. Elle a souri légèrement après s'être exclamée : « Oh ! c'est vous Jérémy. » « Oui, on est toujours déçu la première fois » ai-je répliqué et elle a ri. Elle s'est assise près de moi. « Alors, raconte » a dit Franck en me dévisageant mais je n'avais pas envie de parler après le voyage cauchemardesque que je venais de faire. « Alors ? » insistait-il, le regard braqué sur moi. J'étais épuisé, moins à cause du décalage horaire qu'à l'idée de devoir les affronter pendant une heure ou plus. « Oui, raconte, comment c'était là-bas ? » a renchéri Jules. Et je ne sais pas ce qui m'a pris, je ne comprends pas pourquoi j'ai tout raconté, tout avoué, les désillusions et les échecs, les aléas de la traduction et de la politique extérieure sans oublier le moindre fait, je m'humiliais : Allez, riez ! riez pour de bon ! C'est l'histoire la plus drôle que je connaisse – je parlais sans m'arrêter, sans leur laisser le temps de s'exprimer, de donner leur avis tout en sachant que je ne pouvais pas avoir pires psychiatres qu'eux, nullement investis, peu compatissants, violant le secret professionnel et toutes les règles de la déontologie médicale, racontant au premier venu : « Hé ! tu veux savoir ce qui est arrivé à mon frère ? », n'omettant aucun détail, l'échec des autres se déguste frais et entre amis. J'ai parlé, parlé. Et puis, je me suis tu. Jules m'a regardé et a déclaré froidement :

— Je peux te le dire maintenant que tu y as renoncé (ah ! les révélations !), j'ai toujours considéré que *gagman*, ce n'était pas un métier.

— Et vendeur de chaussures, c'en est un ? ai-je demandé.

— Tout le monde a besoin de chaussures.

— Eh bien, tout le monde a besoin de rire.

— Enfin, ce n'est pas un métier sérieux.

— Je ne suis pas d'accord, a dit la femme de Fabrice.

— Et tous les plus grands génies s'y sont intéressés, a ajouté ma mère avant d'énumérer avec l'application d'une bonne élève : Aristote, Platon, Descartes, Spinoza, Voltaire, Kant, Schopenhauer, Bergson, Darwin, Freud...

— Je t'assure que Jérémy n'a aucun point commun avec eux, a répliqué Franck.

Ma mère aurait aimé me voir exercer une fonction à laquelle elle aurait pu adjoindre l'adjectif « social » telle que : animateur social dans les banlieues en difficulté, assistant social dans un centre de réinsertion, professeur de sciences sociales à la faculté de Saint-Denis. Tout ce que j'avais réussi à être finalement, c'était asocial.

Il y a eu un long silence. Nous n'entendions plus que le cliquetis des couverts et les crissements masticatoires de nos mâchoires broyant les aliments brûlés que ma mère avait cuisinés pour nous. Etendu moelleusement sur le canapé, Dourak se grattait, il souffrait de titillomanie, une maladie nerveuse qui se manifestait par d'irrépressibles démangeaisons. Les complications de l'exil, encore.

— Comment va ta compagne, comment s'appelle-t-elle déjà... ? a demandé Franck.

— Natalia, elle s'appelle Natalia, elle va bien, elle reste pour le moment à New York.

— Et ta fille ? a continué ma mère.

— Elle va bien.

— Et ton ex-femme ? a enchaîné Fabrice.

— Bien, très bien.

Ce fut à mon tour de renvoyer les mêmes questions, à chacun de mes frères qui répondaient « bien » à chaque fois. Nous allions *bien*. Jules, Philippe et Franck divorçaient. Ma mère avait été quittée par mon père. J'étais ruiné. Magie de l'optimisme. A moins qu'il ne s'agisse encore que d'une question de dignité, stimulée par la rivalité et, quand Fabrice a émis l'idée de lancer un concours de réussite sociale, j'ai compris que rien n'avait changé : nous allions aussi mal qu'avant. Je déteste les jeux de société et celui-là plus que tout autre. Il faut au minimum deux joueurs de plus de vingt-cinq ans. Celui qui présente les signes extérieurs de réussite les plus apparents commence. « Voilà » a dit Fabrice avec une pointe de fierté dans la voix en sortant de sa poche un prospectus publicitaire sur lequel on pouvait lire les inscriptions suivantes : SAPG (Sandre Assainissement Professionnel Général) RATICIDE – SOURICIDE – INSECTICIDE – PIÈGES – DÉSINFECTANT. Nous étions là, tous les deux, les yeux rivés sur sa plaquette publicitaire, contemplant son œuvre, admirant sa réussite, il fallait lui dire « bravo ! » et « félicitations ! ». Champagne ! « Oui, je ne suis pas peu fier », a-t-il répondu timidement. Il allait gagner, c'est sûr. Puis ce fut au tour de Franck. Il était prothésiste dentaire et, pour preuve de sa réussite, il nous a communiqué le montant de son chiffre d'affaires, je ne comprenais pas comment il osait ainsi se valoriser devant Philippe qui traquait les fraudes fiscales. Philippe ne disait rien, qui pourrait se vanter d'être un inspecteur du fisc ? Jules nous a informés qu'il ouvrait une deuxième boutique de chaussures. Enfin ce devait être mon tour. C'est alors que deux drames se sont produits. Le premier était un incident érotique. Sous la table et à l'insu de tous, la femme de mon frère frottait son pied contre ma jambe. Avec quelle agilité elle allait et venait le long de mon mollet droit, froissant mon pantalon en lin, remontant jusqu'à l'entrejambe, s'y attardant jusqu'à ce qu'elle poussât un râle de douleur : une crampe engourdissait son pied adultère. Ainsi prit fin, dans les cris et les larmes, notre première opération de séduction. Le repas avait à peine repris son cours que Dourak s'est dirigé vers Franck – comme je l'ai dit, ce chien est à moitié aveugle et souffre de cataracte. Croyant qu'il avait affaire à moi (bien qu'il n'y ait aucune ressemblance manifeste entre mon frère et moi), il avait réclamé un reste de poulet à Franck qui l'avait repoussé d'un revers de la main. Le chien l'avait mordu, enfonçant ses crocs profondément dans la chair. Le sang giclait. Franck hurlait. Fabrice criait qu'il fallait désinfecter la plaie. « Allez chercher des compresses et de l'alcool », a ordonné ma mère et, aussitôt, la femme-de-mon-frère et moi nous sommes dirigés vers le couloir qui menait à la salle de bain. « Vous saurez faire un pansement ? » lui ai-je demandé tandis que nous marchions à pas feutrés. « Tutoyez-moi », a-t-elle murmuré en m'attrapant par le bras. « Ecoutez, chérie, je ne tutoie que les femmes avec lesquelles je couche. » « Mais enfin, s'est-elle écriée, tout le monde tutoie tout le monde dans le show-biz. » « C'est bien ce que je dis. » Nous étions dans la salle de bain. D'un geste brusque, j'ai ouvert l'armoire à pharmacie, faisant tomber des dizaines de boîtes de médicaments, de bouteilles de sirop déjà ouvertes, de tubes de crème dépourvus de bouchons. Et c'est là, au milieu de ce capharnaüm thérapeutique, que j'ai aperçu une boîte de préservatifs. Des questions que le lecteur pourrait abusivement qualifier de métaphysiques m'ont assailli : est-ce qu'une femme de soixante ans, mariée et mère de famille a le droit de posséder des préservatifs ? Est-ce que son fils a le droit de les utiliser ? Et, si oui, est-ce qu'il peut s'en servir pour avoir une liaison avec la femme de son frère ? J'ai posé ma main sur les hanches de la femme-de-mon-frère, je me suis approché d'elle, j'ai frôlé son visage avec mon nez pour humer sa peau ambrée, j'ai plaqué mon corps contre le sien avant de l'en détacher brutalement ; sans prévenir, ma mère venait de faire irruption dans la salle de bain. « Qu'est-ce que vous faites ? » a-t-elle dit sèchement. « Rien » ai-je répondu. Et, sur ces mots, je les ai laissées, redoutant un nouveau scandale. J'étais dans le couloir quand j'ai entendu des éclats de verre et de voix. « Une belle-mère et sa bru dans une même maison sont comme deux chats dans un sac » dit le proverbe. Quand elles sont sorties de la salle de bain, j'ai vu que la femme de mon frère avait pleuré. Elle m'a lancé un regard plus aguicheur qu'implorant auquel je n'ai pas donné suite. La main de Franck saignait abondamment. Il fallut l'emmener à l'hôpital. Je n'y suis pas allé, j'ai prétexté un rendez-vous urgent. Ils étaient bien assez nombreux pour assister la victime. Dourak restait prostré derrière une chaise, pendant mon absence, l'un de mes frères avait dû le battre. « Quel désastre ! » a soupiré ma mère en contemplant la nappe, le tapis et le mobilier maculés de sang. « Eh oui, comme d'habitude ! ai-je répliqué. L'inconvénient de nos repas de famille, c'est qu'ils finissent toujours dans un bain de sang. »

Un nouveau PC

En arrivant en France, je n'ai pas changé mes habitudes. Je passais beaucoup de temps dans les cafés. A New York, vers 19 heures, les gens s'y précipitaient pour prendre un dernier verre. Les angoisses générées par les menaces terroristes avaient entraîné une surfréquentation des bars ; selon certains analystes, cela révélait le niveau de stress qui régnait dans la ville. Les alcools forts avaient remplacé le vin. Le Martini patriote, un cocktail tricolore bleu-blanc-rouge, était désormais la boisson en vogue, l'ultime outil diplomatique visant à rapprocher la France et les Etats-Unis ! J'en ai commandé deux. L'alcool apaisait mes angoisses, levait mes inhibitions, je me sentais audacieux, téméraire. Mais j'allais être frappé par un nouveau drame : je ne figurais pas dans la nouvelle édition du *Who's Who* ; il fallait faire le deuil de ma célébrité. Je l'avais appris par hasard, en ouvrant le courrier que ma mère avait oublié de m'envoyer à New York. Il y avait pêle-mêle des factures impayées, des propositions d'abonnement, des lettres de fans, des cartes postales de voyage, des offres de marabouts, quelques invitations à des soirées, des cartes de vœux année 2002, un mot d'insulte, des relevés de comptes bancaires, des dizaines de scénarios, deux lettres d'amour, cinq lettres de menaces de l'administration fiscale et, noyée au milieu de cette paperasse, une lettre m'informant que mon nom serait radié du saint des saints médiatiques. C'était comme si j'étais mort une deuxième fois. Avant, au temps heureux où j'avais encore une existence cathodique, je figurais en bonne place entre le comédien Didier Sandre et un homme politique communiste, Jean-Claude Sandrier. J'avais été rayé de la plupart des fichiers des conseillers en relations publiques – on ne réclamait plus ma présence en échange d'un téléphone portable –, révolue la période bénie où, enfant gâté, je ne sortais pas de mon lit si je n'avais pas l'assurance d'avoir ma photo dans les pages *people* des magazines ! On ne m'invitait plus à ces déjeuners événementiels sponsorisés par de grandes marques généreuses. Je n'étais plus sollicité par les médias – les variations des goûts du public sont aussi imprévisibles que les cours de la bourse –, je n'intéressais plus personne hormis les inspecteurs du fisc. Dès mon arrivée à Paris, ils m'ont convoqué pour me signifier qu'ils ne m'avaient pas oublié. Ils se souvenaient précisément de mon nom, de mon adresse, des impôts et autres cotisations que je n'avais pas payés. Ils m'expliquaient, chiffres à l'appui, que j'étais débiteur mais ça, je le savais déjà. Ils ont affirmé que j'avais commis diverses erreurs en remplissant ma déclaration de revenus, j'avais versé de nombreux dons à des associations caritatives et j'avais déduit ces sommes au-delà du montant légal autorisé. Ils ont prononcé des mots anxiogènes : redressement fiscal, contrôle, inspection, j'étais sûr que c'était mon frère qui avait fait le coup, il jurait que non mais allez faire confiance à un créancier surtout s'il est de votre famille. Je me suis mis en quête d'un travail alors que j'aurais dû être en quête de moi-même : je ne savais plus qui j'étais, ce que je faisais en France, je me sentais totalement désemparé, comme pris au piège d'une voiture en feu, je hurlais intérieurement, je cherchais l'issue. Je n'en trouvais pas. J'ai commencé par rappeler Alain, je pensais qu'il pourrait peut-être m'aider en m'engageant comme assistant sur le tournage de son nouveau film : *brr !* une comédie qu'il qualifiait de pré-hystérique. J'avais des projets à lui soumettre, j'espérais même le convaincre de refonder notre trio, je n'avais disparu que deux ans, le public serait sans doute enthousiaste à l'idée de nous revoir sur scène, réunis comme au temps où nous jouions à guichets fermés. Je n'ai réussi qu'à joindre son assistante. Elle m'avait répondu d'un ton glaçant. L'échec pouvait être contagieux, il avait fait de moi un paria, je suscitais la méfiance, voire le rejet. Alain m'a rappelé, au bout de cinq jours ; il s'est contenté de me dire qu'il n'avait rien à me proposer pour l'instant mais qu'il me téléphonerait s'il avait connaissance d'un projet, ce qu'il ferait bien sûr. Je n'ai pas tout de suite téléphoné à Thomas, ce n'est que quelques semaines plus tard, quand Alain m'a proposé ce « marché » qui allait causer ma perte, que je lui ai rendu visite. J'ai appelé des amis, des gens que j'avais bien connus, des relations professionnelles dont les noms noircissaient mon répertoire, il y en avait plus de deux cents. J'ai été invité au restaurant par un ami comédien, il se plaignait d'être un intermittent – et c'est ce que nous sommes tous. J'ai été reçu par un ancien producteur qui avait organisé une fête ayant pour thème *coke, sex and fun* dans une boîte de nuit parisienne pour y fêter ses soixante-dix ans, mon coefficient de surface médiatique (ce formidable outil statistique permettant d'évaluer avec précision le temps de présence d'un artiste à la télévision au cours d'une année) était pourtant au plus bas. Pendant la soirée, il m'a proposé de réaliser mon premier film et de financer mon nouveau spectacle mais le lendemain, quand je me suis rendu à son bureau pour signer mon contrat, il avait tout oublié. L'Alzheimer est une maladie fréquente dans le show-business. Le devoir de mémoire, voilà ce qu'il faudrait imposer. Et restaurer la valeur contractuelle de la parole. J'ai revu une de mes anciennes maîtresses qui dirigeait une chaîne de télévision sur le câble, elle m'a invité chez elle, elle paraissait compatissante et, au moment du dessert, elle m'a dit qu'elle avait un poste de chauffeur de salle à pourvoir. Et j'ai pensé que c'est ce que j'avais toujours été : chauffeur de salle, sauf qu'elle me demandait d'être hors champ c'est-à-dire, pour un artiste, hors jeu. Je suis allé au cinéma avec une attachée de presse qui m'a brossé un portrait enchanteur de ce qu'elle appelait désormais le Paysage Comique Français, elle en parlait avec enthousiasme et même avec une pointe de lyrisme, j'ai pensé à l'avènement d'un nouvel idéal, d'une utopie, d'un parti à visée sociale : oubliée la lutte des classes ! On prônait désormais la réconciliation au sein d'une société résolument capitaliste mais drôle : « les comiques sont les nouveaux riches et les Français les adorent ». En moins de deux ans, les artisans comiques étaient devenus réalisateurs de longs métrages, de films publicitaires, producteurs, hommes d'affaires, acteurs, chanteurs, animateurs télévisés, écrivains, mannequins et même, hommes politiques. C'était une période favorable aux humoristes, les plus célèbres obtenaient des cachets faramineux, le rire était devenu la valeur sûre du cinéma. Les comiques cathodiques toujours prêts à raconter leurs blagues sur les plateaux télé en échange de la promotion continue de leurs spectacles, DVD, films, pièces de théâtre, contrats publicitaires et même de leurs affaires privées : mariages, naissances dont les photos étaient négociées à prix d'or, les clichés volés surtout, qui leur permettaient d'obtenir des dommages et intérêts substantiels grâce auxquels ils voyageaient à travers le monde : les nouveaux nababs ! La Nation avait désormais ses Grands Hommes. Une vraie révolution sociale se jouait dans les coulisses de la société du spectacle. Il fallait en être. Faire partie de ce paysage, c'était retrouver ma place dans la galaxie médiatique tout en menant une mission sociale, mais j'ai eu peur, à cause des antécédents, que cette belle mécanique se transforme en dictature avec obligation de résultats : rire et faire rire, instauration d'un cahier des charges, création d'une instance supérieure dite « régulatrice » mais qui en réalité exercerait un pouvoir coercitif et contrôlerait tout. Et perte de liberté. J'ai renoncé. Mon frère aîné m'a proposé de travailler pour lui dans son magasin de chaussures pour femmes, je n'étais pas hostile au fétichisme surtout s'il était motivé par des objectifs mercantiles ; pourtant j'ai refusé, l'idée de rester à son côté dix heures par jour m'angoissait tant qu'elle annihilait toute velléité professionnelle. J'ai préféré m'inscrire dans une agence d'intérim. Je passais chaque matin devant la devanture et, un jour, je me suis décidé à entrer. Une jeune femme blonde m'a demandé ce que je faisais dans la vie. J'ai répondu que j'étais sans emploi ; c'est, comme chacun sait, une activité bien rémunérée en France. Puis elle a voulu savoir quelles étaient mes qualifications et j'ai avoué : « aucune » ; si j'avais des diplômes, j'ai dit : « non ». Elle a eu l'air embarrassé : « Vous avez bien des notions de secrétariat, de plomberie, de maçonnerie ? Vous feriez peut-être un bon technicien, un commercial productif ? » « Non, non, non. » « Quel est le dernier emploi que vous ayez exercé ? » a-t-elle insisté. « Vendeur de hot dogs. » Dépitée, elle a conclu qu'elle ne pouvait rien faire pour moi. Je me suis levé, je sentais que je perdais patience, le besoin de travailler devenait pressant compte tenu de ma situation financière, et je lui ai dit sur un ton implorant comme s'il était question de vie ou de mort : « discriminez-moi positivement » parce que j'avais entendu que cela se pratiquait maintenant en France, embaucher quelqu'un non pas en fonction de ses mérites mais de ses origines, de sa condition. J'étais un immigré dans mon propre pays. Elle a hésité, je lui ai raconté mon histoire, mes deux années passées dans un hôtel sordide, au cœur d'une banlieue gangrenée par la misère et la violence, et elle a eu pitié, je crois, elle m'a dit : « J'ai un poste de chauffeur routier », je l'ai remerciée. C'est alors que je me suis souvenu, en sortant de l'agence, que je n'avais pas mon permis de conduire.

En rentrant, j'ai tout raconté à ma mère, elle m'a écouté longuement puis elle a dit : « Prends le taureau par les cornes. » J'ai agi méthodiquement, j'ai ouvert mon répertoire à la lettre A avec la ferme intention de contacter tous ceux qui y figuraient. La plupart avaient changé de numéro de téléphone, d'autres avaient promis de me rappeler « ultérieurement », je laissais des messages. On mesure son degré de crédibilité médiatique au temps que les gens mettent à vous rappeler. Quand j'étais célèbre, on me rappelait dans l'heure ou dans la journée, puis, au fil des mois, il fallait attendre quelques jours, parfois plus. Aujourd'hui, on ne me rappelle plus du tout. J'ai abandonné à la lettre D quand j'ai compris qu'aucune des personnes influentes que j'avais connues ne m'aiderait. A croire qu'ils feuilletaient le *Who's Who* comme d'autres des dictionnaires. La nuit, je rêvais que je me trouvais en couverture de *Paris-Match* mais au réveil, ma mère repoussait le drap de laine en disant que la seule couverture dont j'avais besoin, c'était la couverture sociale. Elle ne me parlait que de cela : la sécurité sociale, la reconnaissance de mes droits, moi je ne pensais qu'à ma sécurité affective, la reconnaissance artistique. « Mais enfin, pour ces choses-là, tu as ta mère ! » s'était-elle écriée. J'avais oublié que les mères sont les premières et dernières groupies. Elles vous encouragent à vos débuts, vous acclament en plein succès et vous soutiennent en cas d'échec. Elles rient même quand ce n'est pas drôle, fidèles spectatrices du premier rang. Elles n'oublient pas de vous regarder à la télévision et ne s'endorment jamais devant le poste si votre prestation se termine à trois heures du matin. Elles disent : « tu es formidable » au moment où votre femme vous traite de « raté ». Elles trouvent que la calvitie met en valeur votre front et vos yeux. Elles traquent, découpent et collectionnent tous les articles de presse vous concernant, y compris ceux où vous n'êtes que cité – les entrefilets concourent à votre succès. Elles montrent à leurs amies les classeurs qu'elles ont ainsi constitués à votre gloire. Elles se nourrissent des « oh ! » et des « ah ! ». Documentalistes exigeantes, elles recherchent sur Internet tous les sites qui vous sont consacrés. Elles se souviennent de vos débuts, mémorialistes scrupuleuses. Elles vous disent : « Je crois en toi » quand vous n'y croyez plus. Elles jettent des sorts à ceux qui vous critiquent. Elles se font psychologues, coiffeuses, designers, couturières et, tous les artistes vous le diront, il n'y a pas meilleure attachée de presse qu'une mère. Elles parlent de vous dans les dîners. Elles parlent de vous dans les files d'attente des billetteries. Elles parlent seules. Elles vous disent : « tu es le meilleur » quand on est capable du pire. Et en cas d'échec, elles vous rassurent : « tu es un incompris », elles sont les seules à nous comprendre. Oh ! oui ! j'avais ma mère, aussi fidèle qu'à mes débuts, croyant en moi, en mon talent, m'applaudissant à s'en écorcher les mains. Riant, riant. C'était peut-être cela, la vraie reconnaissance. C'est elle qui m'a conseillé de prendre un rendez-vous avec mon ancien producteur. Moi, je pensais que c'était une très mauvaise idée à cause des rancœurs qui ne sont pas solubles dans le temps. J'étais sûr qu'il me renverrait de son bureau avec l'assurance des puissants. Il y avait une pointe de dignité dans mon refus. Sans doute une touche d'orgueil. Mais quand ma mère a saisi le combiné du téléphone en disant : « appelle-le », je n'ai pas pu lui dire non. « Un bon fils, dira-t-on au procès », a conclu Maître K. d'un ton enjoué comme si elle avait marqué un point. La filiation est comme le *flush royal* au poker, ai-je songé. Celui qui abat ses cartes gagne à tous les coups.

Un comique pas très cathodique

« Il y a trois façons de devenir célèbre : passer à la télévision, et aucun animateur ne souhaite plus t'inviter, être l'enfant d'une personne célèbre, toi tu n'es qu'un fils de pute, ou enfin, assassiner une personnalité : qui se souviendrait encore d'Oswald s'il n'avait pas tué le président John Kennedy ? Dans ton cas, je ne vois pas d'autre solution que le meurtre. » L'homme qui prononçait ces mots était celui qui, à peine deux années auparavant, avait été mon producteur, celui qui m'avait découvert, donné ma chance, m'avait fait signer mon premier contrat et permis de monter sur scène. Il me regardait maintenant avec une froide compassion comme il m'arrivait parfois de regarder mon chien avec l'espoir qu'il crève. J'aurais dû logiquement le frapper pour avoir osé ainsi parler de ma mère mais je n'ai rien fait, je ne lui en voulais pas vraiment tandis qu'il continuait d'alimenter les rancœurs, de ressasser les souvenirs périmés, il avait vécu mon départ comme une trahison. « Je n'ai pas de temps à perdre avec toi », m'a-t-il dit alors que je venais à peine de m'asseoir sur une chaise, face à son bureau. Je m'attendais à cette réaction. Pour être franc, je n'en attendais pas d'autre.

On aurait dit un entretien d'embauche, lui, aussi concentré qu'un directeur des ressources humaines et moi, demandeur d'emploi avec pour seul curriculum vitae mon potentiel comique. Ses cheveux avaient blanchi par endroits, accentuant le contraste avec sa peau mate, colorée par des heures d'exposition à la lampe UV. Il avait beaucoup grossi, son cou paraissait plus proéminent et ses doigts qu'il faisait pianoter sur son bureau étaient rouges et tumescents. Je réfléchissais à ce que j'allais lui dire, les ruptures de ton, voilà ce qui causait ma perte. J'oscillais entre l'humour et le sérieux, le grave et le léger, passais de l'extravagance à l'introspection – équilibriste lancé sur le fil de la vie –, comment un humoriste pourrait-il être constamment drôle ? Il y avait toujours des moments de défaite, des sas de décompression et ils étaient rares ceux qui en avaient connaissance. Ah, l'obligation d'être drôle, toujours, tout le temps ! Les exigences du rire ! Les amis qui attendent de vous que vous soyez drôle, ceux qui payent pour que vous le soyez, ceux qui vous reçoivent pour doper l'audimat et vous, vous-même, public exigeant, dont l'estime dépend si étroitement de votre capital comique, vous qui traquez la phrase qui fait mouche, qui vous réveillez chaque matin avec la tête des mauvais jours, tellement miné par vos obligations que vous en crevez : entraînez-vous, répétez, préparez vos interventions télévisées, chassez le naturel, coupez au montage et improvisez parfois – pute médiatique, vous exercez le plus vieux métier du monde.

— J'ai besoin de travailler, lui ai-je dit simplement.

Il a soupiré.

— D'autres comiques t'ont remplacé, a-t-il répliqué, tu as entendu parler de Ben et Lino ? C'est moi qui les produis.

— Je ne vois pas en quoi le fait de produire d'autres artistes te dispense de me produire, moi...

— Les gens t'ont oublié, Jérémy, deux ans sans voir ta tête à la télé et c'est fini. Les come-back, ça ne marche pas en France. Le public veut de la nouveauté.

— Tu parles comme un vendeur de tissus.

— Ouais, a-t-il rétorqué avec grandiloquence, pendant des années tu as été un costume sur mesure taillé pour le grand public et tu voudrais que je me contente d'une vieille fripe américaine ?

— Laisse-moi au moins te faire lire mes textes, ai-je insisté. Je t'assure qu'ils sont excellents. Surtout celui sur la démocratie cathodique, la prise du pouvoir télévisuel par les comiques...

— Je n'ai pas le temps.

— Ecoute, je sais tout faire. Je peux me lancer dans l'imitation, improviser, laisse-moi au moins une chance.

— Il n'y a guère qu'au poker que tu pourrais encore te refaire.

— Attends, juste une minute, ai-je répliqué en me levant de ma chaise.

Je me tenais debout, face à lui, prêt à interpréter le sketch que j'avais écrit, mais il m'a interrompu de sa voix tonnante, ce timbre qui semblait cristalliser son pouvoir et son autorité.

— Arrête ça...

Je n'ai pas rétorqué, je me suis rassis face à lui.

— Tu peux toujours faire les ménages, a-t-il ajouté

avec malice, ça rapporte jusqu'à mille euros par jour aux anciennes vedettes comme toi.

Et aussitôt, je m'imaginais dans un supermarché, au rayon hygiène féminine, en train de vendre, micro à la main, des fins de série à des ménagères de moins de cinquante ans : *allez mesdames, dépêchez-vous, il ne vous reste plus que trois minutes pour profiter de cette offre exceptionnelle sur toute une gamme de shampooings antipelliculaires.* Je préférais encore être Rmiste. Cette image de moi arpentant les couloirs d'une grande surface, les mains moites et le cœur en miettes, véhicula tant d'angoisses que je me surpris à supplier mon producteur : il fallait qu'il me trouve du travail, vite, n'importe quoi, c'était une question de vie ou de mort, j'étais prêt à faire de la figuration dans une *sitcom*, à écrire pour un autre artiste, à relire des scénarios : j'étais prêt à tout pourvu qu'il me donnât une dernière chance. Il a esquissé un sourire ironique puis il a laissé un long silence, un temps mort, je me sentais diminué, je pensais à l'époque où c'était moi qui refusais de lui parler : je n'avais pas le temps, oui, bien sûr, je le rappellerais plus tard, moi qui me trouvais en position de force, lui offrant mes services et lui, si dévoué, presque servile, redoutant la trahison, ma collaboration avec un autre producteur, et il était si bienveillant avant : *Jérémy par-ci, Jérémy par-là*, que cela en devenait agaçant, et j'en profitais, il m'arrivait de l'humilier comme il le faisait maintenant, en m'imposant ce silence qui portait tant d'injures, de reproches et de cris qu'il me semblait impossible de le rompre sans prendre le risque de recevoir toute cette haine en pleine figure.

— Quoique... me dit-il enfin. J'ai peut-être quelque chose pour toi.

J'ai décrispé mes mâchoires, je me sentais détendu : « Je savais que je pouvais compter sur toi », ai-je murmuré. Il a sorti deux cigares de sa poche, m'en a proposé un. Je l'ai allumé maladroitement, l'ai glissé entre mes lèvres. « Il n'y a que deux domaines créatifs et lucratifs aujourd'hui, a-t-il continué sur un ton doctoral, le sexe et l'humour, voilà pourquoi j'ai eu l'idée de créer le premier film porno comique. » « Il y en a déjà eu un », ai-je répliqué. « Qui s'en souvient ? Allons, crois-moi, c'est une idée géniale et tu serais parfait pour le rôle. » Il ne m'a jamais vu nu, songeais-je, c'est la raison pour laquelle il me propose le rôle. Je ne voyais aucun inconvénient à m'exposer devant la caméra, je n'avais pas la moindre pudeur, d'après mes estimations plus de mille femmes m'avaient vu (ou imaginé) nu, non ce qui me gênait c'était la réaction de ma mère. Je craignais de la choquer. Elle devait déjà admettre que son mari se prélassait dans le lit d'une autre, je ne pouvais pas en plus lui infliger la vision de son fils dans des conditions similaires.

— Alors ? m'a-t-il demandé. Qu'est-ce que tu en penses ?

— Je ne sais pas si je serais très crédible dans un rôle pareil.

— Pour le savoir, il faudrait que tu fasses des essais.

Je lui ai dit que l'idée me déplaisait, une ombre est passée sur son visage.

— Dans ce cas, je ne peux rien faire pour toi.

Son téléphone portable a sonné. Il a répondu d'une voix aimable et, de son index droit, m'a indiqué la porte. Sept minutes trente, c'est le temps que mon entretien avec lui avait duré. Et je suis sorti, un peu désabusé, pas totalement vaincu. Assez déterminé, oui, prêt à réagir, à courir les castings, à rappeler mille personnes s'il le fallait, à jouer dans de petites salles, celles que je ne remplissais qu'à mes débuts, j'étais un battant, le roi du monde, sûr de moi, positif, plein d'allant...

Et surtout, j'étais sous antidépresseurs.

L'horreur médiatique

« Il vaut mieux être une ancienne vedette qu'une nouvelle star », m'a dit ma mère pour me rassurer après avoir écouté d'une oreille attentive et pendant plus d'une heure le récit de mon entrevue avec celui qui se faisait désormais appeler « le producteur de *Comment je me suis débarrassé de ma mère* », une comédie qui avait attiré plus de 5 millions de spectateurs et qui avait engendré l'exploitation de diverses versions : *Comment je me suis débarrassé de mon père* (3 millions d'entrées), *Comment je me suis débarrassé de mes enfants* (une interdiction aux moins de seize ans, 50 000 entrées et un procès pour incitation à l'infanticide), *Comment je me suis débarrassé de ma femme* (14,5 millions d'entrées – l'un des chiffres d'affaires les plus importants de l'histoire du cinéma français, cinq nominations aux Césars dont celui du meilleur film, du meilleur scénario original, du meilleur acteur dans un second rôle, du meilleur montage et enfin, de la meilleure musique). Les producteurs ne se présentaient plus sous leur nom mais sous une autre appellation d'origine contrôlée par les spectateurs : « par les producteurs de... », une expression à laquelle il conve-

qu'elle doit me dire car nous avons échangé nos désirs mais pas nos consentements et nous ne nous sommes rien promis pas même de nous revoir et je t'aime – puisque telle est ta Volonté. Que tu sois mienne ! Amen. Et je deviendrai pieux et croyant afin que tu m'aimes parce qu'« il y a un temps pour tout, et chaque chose a son heure sous le ciel. Il est un temps pour naître et un temps pour mourir ; un temps pour planter et un temps pour déraciner ce qui était planté ; un temps pour tuer et un temps pour guérir, un temps pour démolir et un temps pour bâtir ; un temps pour pleurer et un temps pour rire » – *pour rire* ; un temps pour désirer et un temps pour aimer ; un temps pour se marier et un temps pour divorcer ; un temps pour...

Pause : Il est évident que je ne suis pas l'auteur de ces phrases, je n'ai aucune prédisposition pour le lyrisme, non, ce chant d'amour assorti d'une version modernisée de *L'Ecclésiaste* est l'œuvre d'un jeune auteur très prometteur, traducteur du *Cantique des Cantiques* en araméen. Je veux simplement que le lecteur comprenne dans quel état d'esprit je me trouvais quand je suis rentré à Paris : je ressentais un tel vide affectif qu'une armée de mères aimantes n'aurait pu venir à bout de mes carences. Je n'avais plus confiance en moi. Si une vieille Européenne m'avait demandé en mariage, j'aurais accepté sur-le-champ. J'étais veule et influençable. Ma vie était devenue le théâtre de mes drames intimes.

Parasitose
Et *Y a-t-il un allergologue parmi mes lecteurs ?*

Je n'ai jamais eu la moindre ambition parasitaire. Je n'ai pas cherché à vivre aux dépens d'autrui – j'avais encore le sens de l'honneur – pas plus que je n'aspirais à devenir expert en dératisation, mais j'ai été contraint d'accepter la proposition de mon frère Fabrice : travailler pour lui quatre après-midi par semaine en échange de quelques billets que je flambais le soir même en jouant au poker dans un bar de Belleville tenu par un certain Gigi-la-Belette, un ancien champion de boxe tunisien reconverti dans les alcools forts. Je sais exactement ce que vous pensez : je n'aurais jamais dû accepter de travailler pour le compte de mon frère. Je suis tout à fait d'accord avec vous. Ce n'est pas de gaieté de cœur que j'assumais les tâches ingrates qu'il me confiait pour m'humilier, songeais-je, telles que m'envoyer dans des appartements sordides pour y déloger les cafards qui grouillaient dans chaque pièce, vendre des lotions antifourmis à des retraités bilieux ou encore ce qu'il appelait « purifier des zones infectées », une action qui, dans sa bouche, avait des accents de purification ethnique. Je me méfiais de lui. Il souffrait de déformation professionnelle, depuis qu'il militait avec les altermondialistes, il parlait de débarrasser la terre de sa vermine.

J'arrivais en général vers 14 h 30, après avoir déjeuné avec ma mère. Il m'exposait mes missions. Il avait mis à ma disposition une voiture de fonction qui contenait le matériel nécessaire aux différentes opérations de désinfection, je ne lui avais pas dit que je ne possédais pas le permis de conduire, il n'avait jamais su que je l'avais raté la cinquième fois, j'avais fait croire à mes frères que je l'avais obtenu du premier coup. Il était très organisé, très structuré dans sa façon de penser : il avait des plans pour chaque opération et je l'écoutais me parler de l'extermination des blattes pendant des heures et je me demandais si ce n'était pas lui, le plus drôle d'entre nous. Pour étrange que cela puisse paraître, j'aimais bien ce travail. Je me sentais utile. Les gens paraissaient heureux de me voir. Je les débarrassais d'insectes nuisibles comme je chassais jadis leurs idées noires.

J'ai exercé ces fonctions pendant deux semaines – le temps que durent les vacances idéales. Puis j'ai commencé à souffrir de démangeaisons. Mes yeux rougissaient, mon nez coulait, je ressentais des picotements au niveau du palais, une boule de feu roulait dans mon crâne. J'avais des poussées d'urticaire sur le dos et le torse, parfois sur le visage, sur le nez, entre les sourcils, des plaques rougeâtres, gonflées, papuleuses qui apparaissaient à tout moment de la journée. Je me grattais sans discontinuer, devant les clients, dans le métro, dans les cafés. Je souffrais du même mal que mon chien. Cela nuisait à ma vie sociale. Cela compromettait surtout mes relations amoureuses. Je devenais nerveux et agressif. D'une manière générale, les femmes n'aiment pas les hommes qui se grattent, elles préfèrent être grattées. Lorsque les premiers symptômes de ce que je qualifiais simplement d'allergie sont apparus, j'en ai d'abord attribué l'origine aux produits toxiques que mon frère m'obligeait à manipuler. J'ai démissionné mais les crises ont continué. J'ai accusé mon chien : « Je suis allergique à ses poils », ai-je dit à l'employé de la SPA qui m'a accueilli avant de m'expliquer sèchement qu'il ne pouvait pas le garder, « vu son grand âge, personne n'en voudrait » et puis, dit-il, « ce chien est obèse ! ». « Qu'est-ce que vous voulez, il a passé deux ans à errer dans les poubelles de New York ! » me suis-je écrié. Et sur ces mots, je suis sorti, suivi de Dourak que rien ne semblait perturber. Je n'avais aucune autorité sur lui. Il a frotté son corps gras contre mes jambes en signe d'affection. Je lui ai donné un coup de pied dans le flanc. Devais-je garder ce chien en sachant qu'il me causait des allergies qui pouvaient être mortelles ? Sans doute – la plupart des couples ne restent-ils pas mariés alors qu'ils ont conscience de la toxicité de leur conjoint ? Chez ma mère, j'exigeais que tous les matelas soient changés, les aliments sélectionnés, le linge lavé avec de la lessive pour bébé. J'utilisais des produits hypoallergéniques, ne mangeais que des aliments d'origine biologique, m'enquérais de la météo pollinique, ne fumais plus et contraignais ma mère au même traitement. Je me persuadais que j'étais allergique à mes frères. Ils ne venaient plus qu'une fois par semaine depuis que j'avais emménagé chez ma mère et c'était, quoi qu'elle en dise, elle qui ne les voyait jamais assez à son goût, toujours trop pour moi. C'est pourtant chez l'un d'eux – Fabrice – que je logeai pendant une semaine, je m'étais mis en tête que j'étais allergique à ma mère. Je n'y étais pas allé sans manifester une certaine réticence mais sa femme avait tellement insisté que j'avais cédé dans tous les sens du terme : cette femme avait des arguments et des atours. Je m'étais à peine installé chez eux qu'elle m'avait fait un numéro de charme auquel aucun hétérosexuel n'aurait pu résister : elle avait surgi dans la chambre où je dormais, simplement vêtue d'un treillis et d'une chemise qu'elle avait dû acheter dans une friperie de l'armée américaine – sur la poche gauche, on pouvait lire le nom du soldat John Thorpe : que son âme soit bénie ! – et dont elle avait ouvert tous les boutons. « Ecoutez chérie, lui ai-je dit, certaines choses me sont insupportables dans la vie et parmi elles, il y a mes frères mais enfin, j'ai encore l'esprit de famille. » Loin de réprimer ses pulsions, cette remarque avait excité sa libido, elle m'a expliqué que ce que j'appelais l'esprit de famille n'était en réalité qu'un mensonge social visant à prévenir l'anarchie. Oh ! il y avait longtemps que je ne cherchais plus à instaurer la paix chez moi mais je refusais d'attiser la haine. « Je ne peux pas, mon cœur, je vous rappelle que vous êtes la femme de mon frère, c'est totalement immoral ! »

L'amour, la morale etc.

Je sais : il n'est pas moral de coucher avec la femme

de son frère de même qu'il n'est pas moral qu'un chef d'Etat en exercice jouisse des bienfaits érotiques de stagiaires rémunérées par le contribuable. Il n'est pas moral de duper mon frère ni de mentir au lecteur en lui faisant croire que j'étais prêt à renoncer à avoir une aventure avec cette femme en vertu de la morale. Je suis moralement condamnable. Physiquement responsable. Est-ce que je suis un monstre ? Faut-il tout avouer à mon frère ? Une adaptation cinématographique de cette histoire pornographique est-elle envisageable ? Si oui : quel sera le montant exact de mes droits ? Et aussi : est-ce qu'il y a une pharmacie de garde dans le quartier ?

« C'est rigoureusement contraire à la morale » répétais-je à la femme-de-mon-frère tandis qu'elle déboutonnait mon pantalon en murmurant des mots obscènes. On ne connaît vraiment un ami qu'en faisant l'amour avec sa femme. Je pensais que le principe s'appliquait aussi à un frère. J'avais tort. A partir du jour où j'eus une liaison avec sa femme (ne jamais se fier à l'usage du possessif, l'épouse de votre frère peut à tout moment devenir la vôtre), mon frère m'apparut comme un parfait étranger : quels trésors cachait-il pour qu'elle restât avec lui ? « C'était la nationalité française que tu voulais, n'est-ce pas ? » lui demandais-je en enfonçant ma langue dans sa bouche dans l'espoir d'en extirper des aveux. Et, tandis que je dégrafais son chemisier, je répétais : « Avoue ! Avoue ! » Car il fallait que je sache, il fallait que je sache ce que mon frère avait de plus que moi. « Il est gentil » m'a-t-elle dit, comme si cet argument seul expliquait sa présence à son côté et justifiait la pérennité de leur mariage.

Aussi puéril que cela pût paraître, une seule question me hantait : qui de nous deux était le meilleur amant ? J'ai bien tenté d'obtenir des informations, des révélations, usant de la force, la faisant rire, l'amadouant : en vain. Je n'ai pas insisté : dans les bras de cette femme, j'oubliais Natalia – l'amour aussi est un mouvement migratoire. Elle me disait : « Attache-moi » et je lui répondais : « Tu es la femme de mon frère ! Je ne peux tout de même pas attacher la femme de mon frère ! » Elle insistait sur un ton autoritaire : « Attache-moi ». Et je m'exécutais, je m'incline toujours devant les femmes qui portent l'uniforme. Elle disait aussi, plagiant la plupart des femmes : « Promets-moi d'être fidèle » et je lui répondais que promettre la fidélité à une femme, c'est comme promettre le mariage à une vieille fille borgne et manchote, ce n'est pas sérieux.

J'ai cédé. Dès la deuxième nuit, je l'ai demandée en mariage : je suis un grand sentimental. Mon frère était en déplacement en province, il devait négocier un important contrat de dératisation avec la ville de Mulhouse. Quand il s'absentait, je dînais à sa place, dormais dans son lit, utilisais son rasoir, portais ses vêtements et – bien sûr – couchais avec sa femme : j'avais encore le sens de la fraternité, de l'égalité et du partage. Le soir de son départ, nous nous trouvions dans son lit quand soudain, tandis que je faisais l'amour à sa femme, j'ai crié : « Epouse-moi. » Elle n'a pas répondu tout de suite. Elle était préoccupée et je répétais : « Epouse-moi ! Epouse-moi ! » comme s'il s'agissait de mots crus dont la seule prononciation attisait ma jouissance. Soudain, elle m'a regardé – son visage m'est apparu dans toute sa beauté, nimbé de la lumière du plaisir que je lui avais donné – et elle m'a dit en haletant, sur un ton où elle laissait poindre une certaine amertume : « Je suis déjà mariée avec ton frère ! » Alors je suis sorti d'elle – puisqu'elle n'était pas mienne –, j'ai quitté précipitamment le lit, je me sentais menacé, chassé de chez moi et j'ai couru, entièrement nu, à travers l'appartement pour lequel mon frère s'était endetté jusqu'à la fin de ses jours, j'ai couru en criant : « Soyons fous ! Soyons polygames ! » Elle a ri. Je me rassurais en me disant que le rire a parfois valeur de consentement.

A son retour, mon frère devint suspicieux. Il me téléphona un matin pour, me dit-il d'une voix inquiète, me parler de sa femme. Il la soupçonnait, m'expliqua-t-il, de fréquenter un autre homme. J'avais des palpitations, mon cœur bondissait dans ma poitrine comme un chien fou. « Tu le connais ? » demanda-t-il. « Non », répondis-je : je ne mentais pas, je n'ai jamais su qui j'étais vraiment. « Est-ce que tu as une petite idée ? » insista-t-il mais pour toute réponse, je m'écriai : « Non ! » Suis-je le gardien de la femme de mon frère ? Fabrice ne se doutait de rien. Personne ne se méfie des gens drôles. Qu'ils sont candides ! Qu'ils sont gauches ! Regardez-les. Chaplin poursuivi à tort par la police, fuyant d'une démarche dolente ; Keaton, le regard perdu dans le vide, emporté par les roues d'une locomotive. Ne sont-ils pas attendrissants ? Des clous ! Tous des cyniques, des Ecoutez-moi-quand-je-parle ! Regardez-moi-admirez-moi-aimez-moi ! Mon frère commençait à croire que notre relation avait désormais un *sens*. Il m'aimait *bien*. Il avait *confiance*. C'est ce qu'il m'avait dit un matin, en me remettant un double des clés de son domicile. Et puis un jour : le drame. Non pas le flagrant délit – la liaison, j'aurais pu la justifier – mais l'allergie suprême : déchiré par un sentiment de culpabilité qu'expliquait en partie ma présence au côté de la femme-de-mon-frère dans le lit conjugal à une heure de faible audience, j'ai fait une crise d'urticaire géante. Il fallut m'hospitaliser. Les visites se succédaient au rythme de mes crises de nerfs : l'enfermement me rendait fou. Quelques heures plus tard, j'ai signé une décharge et je suis sorti, direction chez ma mère, j'avais été contraint d'expliquer à la femme-de-mon-frère en larmes que cette situation ne pouvait pas durer. Je pensais tellement à elle que je n'avais guère plus de cinq minutes de répit mental pour travailler. Je pensais à elle le matin, en me réveillant. Je pensais à elle toute la journée, sans discontinuer. Je pensais à elle quand je parlais à d'autres, je pensais à elle quand je réfléchissais à la meilleure façon de ne plus y penser. J'avais cru que mon retour chez ma mère serait un remède à l'obsession qui m'habitait. J'étais amoureux et il faut se méfier de l'amour à cause des risques cardio-vasculaires. Il n'y avait qu'un mot qui régissait désormais ma vie, à la manière d'un dictateur : l'angoisse. L'angoisse de me réveiller chaque matin dans le lit de mon enfance, prostré dans une attitude régressive comme ces enfants qui ne veulent plus se lever pour aller à l'école, débarrassé – enfin, c'est ce que je croyais – des liens sociaux puisque je n'attendais plus rien des autres, personne n'exigeait plus rien de moi, ces liens que le rire avait noués – serrez, serrez – et dont je me délestais à présent non pas avec un sentiment de liberté mais avec un mal-être permanent, continu, oui, je me sentais oppressé et je multipliais les malaises car perdre connaissance était encore la meilleure façon de m'ignorer.

L'angoisse de ne plus être léger, spirituel – ah, toute cette noirceur à laquelle il fallait désormais s'adapter !

L'angoisse de ne plus séduire comme si, tout à coup, à trente-quatre ans, j'étais devenu vieux.

L'angoisse de ne pas avoir d'argent, de sortir les poches vides, de réclamer encore, à mon âge, des billets à ma mère, de ne pas pouvoir inviter les femmes.

L'angoisse de devoir dire « non ».

L'angoisse d'être séparé plus longtemps de la femme que j'aimais – car je l'aimais et cet amour qu'elle avait fait naître par la seule force de son souffle me maintenait dans un état de dépendance tel que je suffoquais souvent, je me réveillais en pleine nuit, hagard et échevelé – son odeur me manquait, sa voix me manquait et son corps me manquait et je me recouchais, confus, cherchant dans le sommeil un réconfort dont je devinais qu'il ne serait que temporaire, hasardeux et je me réveillais aussi tourmenté que je m'étais couché en répétant plusieurs fois et à haute voix ces mots dans l'espoir qu'ils s'impriment en moi : cela *aussi* passera.

C'est à ce moment-là, je crois, que j'ai commencé à voir trouble puis double, on ne devine pas les tourments que la diplopie provoque. Il y a certes un avantage incontestable à voir deux femmes au lieu d'une dans son lit mais voir ses parents, ses frères, toutes les personnes rencontrées y compris soi – quel cauchemar ! Dieu merci, nous n'étions pas en temps de guerre. J'avais subi différents examens médicaux dont un scanner cérébral qui, à ma grande stupeur, ne révéla aucun dysfonctionnement. Mon ophtalmologiste n'avait pas décelé d'anomalie majeure. Au poker, je perdais à tous les coups, je croyais avoir des paires et je montrais mon jeu sous les cris hystériques des autres joueurs qui ne me prenaient plus au sérieux. Lorsque je débarquais à l'improviste chez Gigi-la-Belette, deux colosses m'interdisaient d'entrer. Je passais désormais tout mon temps dans des clubs privés à mater des filles en string qui s'enroulaient autour de rampes en fer : deux pour le prix d'une. Mes crises d'urticaire, au lieu de s'espacer, s'intensifiaient. Je remarquais toutefois que je ne souffrais pas pendant mon sommeil. Dans mes rêves, les personnages n'étaient pas doubles et je ne me grattais jamais. « C'est nerveux » avait dit ma mère. Nos échanges s'apparentaient à des séances de psychanalyse. Je suis allé consulter un psychiatre et il a émis son diagnostic dès la première séance, moins par professionnalisme que pour se débarrasser de moi, j'étais sûr que ce que je lui racontais ne l'intéressait pas. Il a dit : « Vous voyez double parce que vous êtes double ; en pratiquant l'autodérision, c'est vous que vous détruisez. » Les psychiatres me laissent songeur. « Vous savez ce que disait Jankélévitch ? a-t-il continué. L'humour exige de l'homme qu'il se moque de lui-même pour qu'à l'idole renversée, démasquée, exorcisée ne fût pas immédiatement substituée une autre idole. » Moi, un briseur d'idoles ? Je riais intérieurement. Je le payais dans l'espoir d'aller mieux, il m'enfonçait. « Vous ne vous supportez plus », a-t-il enfin conclu avec une assurance lacanienne. Mes échecs m'avaient rendu allergique à moi-même. Les démangeaisons ne se déclenchaient pas quand je dormais puisque je m'oubliais. Une femme, il est toujours possible de la quitter. Un aliment, on peut renoncer à l'ingurgiter mais comment peut-on se débarrasser de soi ? Fallait-il pour cela devenir un autre ? Je ne sortais plus de chez moi sans avoir préalablement avalé deux cuillerées de Polaramine ou avalé deux Zyrtec, des puissants antihistaminiques que j'associais à quelques verres de vin. Ce cocktail me calmait un moment. En vérité, je ne me promenais plus sans laisser ma main contre la mignonnette de vin et le flacon de sirop que je sortais à tout moment de ma poche comme un ivrogne. J'étais déprimé et, pour un humoriste, cette faiblesse psychologique est aussi invalidante qu'une fracture du bassin pour un sportif de haut niveau. J'avais bien songé à aller à la piscine – le seul lieu où je me sentais vraiment bien –, mais nous étions en France : ici le port des maillots-shorts était prohibé pour des raisons d'hygiène, aux Etats-Unis, c'était le slip de bain qui était interdit pour des raisons morales. En redevenant français, j'ai dû renoncer à la natation. Oh, comme je regrettais le puritanisme américain ! Ce mélange de perversion et de rigueur, il n'y avait que là-bas que l'on pouvait y goûter. A Las Vegas, par exemple, ce Disneyland pour adultes où Natalia et moi nous étions rendus dans l'espoir de gagner après que nous avions visionné le DVD du film *Proposition indécente.* Hélas, comme le disait Natalia avec dépit : « Il n'y a que dans les films hollywoodiens que de riches

Américains font des propositions indécentes à de jeunes couples sans le sou. » Las Vegas : on joue toute la nuit au poker, aux machines à sous, au black jack et, avant de se coucher, on lit la Bible que les femmes de chambre ont pris soin de ranger dans le tiroir de la table de nuit : évangélisation accélérée avant l'amour ! Les responsables des hôtels vous proposaient de goûter aux plaisirs du triolisme mais interdisaient à votre femme de montrer ses seins au bord de la piscine. Oui, la piscine était la dernière zone de conflit entre la France et l'Amérique et une fois encore, j'en étais la première victime. Je portais un nom de poisson et je nageais en eaux troubles. Maître K. a dit qu'elle le mentionnerait au procès, les jurés seraient attendris par cette privation manifeste du droit à nager en zone libre qui ne pourrait que leur rappeler de funestes souvenirs.

C'est à cette période qu'éclata le scandale qui allait entacher la réputation d'Alain avant de précipiter sa carrière, tout ce qu'il avait bâti en dix ans : sa notoriété, son image de marque, ses relations et les privilèges que ces trois éléments lui octroyaient, des privilèges indus qu'il jugeait légitimes et dont il ne pouvait manifestement pas se passer, toutes ces vanités fulgurantes – désir de célébrité, de reconnaissance – auxquelles en succédaient d'autres, permanentes celles-là, solides, enracinées en lui, multiples strates de l'orgueil qui, chaque jour, à mesure que l'affaire éclatait, se délitaient, le laissant nu et sans armes dans l'arène publique. Un scandale comme les personnes publiques en connaissent des dizaines : fausses rumeurs, aveux circonstanciés, tentatives de chantage – la rançon de la gloire, le revers de la célébrité – mais un scandale tout de même avec ce qu'il comporte de fausses informations, de diffamation, de menace, un scandale qui réveillait les consciences, ébranlait la morale : une affaire publique, en somme, dans laquelle j'allais me retrouver impliqué malgré moi. Comme de nombreux artistes, Alain avait créé sa société de production. Plusieurs personnes travaillaient pour lui et notamment, un stagiaire qui effectuait son stage de fin d'études, un jeune homme âgé d'une petite vingtaine d'années dont j'avais vu la photo dans la presse, un type brun, légèrement basané avec un visage duveteux d'adolescent, un nez long et droit qui lui donnait un air hiératique. Ses fonctions se limitaient à servir les cafés, répondre au téléphone pendant la pause déjeuner, photocopier et relier des documents internes mais en réalité, elles s'étendaient à d'autres domaines, réservés ceux-là, des domaines contrôlés par Alain et lui seul – c'est ce qu'il avait affirmé après avoir porté plainte contre lui pour harcèlement sexuel. C'était un témoignage assez confus, il n'avait dénoncé les agissements dont il se disait victime qu'après avoir été mis à la porte par Alain lui-même et s'était confié à la presse avec un zèle qui trahissait moins son désir de vérité que son goût pour la médiatisation. Alain nia en bloc toutes les accusations. Tout au plus reconnut-il avoir été trop proche du jeune homme : « C'était quelqu'un que j'avais pris sous mon aile, quelqu'un en qui j'ai cru – un temps seulement – et je me suis trompé », avait-il déclaré à plusieurs reprises avant d'admettre que, s'il avait mis fin unilatéralement au contrat du stagiaire, il l'avait fait « de manière un peu brutale mais pour des motifs exclusivement professionnels ». Le stagiaire racontait qu'Alain l'aurait harcelé pendant plusieurs semaines, il commençait tôt le matin, dès son arrivée, il demandait à lui parler, invoquait divers prétextes – un rendez-vous à annuler, un café à lui apporter – et, lorsqu'il se retrouvait seul avec lui, dans le grand bureau de verre surplombant la place du Trocadéro, il devait subir les regards appuyés, les caresses furtives et les allusions – les allusions surtout, obscènes, fréquentes, énoncées avec une sorte de morgue qui le nimbait d'une autorité nouvelle, et il ne pouvait pas dire non, c'est ce qu'il avait dit : « Dans ces moments-là, il posait un tel regard sur moi que je ne pouvais rien lui refuser » ; Alain le harcelait, le menaçant de le licencier, l'amadouant, l'intimidant jusqu'au jour où, ne supportant plus ses refus, il l'avait mis à la porte – c'était la version officielle. Je pensais qu'il était innocent et le stagiaire, après avoir porté plainte et avoir accordé des dizaines d'interviews aux médias, s'était rétracté, « sous la pression » disait-il pour justifier sa soudaine volte-face. Contrairement à l'opinion publique, je ne croyais pas en la version de cet homme, il avait exploité cette affaire avec un tel sens médiatique que j'en avais gardé une certaine méfiance. Tôt ou tard au cours de sa carrière, tout artiste médiatisé se trouve confronté à des pressions, des tentatives de manipulation, du chantage. Bien qu'aucune charge ne pesât plus contre lui, l'image d'Alain s'en trouva très sérieusement écornée. Pas une émission où ne lui fût posée la question fatidique de son implication réelle ou fictive dans cette histoire de harcèlement. C'était moins le harcèlement lui-même qui choquait l'opinion que le fait que la victime supposée fût un homme. Une femme aurait porté plainte et l'affaire aurait pris une tournure moins tragique. Mais un homme. Jeune. Un garçon simple, issu d'un milieu défavorisé. Fragile, aussi, facile à influencer, à abuser. Cela ébranlait quelques consciences. Cela suffisait à alimenter les médisances, les petites mesquineries de fin de déjeuner, à nourrir les calomnies. On le jugeait. Son goût pour la clandestinité érotique. Son « maniérisme ». Ses « déviances ». *Il préfère les hommes. Je l'ai vu en compagnie d'un homme.* Ce n'était pas une révélation. Je savais qu'Alain était bisexuel. Nous le savions tous. Le sujet était tabou. Quelques années avant moi, il avait épousé la fille d'un notable qui lui avait donné deux filles. Un homme *rangé*. C'était tout ce qu'il voulait montrer. Sa femme, dans le sillage de sa collaboratrice la plus fidèle, veillait à ce que rien ni personne ne perturbât son travail. Je l'avais souvent rencontrée lorsque j'habitais à Paris sans jamais parvenir à nouer le moindre contact avec elle, elle incarnait à mes yeux ce que j'appelais une « couverture sociale », elle le préservait des attaques extérieures : critiques ciblées, rumeurs, tentatives de déstabilisation, elle le protégeait sans se douter, du moins le croyais-je, que cette vitre sans tain derrière laquelle il se dissimulait ne visait qu'à la protéger *elle*. Il ne voulait pas qu'elle sache qu'il la trompait avec d'autres femmes, plus ou moins jeunes, des femmes qu'il séduisait et d'autres qu'il payait ; qu'il la trompait avec des hommes – des histoires fugaces, simples aventures d'un soir où il perdait enfin la maîtrise de lui-même. Flirter avec les soubassements de la violence. Frôler la pulsion de mort. Se sentir vivant, enfin. L'excitation engendrée par le succès, il fallait la maintenir. Ces histoires me laissaient indifférent. Pour être honnête, je me soucie plus de ma vie sexuelle que de celle des autres : j'ai déjà bien assez à faire avec mes propres inhibitions, mes fantasmes m'empêchent de dormir et je connais mes limites. Nos vies devraient rester privées. Les obsessions moralisatrices m'ont toujours paru suspectes : il y a derrière tout moralisateur acharné un pervers sanglé qui se débat contre lui-même. Je refusais d'appliquer ce principe de transparence qui régissait désormais la vie publique en enfermant mes fantasmes dans un carcan que les années, la maturité, la maladie, la vieillesse aussi, ne manqueraient pas de déformer. La mise en accusation, donc. Le processus diffamatoire en mouvement. Le désastre. On ne rit plus. Plusieurs de ses projets en cours furent annulés. Le contrat publicitaire qu'il avait signé avec une grande marque d'eau minérale fut rompu. Enfin, son agent et le directeur de la salle où il devait se produire décidèrent d'un commun accord de repousser la date de son spectacle pour, disaient-ils, « apaiser les esprits ». Mais le public est oublieux. Et je retrouvais bien vite Alain aussi déprimé que moi, jouissant mollement d'une notoriété altérée, bien déterminé à rebondir mais ne possédant plus la moindre source créative et pourtant c'était bien là qu'il lui fallait s'abreuver. J'étais à Paris depuis un mois et demi quand il m'a rappelé. Il devait être aux alentours de minuit lorsque la sonnerie du téléphone a retenti dans le salon de l'appartement familial. Ma mère dormait profondément, la sonnerie ne l'avait même pas réveillée. Je n'ai pas tout de suite reconnu la voix d'Alain. On y décelait une gentillesse excessive que j'interprétais comme une forme de malice, les appels d'Alain n'avaient jamais été désintéressés. Il évitait, dans la mesure du possible, d'appeler les gens personnellement, c'était son assistante qui s'acquittait de cette tâche, elle accordait des rendez-vous, filtrait ses appels avec la rigueur d'un cerbère, organisait le moindre de ses déplacements. Je n'avais pas le numéro de sa ligne directe, la seule personne au monde qui possédait son numéro de portable, c'était elle. Comment savait-il que j'étais chez ma mère ? Il ne m'a pas laissé le temps de le lui demander. Il disait qu'il voulait me rencontrer et, ajoutait-il, « vite ». J'avais mille raisons de ne pas accepter, à commencer par celle-ci : je n'avais plus aucune envie de le revoir après l'accueil déplorable qu'il m'avait réservé à mon retour. Me rendre au rendez-vous qu'il me fixerait, à l'heure qui lui conviendrait, dans le restaurant de son choix où je l'attendrais pendant une heure. L'écouter me parler de lui, boire le vin qu'il choisirait, lui demander des nouvelles de sa femme tout en sachant qu'il n'en avait pas lui-même puisqu'il ne se souciait pas d'elle, de ce qu'elle faisait et qu'il ne la voyait que le week-end, prendre un dessert s'il en prenait, lui dire : « Tu n'as pas une seule ride » alors que je pensais intérieurement qu'il était vieux, moche et arrogant, et surtout le remercier quand il jetterait négligemment sa carte Platine sur la note qu'il n'aurait pas pris la peine de vérifier, tous ces actes que je devrais à coup sûr effectuer m'épuisaient avant d'avoir été accomplis. La seule idée de le rejoindre quelque part parce qu'il me l'avait demandé me rendait incroyablement nerveux. Il pensait que sa notoriété, son argent et le pouvoir que ces éléments lui conféraient lui accordaient des droits sur la vie des autres. Des privilèges ! Qu'il aille se faire foutre ! « Oh ! Alain, content de t'entendre mais non, tu ne me réveilles pas, tu sais bien que tu ne me déranges jamais, bien sûr que je serais ravi de déjeuner avec toi. Le 15, à 13 heures, oui, je peux. Au *Costes* ? Très bien, à bientôt, merci de ton appel. » Voilà ce que j'avais dit avant de lancer le combiné à travers la pièce avec le désir inconscient qu'il rebondît sur ma tête ! Ce jour-là, à l'heure qu'il m'avait fixée, j'avais déjà un autre rendez-vous pour un entretien important avec un agent et je n'avais pas osé le lui dire. Même ces mots : « non, je ne peux pas » restaient imprononçables. N'y tenant plus, je m'étais rendu la veille de notre rendez-vous dans ce restaurant pour repérer les lieux mais la vision des filles habillées comme des gravures de mode qui se dandinaient au bras de jeunes éphèbes m'avait rendu malade et j'avais passé le restant de la nuit à vomir, penché au-dessus de la cuvette des toilettes, sous les regards bienveillants de ma mère. « Allons, allons, une petite indigestion » diagnostiquait-elle, médecin de mes états d'âme – c'était ma vie que je digérais mal. Je n'ai réussi à m'endormir qu'après avoir avalé un Valium avec un verre de vin, un cocktail détonant qui m'avait maintes fois sauvé de l'insomnie. Le matin, j'étais un homme neuf. Je suis arrivé à l'heure au rendez-vous. Il n'était pas là. Et lorsqu'il a fait son apparition dans la salle du restaurant, avec trois quarts d'heure de retard comme je l'avais prévu et sans me présenter la moindre excuse, je ne lui ai adressé aucun reproche. Il portait un costume noir en laine et des souliers qu'il avait dû payer une fortune. Il avait l'air tendu, les contractures qui déformaient son visage le trahissaient mais il avait gardé l'assurance et la fausse décontraction des gens bien nés. Pour la première fois, j'ai ressenti ce qui avait ravagé le cœur de mon père : la jalousie, l'aigreur. J'étais envieux. Je le regardais avec dédain pendant qu'il choisissait le plat qu'il allait commander sans se soucier du prix. Je lui ai demandé de me parler de lui, de Thomas, de son père, de ses projets, de tout le monde afin qu'il n'exigeât rien d'autre de moi que cette capacité d'écoute, je ne voulais pas parler de moi, ressasser mes échecs, hâter la résurrection des souvenirs et, tandis que je l'écoutais me raconter sa vie, je pensais à ma calvitie, à mes vêtements dans lesquels je flottais – j'avais maigri depuis mon arrivée à Paris –, à mon regard surtout, ces yeux hagards qui criaient au secours. Je n'avais pas envie de rester, je ne rêvais plus que du moment où nous nous séparerions sans nous être rien dit car je n'avais rien à lui dire et il le comprendrait assez vite, je ne me sentais plus capable de faire le moindre effort, il n'était plus question de sauver les apparences – c'était moi qu'il fallait sauver, c'est ce que je pensais en constatant que tout le monde ici m'avait oublié. Bon, j'avais toujours mon humour avec moi. Et c'était bien ce qui intéressait Alain, mon humour, ce dont il était désormais privé. Thomas ne lui écrivait plus ses sketches et lui en était incapable. Ces accusations de harcèlement sexuel l'avaient accablé. « Cette histoire a eu des conséquences dramatiques : ma carrière bat de l'aile, j'ai un contrôle fiscal et j'ai hypothéqué tout ce que je possédais pour financer mon dernier film, alors soit tu m'aides, soit tu crèves avec moi. » L'idée d'un suicide collectif me paraissait séduisante mais j'avais encore un avenir au poker. « Pourquoi est-ce que Thomas n'écrit plus pour toi ? » ai-je demandé. Et enfin il m'a parlé de leur rupture. Cela faisait des mois que je n'avais pas reçu de nouvelles de Thomas. J'ai longtemps pensé qu'il avait été jaloux de cette réussite que j'avais inventée de toutes pièces. Il y avait cru – pourquoi aurait-il douté ? – mais j'avais décelé, dans sa façon d'interrompre le récit de mes succès imaginaires par des onomatopées circonstanciées, un intérêt feint. Etant issus du même milieu, nous persistions à nous comparer l'un à l'autre ; à moins que ce ne fussent nos parents qui, dans un élan de fierté conjuguée, ne nous aient placés eux-mêmes en compétition. A l'époque où j'avais quitté Paris, Thomas vivait seul dans un petit studio. Je n'avais jamais cherché à le revoir sauf comme je l'ai déjà dit, une fois, pour lui demander de me prêter de l'argent ; il avait refusé : « Moi, je n'ai pas eu ton ambition, m'avait-il reproché, je n'ai pas eu la prétention de vouloir supplanter Spiegelman au *New Yorker*. » Il ne m'avait pas dit un mot sur sa brouille avec Alain, une brouille qui s'apparentait plus à une guerre, un conflit d'intérêts. « Mais je ne souhaite pas t'en donner les détails, m'a dit Alain presque aussitôt, c'est trop sordide. » Pourquoi est-ce qu'il ne m'avait pas appelé ? J'aurais pu tenter de les réconcilier. Je questionnais : pourquoi étaient-ils fâchés ? J'émettais des hypothèses : une histoire de femmes, d'argent ? Il hésitait à répondre. « Une rupture idéologique » a-t-il enfin conclu. « Il a réorienté l'écriture de mes textes en fonction de ses propres convictions politiques. Tu sais ce qu'est devenu Thomas ? Un comique hostile. Renverser le pouvoir établi, voilà sa nouvelle obsession. » « Mais c'est le rôle d'un artiste de jouer les contre-pouvoirs ! » Non, il ne s'agissait pas de cela. « Il se trompe de luttes », a renchéri Alain, « il divise les classes, les races, attise les haines, exploite les conflits intercommunautaires et religieux. Il est contre la religion, contre le gouvernement, contre le patronat, contre les Américains, contre les femmes, contre les chefs d'entreprise, contre les capitalistes, contre Bush et contre Sharon, contre les médias bien qu'il les utilise, contre les armées, il s'oppose à tout, à croire qu'il ne cherche qu'à instaurer un nouveau désordre interne, le rire, nouvelle menace terroriste, oui, d'une certaine façon, il a créé une forme de terreur, les journalistes ont peur de le recevoir sur un plateau télévisé tant il est imprévisible, est-ce que tu sais qu'il s'est lancé dans une diatribe contre le pouvoir occulte des lobbies au cours d'une émission diffusée en direct ? Est-ce que tu as appris qu'il a été viré du *Monde* après avoir proposé quatre dessins – pas seulement partisans, son engagement, son parti pris, on aurait pu les lui pardonner, mais manichéens, pour illustrer la situation au Proche-Orient ? Dans ces conditions, je ne pouvais plus lui demander d'écrire mes sketches. Il ne me soumettait plus que des textes provocateurs sans rapport avec ceux que j'interprétais jusqu'à présent, tu sais qu'on ne passe pas d'un genre comique à un autre comme ça sans risquer de déstabiliser son public. » Je l'avais appris à mes dépens à New York. « Entre-temps, il a perdu son père, a continué Alain. Tu te souviens de lui ? » Oui, je me souvenais. Grand homme de gauche. Généreux et fier. « Il a été assassiné. Un crime atroce et je n'ai même pas pu assister à son enterrement. Nous étions si fâchés à l'époque que je n'ai pas osé appeler Thomas. » Il y a eu un silence qui a duré près de trois minutes – une éternité. Puis, le ton est devenu plus léger comme si nous n'avions été, l'espace d'un instant, que de simples visiteurs au chevet d'un mort. « Qu'est-ce que tu attends de moi ? » lui ai-je demandé. Le contrat qui nous lierait reposerait sur une usurpation de titres et de rôles. « Je sais que tu as des problèmes en ce moment, tu pourrais écrire mes sketches pendant un temps défini et moi, je les interpréterais sur scène, hein, qu'est-ce que tu en penses ? » Sur le moment, je ne me suis pas méfié. J'ai cru sincèrement qu'il souhaitait que nous retravaillions ensemble. « Et si nous refondions un duo ? » ai-je proposé. Son visage s'est assombri : « Jérémy, m'a-t-il dit, tu es complètement oublié ici, non, crois-moi, le plus simple est que tu restes l'auteur des textes pour l'instant. Plus tard, pourquoi pas ? Pour le moment, c'est moi et moi seul qui parviens à réunir des capitaux sur mon nom. » L'affaire était claire : j'écrirais ses sketches, il les interpréterait sur scène, étant précisé que mon nom n'apparaîtrait pas sur les affiches. Je m'engageais à ne pas divulguer que j'étais l'auteur des textes, à ne pas accorder d'interviews, à ne pas nuire à la réputation d'Alain. En échange, il me reversait 10 % de ses cachets – une somme que j'estimais tout à fait convenable et qui me permettait de couvrir mes dépenses courantes ainsi que de payer la pension alimentaire que je continuais de verser chaque mois à mon ex-femme. Je n'ai pas accepté d'emblée son offre bien que ma situation financière justifiât un accord immédiat, des réticences essentiellement dues à un inextricable sentiment de fierté. Et aussi : je ne comprenais pas pourquoi il ne se réconciliait pas avec Thomas. « Pourquoi ? s'est-il écrié, lorsque je le lui ai demandé, mais parce qu'il me déteste ! Il ne veut plus écrire quoi que ce soit pour moi ! Tu l'as revu depuis que tu es arrivé à Paris, hein, dis-moi, tu l'as revu ? » Un rictus déformait son visage. Non, je n'avais pas revu Thomas, je l'avais appelé une fois mais il n'avait pas répondu, j'étais tellement préoccupé par moi-même que je n'avais pas songé à le rappeler. « Appelle-le ! a dit Alain. Demande à le voir. Tu me donneras ta décision après. »

De la comédie au drame

« Tu ne peux pas comprendre – c'est ce qu'il m'a dit. La maîtrise, la distance qu'implique l'humour, la recherche de l'équilibre, ces trucs d'humoriste sans lesquels tu tombes dans la vulgarité, moi je ne peux plus. Et soudain : hop ! C'est reparti ! l'humour et tout. "Ces choses-là, c'est cyclique, m'a averti mon psy, ça va passer" ; ça passe pas. Mon agent m'a rassuré : faut y aller mon vieux, faut te lâcher, ça va revenir ; ça ne revient pas. Tu sais ce qu'il m'a dit hier ? Pars à Saint-Domingue et reviens, ça ira mieux. Pars à Saint-Domingue, fais-toi bronzer, le soleil est le meilleur des antidépresseurs, et reviens. Il croit – le con ! – qu'on peut se remettre de la mort d'un père en se dorant la pilule. Mais c'est fini. Mon père est mort. Ils l'ont attrapé, ils l'ont ligoté, ils l'ont torturé, ils lui ont fracassé le crâne à coups de marteau et même après, quand ils ont vu qu'il était mort, quand ils ont vu qu'il respirait plus, ils l'ont poignardé, cinquante coups partout dans les yeux, le cœur, le ventre, les jambes et même les couilles – les salauds ! Ils ont voulu voir si ça bougeait encore mais ça bougeait plus ; peut-être qu'ils se sont dit c'est tendre cette viande-là quand on y enfonce la lame ; peut-être qu'ils se sont dit c'est fou ce qu'il pisse le sang ce vieux mais peut-être qu'ils se sont rien dit, peut-être qu'ils n'ont pas parlé pendant tout ce temps où ils ont martyrisé mon père, lui qui n'avait jamais rien demandé à personne pas même à moi à cause de la dignité et du sentiment d'indépendance, des conneries qu'il véhiculait au sein de l'association humanitaire dont il s'occupait – la réinsertion des délinquants, c'était son truc. Les recevoir, les écouter, leur trouver un centre de réadaptation sociale : des conneries de militant de gauche comme celles que tes parents t'ont apprises. Il faisait du social. Du vrai ! Des conneries. Il a filé ses clés à un toxico, il voulait l'aider. Des conneries. Il en est mort – le con. Le type est rentré pour trouver du fric, il était en manque, il a demandé à mon père où il cachait ses billets. On ne sait pas ce qu'il a répondu. Le toxico n'a pas voulu le dire au procès. Le juge lui a posé la question et il a dit : "J'vous encule." Le juge a cru le menacer en disant : "Je vous condamne pour outrage à magistrat." Outrage à magistrat ! "Ouh ! Ouh !" qu'il a dit le toxico et avec un geste de la main : même pas peur. Voilà la société de droit, voilà le social. Foutaises ! » Bon. Il avait dit cela sous l'emprise de la douleur, de la folie et peut-être aussi, de la drogue mais j'étais abasourdi, un peu sonné comme s'il m'avait giflé en me parlant, je sentais les hématomes à l'intérieur et j'avais mal quand je respirais. Un énorme étau s'était formé dans ma poitrine.

J'étais arrivé chez Thomas en fin de matinée. Il habitait un grand appartement bourgeois dans un immeuble classé du VIIIe arrondissement. Oubliées les années de vaches maigres à Ivry, le petit pavillon de banlieue avec vue sur le RER construit au milieu d'un terrain ronceux. Oubliées les querelles de voisinage, les rackets et menaces en tous genres : il habitait à quelques mètres du commissariat – c'était le genre de détails qui avaient dû l'inciter à emménager ici. J'étais resté longtemps debout, sur le trottoir d'en face, admirant la façade de l'immeuble, l'immense porte d'entrée en bois sculpté et, plus haut, le balcon du quatrième étage avec ses conifères taillés. Je me souviens avoir pensé : il a bien réussi, le salaud ! (« Gardez vos pensées secrètes devant le juge » a dit Maître K.) J'étais envieux – je n'en laisserais rien paraître. J'ai sonné plusieurs fois à sa porte avant qu'une femme – vingt ans à peine – ne vînt m'ouvrir. Elle avait un profil asiatique que ses années passées en France avaient occidentalisé. Ses cheveux noirs dont elle avait teint les pointes en blond, ses yeux qu'une opération de chirurgie esthétique avait débridés et le tee-shirt qui moulait ses seins proéminents et étrangement statiques trahissaient le profond mépris qu'elle ressentait maintenant pour sa culture d'origine. Elle a eu l'air étonné de me voir alors que j'avais téléphoné, la veille, pour l'informer de ma visite. Elle m'a dit « bonjour » d'une voix sèche et avec un fort accent, puis, « il dort » ; je ne savais pas quelle interprétation donner à ses mots : « il dort », est-ce que cela signifiait que je devais repartir ou m'autorisait-elle à attendre qu'il se réveillât ainsi que je le désirais, attendre pour lui parler ? Une odeur de cèdre flottait dans l'air. Elle m'a fait signe de la suivre d'un hochement de tête. J'ai vu qu'elle portait une barrette en forme de papillon dans les cheveux ; le papillon sautillait quand elle bougeait. Elle m'a fait entrer dans une chambre à coucher plongée dans l'obscurité. Les rideaux, taillés dans un drap de laine marron et épais, étaient tirés. Il faisait une chaleur étouffante. J'ai reconnu la silhouette de Thomas, ses cheveux roux qui se dressaient comme une crête sur sa tête, dernier vestige de ses années punk. Je me suis approché de la fenêtre, j'ai entrouvert légèrement les rideaux puis je me suis tourné vers lui. La jeune femme est sortie de la pièce, j'aurais voulu qu'elle reste, qu'elle laisse voler son papillon car ce que je voyais devant moi était triste, était glauque et j'avais envie de pleurer et j'avais envie de vomir. Thomas gisait dans son lit telle une bête blessée, le visage bouffi par l'alcool, le corps enveloppé dans une robe de chambre en velours rouge qu'il avait négligemment fermée si bien que j'entrapercevais son torse imberbe et plus bas l'élastique griffé de son slip. Ses cheveux avaient blanchi, ses traits s'étaient empâtés. Son corps n'était plus qu'une masse informe. Il avait dû prendre plus de vingt kilos. Sur le lit, posé à ses pieds, un cendrier rempli de mégots et, sur la table de nuit, jetés pêle-mêle, une dizaine de paquets de cigarettes. Thomas s'est relevé avec une certaine rigidité, il a plaqué son dos contre l'oreiller. La couverture a glissé. Il y avait deux femmes dans son lit, toutes les deux brunes, l'une en combinaison de coton, et l'autre nue ; je ne distinguais pas leurs visages. Aussitôt, il a relevé la couverture d'un geste vif. Vingt-cinq ans, pas plus. Il a passé la main sur ses paupières, l'a fait glisser sur son front dans un mouvement pathétique qui exprimait son désarroi et, peut-être, sa stupéfaction de me voir ici, à quelques mètres de lui. Non, il ne rêvait pas, j'étais bien là, devant lui, au pied de son lit, j'étais revenu, j'espérais qu'il serait heureux de me voir, qu'il m'apostropherait d'une formule amicale. Il avait « à faire » répétait-il alors qu'il était à moitié ensommeillé. Il ne pouvait pas me recevoir « maintenant » dans cet état – « je suis fatigué, je n'ai pas fermé l'œil de la nuit » –, dans cette tenue – « je suis encore en pyjama » – et à cette heure matinale – « non mais tu as vu l'heure qu'il est ? ». « Midi, il est midi, Thomas. » Il ne voulait pas vraiment me recevoir ou pas ainsi, aux lueurs de ce qu'il croyait être l'aube. Je m'étais imposé, la personne que j'avais eue au téléphone n'avait pas su dire non. Avions-nous encore quelque chose à nous dire ? Je pensais : où est l'humour ? Où est passée sa dérision ? Trop sérieux, trop abattu, rien à en tirer, pas même un mot, c'est ce que j'ai cru au début, avant qu'il se mette à parler, plus rien ne l'arrêtait, ni les ronflements irréguliers de l'une des filles qui partageaient son lit, ni la musique dont la fille qui m'avait accueilli avait poussé le volume à fond, un vieux tube de Madonna, *Like a virgin*, je crois, ni les interjections d'effroi que je laissais échapper. Son monologue avait duré longtemps, c'était un gouffre dans lequel nous tombions de notre plein gré, victimes consentantes, un siphon qui nous aspirait sans que nous puissions rien faire pour repousser sa force attractive. C'était la victoire écrasante de la tristesse sur le rire. Et je compris, et j'eus la certitude, que rien ne résistait au deuil.

— Cette histoire m'a rendu fou, a-t-il dit.

— Je comprends, ai-je répliqué.

— Qu'est-ce que tu comprends ?

Ses yeux étaient exorbités. Que pouvais-je lui répondre ? J'ai baissé les miens spontanément comme si je me sentais coupable d'avoir suscité ce monologue, d'avoir ravivé sa douleur ; à moins qu'elle n'eût jamais connu d'accalmie, qu'elle ne lui eût jamais laissé le moindre répit, le piquant, le brûlant, le martyrisant jour et nuit et jusque dans son sommeil – pas de refuge, non, rien qu'une blessure vive, une plaie ouverte que les mots grattaient, que les larmes salaient. Que le rire, surtout, la légèreté, la dérision – ce qui avait fait de nous des hommes riches, des hommes libres, des hommes *presque* heureux – infectaient, le malheur creusant ses cavités dans la chair, dans les os, s'étendant à chacun de ses membres, occupant chaque parcelle de son corps. Son corps était la plaie et il ne pouvait plus manger sans souffrir, plus boire sans souffrir, plus aimer sans souffrir, plus sortir sans souffrir, plus rire sans souffrir, plus baiser sans souffrir, plus faire rire sans souffrir, plus s'habiller sans souffrir. Il souffrait – cette souffrance était sa vie et rien ni personne – personne ! – ne pouvait l'apaiser. Ni les objets, ni les femmes, ni les projets, ni les rêves, ni les voyages, ni le sexe, ni le succès, ni l'admiration qu'il suscitait encore, ni la consécration, ni les prix – rien. Il survivait. Il dormait mal, mangeait peu, ne touchait plus aux femmes que du bout des doigts et avec un certain dégoût comme si le sexe lui-même, le plaisir, le désir, l'érotisme pour lesquels il avait tant vécu, tant aimé, devenaient souillure, oui, le sexe le ramenait à la vie et il voulait mourir, le sexe lui rappelait qu'il était un homme, le désir qu'il lui arrivait de ressentir

nait d'associer des noms d'acteurs célèbres ou des titres de films à succès, des mots dont l'emploi était intrinsèquement lié au montant des recettes nettes enregistrées.

— Voilà le fond du problème, m'a expliqué ma mère sur un ton professoral, tout le monde veut être célèbre et passer à la télé. On crée des stars en trois mois, on les oublie en moins d'un an. Même ton frère veut être célèbre, il a fait imprimer des affiches publicitaires pour son entreprise de dératisation. Son portrait en grand format, dans toutes les stations de métro de Paris. C'est un fléau. Toi, il t'a fallu des années pour y parvenir.

— Et quelques jours pour redevenir un inconnu, ai-je répliqué.

— Tu devrais travailler avec tes frères, a conclu ma mère.

Les conseils des mères sont comme les histoires drôles, il faut les écouter et se contenter d'en rire.

Tu aimeras la femme de ton prochain comme la tienne

Avant de vous raconter le déroulement du drame dont j'ai été victime, j'aimerais vous parler de la femme-de-mon-frère. Elle est le témoin clé de cette affaire. Elle seule me connaît vraiment : c'est la dernière personne à avoir fait l'amour avec moi. Toutefois, par souci de cohérence, je ne souhaite pas que ce texte devienne une histoire d'amour, les amants sombrent vite dans la mièvrerie, les comiques s'y engluent. Les gens amoureux n'ont qu'une histoire : la leur. Ils l'écrivent, ajoutent des anecdotes, revisitent les scènes, conservent leurs lettres – archivistes de leur amour. Quelle rigueur dans cette façon de se souvenir des détails, de noter qu'à telle heure, à tel endroit, des pactes se sont scellés ! Quelle jubilation à inventer une langue qui leur est propre, une langue souple et fluide, en apparence ; une langue indéchiffrable, méandreuse à qui prête l'oreille, une langue dont les mots n'ont ni étymologie ni sens – des mots errants, apatrides qui passent de bouche en bouche, violent les frontières les plus protégées. La femme de mon frère est celle que j'aurais dû épouser. Elle m'était destinée mais il y a eu une erreur de distribution. Cela arrive fréquemment au poker. L'Eternel aussi est un grand joueur. J'aurais aimé me retirer du jeu, dès le départ, quand j'ai compris que mes cartes étaient mauvaises : j'étais amoureux. C'était le jour de mon retour à Paris, chez ma mère. Je n'avais pas encore vu le buisson ardent, aucun miracle ne s'était produit mais je me consumais de l'intérieur. Elle m'avait téléphoné, le lendemain de notre rencontre tumultueuse, elle disait qu'elle voulait me faire signer une pétition : j'étais prêt à m'engager en faveur de n'importe quelle cause pourvu qu'elle servît la mienne, « un manifeste sur la laïcité » avait-elle précisé, « je signe » avais-je répliqué, il n'y avait guère qu'en amour que j'étais un mystique. Nous nous étions donné rendez-vous sur les bords de Seine, devant les bouquinistes. Je feuilletais une vieille édition du *Dibbouk* de Sholem An-Ski quand elle est arrivée – j'y ai vu un signe : cette fille-là allait me posséder. Elle m'a dit que j'étais beau en posant ses doigts sur mes lèvres. Je l'ai prise par la main et je l'ai entraînée sur les quais. A mesure que nous marchions, je sentais que je rajeunissais, mes jambes se déliaient, souples et légères, je ne souffrais plus d'aucune douleur, mon esprit, apaisé, presque cotonneux, voguait sur des eaux calmes. Par quelque miracle, j'étais redevenu un adolescent. J'ai lâché sa main, j'ai plaqué son corps contre le parapet, j'ai introduit ma langue dans sa bouche, posé mes doigts sur ses hanches. Sa peau était brûlante. Sous le frottement de son corps, le mur s'effritait, des fragments se mêlaient à ses cheveux bruns, je soufflais dessus pour les en chasser. Derrière nous, un bateau-mouche filait sur la Seine, des touristes admiratifs nous applaudissaient : Paris était en fête. Je la serrais, la serrais fort contre moi. Je l'embrassais et je la connaissais : son histoire et ses goûts, ce qu'elle aimait et ce qui la faisait fuir, ses passions et ses emportements. Je me collais à elle et je pensais : je suis perdu. Je respirais le parfum de sa peau et je pensais : je suis perdu. J'avais exigé de me reposer quelque part, j'étais chancelant. Nous nous étions assis sur un banc, face à la Seine – c'est là, je crois, qu'elle m'a dit qu'elle m'aimait, comme ça, sans preuves, et je l'ai crue sur parole ; c'est là aussi que je l'ai fait rire pour la deuxième fois, je possédais encore quelques dons. Nous étions restés un long moment, impassibles et fiers, à contempler les éclats du soleil qui ricochaient sur l'eau, je n'avais pas l'âme romantique mais les femmes sont ainsi faites qu'il leur faut toujours des préliminaires. Je reconnais qu'elle pratiquait bien l'échauffement. Après quelques exercices, j'étais en nage. Elle avait déboutonné ma chemise, s'était lovée contre moi – des passants nous observaient – et j'ai crié intérieurement : Je suis perdu ! Je suis perdu ! Je suis perdu ! tandis qu'elle me caressait. Et je lui réciterai par cœur *Le Cantique des Cantiques*, seul sur scène, face à elle – unique spectatrice : enfin. Et je lui dirai combien elle me manque et que ses yeux sont beaux et ses cheveux soyeux et que sa taille est fine, « tes caresses, plus délicieuses que le vin et que tu es belle, que tu es belle ! Tes yeux sont ceux d'une colombe et tes deux seins sont comme deux faons et tes lèvres distillent la douceur du miel, que tu es belle, que tu es attrayante, mon amour, dans l'enivrement des caresses ! ». Et qu'elle me dise oui elle sait ce

j'aie pu répondre, il m'a dit avec cynisme : « Je recevais un prix d'humour récompensant mon travail. Le caricaturiste génial. Hé ! hé ! La grande vedette. » Il délirait. Ses phrases dévertébrées, ce masque de dément qui déformait ses traits trahissaient le conflit intérieur qui le dévorait. Il me dévisageait de son regard vacant que toute joie avait déserté. J'ai prétexté un rendez-vous urgent et je suis parti sans même dire au revoir à la Japonaise peroxydée qui lui servait de garde-malade. Et, courant dans les escaliers de son immeuble comme si j'étais poursuivi par un homme armé, je pensais que nous étions désormais deux parias, retranchés à jamais de la communauté des rieurs.

lorsque l'une de ses anciennes maîtresses le prenait par surprise, ce désir-là qu'il ne maîtrisait plus en dépit de ses efforts, brûlait encore sous les cendres. Il brûlait et il pouvait bien cracher dessus pour l'éteindre dans un geste de reniement, de répudiation, il savait qu'il renaîtrait plus puissant, aussi profond que la plaie elle-même, la cautérisant lentement. Oui, il le savait, seule la sexualité cicatriserait la plaie. La sexualité, sous toutes ses formes – sans réticence, sans tabou. Une sexualité protéiforme comme il en avait peut-être rêvé un jour sans oser l'explorer. Une sexualité sans limites, sans contours que la mort lui donnait l'audace de proposer, d'exiger, librement, moyennant finances : quelle importance ? C'est pourquoi elles se succédaient toutes dans son lit – jeunes et moins jeunes –, il les choisissait selon un seul critère : la discrétion. Il exigeait qu'elles ne lui demandent rien. Jamais. Rien. Et il payait, souvent. Tout cela, c'était Alain qui me l'avait dit. Bien qu'il ne lui adressât plus la parole, qu'il n'eût même pas assisté à l'enterrement de son père, il savait tout de lui. L'amitié avait encore ses ramifications.

Thomas s'était apaisé. Je l'observais, à la lueur du jour : ses paupières, striées de veinules bleutées, ses narines dilatées par la colère, ses lèvres, entrouvertes comme s'il laissait encore la voie ouverte aux mots, les mots du deuil et non plus ceux du rire. « Je ne pourrai plus jamais écrire de textes drôles », m'avait-il dit, « mon métier me semble tellement futile. » Il se punissait d'être vivant. Il disait : « Qu'est-ce que je faisais pendant qu'ils torturaient mon père ? Qu'est-ce que tu crois ? Hein ? D'après toi ? » Il me regardait en balançant son menton vers mon visage mais avant que

Comment retrouver le moral en moins de deux minutes

Maître K., le juge d'instruction, l'huissier et les deux gendarmes qui me servaient de chaperons étaient déprimés, ils me l'ont dit avec la franchise qui sied au corps judiciaire : « Cette histoire est déprimante. » Le lecteur est angoissé. Je suis moi-même dans un état de grande détresse morale. Il devrait exister une prière réservée au deuil du bonheur. Toute cette légèreté que l'on ne connaîtra plus. Pour des raisons strictement éditoriales, il m'est impossible de laisser mon récit s'enliser dans le pathos. Tout le monde veut rire. C'est l'ère du divertissement. Pas de répit pour les comiques, la machine à rire tourne à plein rendement. « Qu'avez-vous fait après avoir revu Thomas Vidal ? » a demandé le juge, me sortant de ma torpeur. J'ai regardé Maître K., elle a cligné érotiquement des paupières – cette femme jouait avec mes nerfs. J'ai avoué.

Dès le lendemain de ma rencontre avec Thomas, j'ai rappelé Alain pour lui dire que j'acceptais sa proposition. J'avais écrit de très nombreux textes pendant mon exil new-yorkais ; j'espérais les interpréter moi-même. Ironie du sort, ces textes que mon producteur avait refusés lorsque je les lui avais transmis à mon retour étaient maintenant acceptés, ils suscitaient son enthousiasme, Alain lui ayant fait croire qu'il en était le seul auteur. Je savais que la carrière d'Alain s'essoufflait, de nouveaux artistes comiques avaient fait irruption sur la scène médiatique, de simples amuseurs pour la plupart, des rigolos sans grand talent, sans inspiration, tout juste capables de saisir l'air du temps, d'en faire deux ou trois gags et d'occuper l'espace médiatique le temps d'un show télévisé. A partir du moment où j'ai renoué les liens avec Alain, j'ai pu quitter l'appartement de ma mère et louer un petit studio à quelques mètres de chez elle. C'est mon frère Fabrice qui s'était porté caution, il n'a pas hésité une seconde lorsque je le lui ai demandé, sous l'impulsion de sa femme. Sans sa générosité, je n'aurais pas pu occuper l'appartement où je pouvais enfin faire l'amour avec elle en toute tranquillité. J'habitais maintenant au cinquième étage sans ascenseur, la cage d'escalier exhalait une odeur rance, les murs étaient recouverts d'inscriptions ordurières mais j'avais un vis-à-vis : dans l'appartement d'en face – l'atelier d'une jeune styliste spécialisée dans la lingerie féminine – des filles défilaient douze heures par jour en petite culotte. Me rappelant ce que m'avait dit mon producteur à mon retour de New York, j'écrivis un sketch sur la pornographie et l'érotisme en France qui suscita l'enthousiasme d'Alain. Après l'avoir lu, il me dit qu'il se sentait soulagé de réciter enfin des textes dénués de toute connotation politique. J'étais étonné par sa réflexion – il me semblait qu'il n'y avait rien de plus politique que la sexualité – mais je n'ai pas fait de remarque. J'ai écrit sur la dictature du suffixe « – isme », sur la féminisation du monde, sur la victoire commerciale du « tout en un » et du produit allégé, j'ai écrit sur le culte de la mémoire et sur le nécessaire travail d'oubli, sur l'éducation et l'angoisse de vieillir. J'ai écrit, sans signer mes textes, je les abandonnais sans les reconnaître, il me semblait que de quelque sujet que l'on se préoccupât, il s'agissait toujours d'une question de paternité.

Et je suis devenu un double, un nègre. Ma condition d'esclave me convenait, j'avais mes habitudes. Cela dura plusieurs mois. Il fallait vivre dans l'ombre d'Alain ainsi qu'il l'avait exigé. Accepter qu'il reçoive les éloges à ma place. Ne pas interrompre une cérémonie officielle en hurlant « mais enfin, c'est un imposteur ! Je suis le seul auteur de ces textes ! » quand il quitterait la scène après avoir remercié son père, sa mère, son producteur – tout le monde sauf moi –, serrant son prix dans le creux de sa main sous les applaudissements d'un public blasé. Approuver les amis qui diraient : « Quel talent ce Venet ! » Etre discret, c'est-à-dire, comme le faisait remarquer la femme-de-mon-frère que j'avais mise dans la confidence à cause de l'oreiller qui délie du secret, « savoir fermer sa gueule ». « Tu crois que je n'ai pas envie de tout raconter, s'emportait-elle, lorsque je vois la façon dont il t'exploite. Ce salaud profite de toi, de ton talent, de tes dons exceptionnels, il te laisse dans l'ombre parce que tu représentes une menace pour lui, il te maintient sous sa dépendance parce que tu es mieux que lui. Non mais est-ce que tu as seulement conscience de tes atouts ? Tu es beau, tu es brillant, tu es spirituel ! » (voilà pourquoi je l'aimais). « Allons, calme-toi, disais-je en la serrant contre moi, cela passera. » Oui, cela *aussi* passera comme la notoriété, les honneurs indus et le fric, tout ce fric que je gagnais avant, le claquant aussitôt, il me brûlait les doigts, ce fric pour lequel j'acceptais tout à présent, y compris de renoncer à ma carrière personnelle, à mon identité artistique, ce fric qui nous enchaînait les uns aux autres sans que nous puissions nous libérer, esclaves de nous-mêmes, de nos désirs, ce fric que j'avais perdu, gagné, perdu, gagné comme dans une banale partie de poker car c'est ce que nous faisons tous, jouer, flamber, bluffer – et que le meilleur gagne –, ce fric qui fait de nous des putes, oui nous nous prostituons tous dans ces maisons closes que peuplent nos rêves, ces maisons closes où nous entrons, sortons, jamais rassasiés, éternels insatisfaits, ces maisons closes où l'alcool coule à flots et les filles sont nues – nous sommes les rois du monde –, nous entrons, nous sortons et dans ce va-et-vient disparaît à jamais l'enfant que nous avons été et dont nous avons abusé. Pourtant, ce n'était pas tant de vivre dans l'ombre d'Alain qui me détruisait chaque jour davantage que d'y être obligé par un double contrat, un contrat écrit, rédigé par ses avocats et un contrat tacite, un engagement moral que j'avais pris vis-à-vis de lui parce qu'il l'avait exigé et sans doute aussi parce qu'il avait peur. C'était la contrainte qu'il exerçait sur moi, cette mainmise qui l'autorisait à m'imposer ses sujets – « tu m'écriras un sketch sur la confusion des genres, tu sais à quoi je fais allusion, les chanteurs écrivent, les acteurs chantent, les politiques se font poètes et biographes, l'industrie médiatique tourne à plein rendement » –, à contrôler jusqu'à mon comportement – « tu es prié de ne pas trop te faire remarquer » –, mes allées et venues – « je te recommande de ne pas aller à la cérémonie des Césars même si tu y es convié » –, ces atteintes intempestives à toutes mes libertés qui me rendaient fou. J'étais comme ce mourant sur son lit d'hôpital observant avec rage le visiteur valide et bien portant dévorer le contenu du plateau-repas que lui ne pouvait plus manger. Pourquoi avais-je accepté de jouer cette comédie dont j'avais deviné, dès le début, qu'elle s'achèverait en drame ? Jusqu'à quand écrirais-je des textes sans les signer de mon nom ? Le nom : son changement, sa perte, sa falsification ; le nom, ce qui permettait de m'identifier, était à l'origine de tous mes échecs. Le nom révélé, le nom inventé, le nom tu. C'était avec le nom de mon père que je jouais comme avec une femme, la manipulant, la prostituant, la grimant. Je le souillais, ce nom, le démembrais à ma guise, le déguisais, l'exterminais lentement, le plongeais dans l'acide sulfurique et l'en ressortais altéré, défiguré – un anonyme. « Sois patient » me disait Alain – je ne supportais plus les mensonges sur mes activités, la source de mes revenus et je le menaçais de tout révéler. Cette menace l'effrayait. Non qu'il craignît un scandale – il n'y avait rien de scandaleux à interpréter des textes écrits par d'autres, la plupart des humoristes travaillaient avec un complice, auteur ou interprète –, ni qu'il eût particulièrement honte de m'avoir manipulé, utilisé à des fins personnelles – la honte n'était pas un sentiment qui l'animait –, mais il redoutait le jugement de son père, cet homme dont il revendiquait la filiation comme un colonisateur agite le drapeau d'une terre conquise. Il était le fils de. Moi, je n'étais le fils de personne. Il n'existait qu'à travers la réussite de son père, vous rappelait sa généalogie – oh, la prestigieuse ascendance ! On l'admirait. On l'invitait. On l'encensait. L'atteindre, lui, c'était approcher son père. Qui se vanterait de connaître le mien ? Cette arrogance avec laquelle il s'adressait à vous comme s'il n'était jamais seul mais accompagné de son père. Oui, le voilà son illustre père – ancien résistant, intellectuel engagé, lorgnant du côté de l'Académie, attendant qu'un siège devînt vacant –, le voilà, oh ! non pas physiquement, il avait autre chose à faire qu'à soutenir son fils, mais mentalement. Il était là. Est-ce que tu sais qui est mon père ? Est-ce que tu sais *vraiment* qui est mon père ? J'aurais voulu le savoir. J'admirais les pères, ceux qui avaient lutté, qui s'étaient battus, qui avaient bravé les guerres, j'admirais ces autodidactes, fierté et honte bues. Mais leurs fils... Les arrogants. Les confiants. Les sûrs d'eux. Qui vous rappelaient qu'ils avaient – oh ! toutes mes félicitations ! – un père comme si vous veniez de perdre le vôtre, comme si vous n'en aviez jamais eu – homme sans filiation. Nous ne serons jamais à la hauteur de nos pères. Nous réussissons là où ils ont échoué, séduisons les femmes qui les ont quittés mais nous ne serons jamais que les dépositaires de leurs propres désirs. Toutes les entreprises filiales font faillite. Les pères sont les pires créanciers et leurs fils, leurs éternels débiteurs. « Je ne veux pas décevoir mon père », c'est ce que disait Alain pour justifier la continuation de cette escroquerie. Il me semblait que tout ce qu'il entreprenait était dicté par cet impératif d'exigence comme s'il subissait encore, à quarante ans, le regard sévère de cet homme qui le contraignait à l'excellence. Sa réussite le valorisait à ses propres yeux et à ceux de son père. Et je décevais le mien, qui était sans prestige, un artiste raté, un fonctionnaire sans ambition. J'admirais secrètement son père. Ce charisme que je lui enviais, cette prestance dont son assurance le nimbait faisaient de lui le père que j'aurais voulu avoir et j'avais blessé le mien, je l'avais humilié. On ne se méfie pas assez de ses enfants. On les élève, inconscients du mal qu'ils pourraient nous faire. C'est ce qu'a dû penser mon père le jour où il s'est trouvé ridiculisé dans l'un de mes sketches intitulé : *Le bureau d'état civil ferme à 16 heures.* Pendant plus de quarante ans, il avait été un fonctionnaire public docile, exécutant des dizaines d'actes par jour, remplissant les livrets de famille, notant sans état d'âme que telle personne était morte à telle heure, certifiant conformes des photocopies dont il ne vérifiait plus le contenu, délivrant toutes sortes de documents avec une rigueur que j'aurais peut-être admirée si je ne la trouvais aussi ridicule, aussi vaine. J'avais honte non pas de lui mais de ce que la vie, les contraintes financières, les jeux discriminatoires du hasard avaient fait de lui, et j'avais écrit un sketch mettant en scène un fonctionnaire qui exécutait consciencieusement ses tâches administratives jusqu'au jour où il remplit son propre avis de décès, à la demande d'un homme dont il ne regarde même pas le visage – son propre fils –, sans relever l'absurdité de la situation. Après avoir vu ce sketch, mon père ne m'a plus adressé la parole pendant six mois – non, on ne peut pas rire de tout et pas avec son père – et, si ma mère n'était pas intervenue en ma faveur pour faire cesser ces désaccords qui perturbaient notre vie familiale, nous serions restés ainsi dans l'indifférence la plus grotesque jusqu'à la fin de nos jours (c'est-à-dire, ironie du sort, jusqu'au jour où l'un de nous deux aurait été acculé à se rendre au bureau d'état civil pour faire remplir l'acte de décès de l'autre). Qui charriait cette rage en moi ? Mon père n'avait pas l'esprit vengeur et de quoi se serait-il vengé : de n'avoir pas réalisé ses rêves, de n'être pas monté sur les planches ? Il avait su faire rire sa famille, une petite société, il avait même conquis le cœur d'une femme. Alors pourquoi ? Une revanche à prendre ? Sur qui ? Sur quoi ? Contrairement à Alain, il m'arrivait d'être dévoré par la honte comme d'autres par l'ambition. « Tu comprends cela ? a demandé Alain, je ne peux pas décevoir mon père ! » J'ai hoché la tête : « Oui, je comprends cela et c'est pourquoi je vais tout révéler au mien, je ne veux pas, je ne peux pas décevoir mon père plus longtemps. »

H., 34 ans, cherche père

Longtemps, je me suis cherché un père – un père alors que le mien était vivant. Certains de mes amis qui avaient perdu leur père très jeunes traquaient, dans les regards de leurs aînés, l'éclat de l'autorité perdue. Ils érigeaient d'autres statues, choisissaient d'autres figures paternelles : professeurs, maîtres, beaux-pères, amis vieillissants, mentors – de nouveaux élus avec, pour seul critère de sélection, leur aptitude à la transmission. Ils s'en sortaient bien ! les lois du cœur sont moins iniques que celles de la génétique. Et moi, encombré d'un homme-enfant, je cherchais, je traquais le père idéal, le père autoritaire, le père sévère, le père rassurant, le père confiant. Mais lorsque je commençais à tisser un lien quelconque avec un homme d'âge mûr, j'étais aussitôt emporté par une force qui me ramenait à lui, une vague qui me charriait vers la vie – la sienne. *Tu ne peux pas être en deuil d'un père vivant.* Et je me surprenais parfois à songer au jour où. Il n'était pas l'homme des conseils avisés et des confidences. La vie était une farce, un spectacle qui se jouait en continu, sans jour de relâche. De la vie, il n'attendait que les rires et les applaudissements. Que lui aurais-je dit ? « Depuis mon arrivée à Paris, je suis exploité par Alain qui est lui-même un pur produit de la société du spectacle » ? L'exploitation ne le révoltait plus. Son maître-mot, c'était l'exploration. Il découvrait l'amour et le monde et je le détestais, et je l'enviais de m'avoir imposé ses choix pour finalement m'abandonner à mon sort. « Tes affaires ne m'intéressent plus », m'a-t-il dit après avoir écouté, d'une oreille distraite et sans empathie, le récit de mes déboires avec Alain. « J'ai décidé de penser à moi et à moi seul », scandait-il en appuyant sur le « moi » comme si ces trois lettres cristallisaient des promesses de bonheur, devenaient créatrices d'un monde – le sien, celui qu'il occupait désormais avec son nouvel amour – alors qu'elles n'annonçaient qu'un nouveau chaos. Il n'aspirait qu'à vivre une retraite dorée. Il avait d'autres préoccupations que ma réinsertion professionnelle : où allait-il passer ses vacances ? Dans quel restaurant dînerait-il ce soir ? Quelle cravate porter avec un costume à rayures ? Il filait toujours le parfait amour, place Vauban, mes échecs ne le concernaient plus, il avait vraisemblablement oublié sa vie passée – il s'embourgeoisait. Moi aussi, quelques années plus tôt, je m'étais laissé gagner par le charme discret de la bourgeoisie, l'éclat pailleté du milieu du spectacle me paraissait vulgaire et j'avais le goût du secret. J'étais presque devenu un bourgeois bon teint quand j'ai rencontré un jour, par hasard, un de mes anciens camarades de classe, il m'avait reconnu, en pleine rue, je sortais d'un restaurant avec un animateur télé, il s'était précipité sur moi, le visage radieux, et j'avais fait semblant de ne pas le reconnaître, je l'avais vouvoyé et, devant mon air blasé – j'ai tout vu, j'ai tout connu –, il avait dit « pardon, pardon de vous avoir importuné » et je m'étais senti ridicule et j'avais pensé : plus jamais. A l'époque, je ne téléphonais même plus à Mary pour prendre des nouvelles de ma fille, j'envoyais mon chèque de fin de mois sans me soucier du reste c'est-à-dire de l'essentiel : sa santé, ses études, ses inquiétudes. J'incarnais tout ce que, des années auparavant, j'avais dénoncé chez mon père : la désinvolture, l'immaturité. J'enviais son égoïsme, sa légèreté et jusqu'à l'air affecté qu'il prenait maintenant pour se donner une contenance, lui qui ne me fascinait pas, lui qui était vide, c'est ce que je lui ai reproché : « tu n'as rien fait de ta vie » et il a répondu : « ma vie commence ». Il était temps, à trente-cinq ans, de mettre un terme à la mienne.

De l'inconvénient de mourir un jour férié

Je me suis suicidé par voie de presse. Le 11 novembre 2003, j'ai diffusé le texte suivant dans la rubrique *Carnet* du *Monde* :

Mlle Natalia Perestroïka, sa compagne,
Eve Sandre, sa fille,
Jules, Philippe, Franck, Fabrice, ses frères,
Jacqueline et Pierre Sandre, ses parents,

Ont l'immense douleur d'annoncer la mort de

Jérémy Sandre, dit Jerry Sanders,

Survenue le 10 novembre 2003,
dans sa trente-quatrième année.

Les obsèques auront lieu ce jour, à 16 heures,
au cimetière du Père-Lachaise.
Ni fleurs, ni couronnes. Vos dons peuvent être adressés à la
Ligue d'improvisation théâtrale,
86, rue de Charonne, Paris XIe.

C'était une manière comme une autre de mettre fin à ses jours. Quitte à crever, autant que ce soit sous sa plume. A l'heure où les naissances peuvent être programmées, il est temps d'organiser notre mort : jour, heure, lieu, circonstances. Avant, j'étais l'objet des chroniques mondaines, dorénavant, les seules rubriques où l'on me citerait encore seraient les rubriques nécrologiques.

J'adorais le *Carnet*, il exerçait sur moi une fascination morbide ; chaque fois que j'ouvrais mon journal à cette page, je ressentais un pincement au cœur, j'espérais secrètement y lire un nom familier. Une fois, des années auparavant, j'avais appris la mort de l'un de mes anciens professeurs de théâtre, fauché par une voiture alors qu'il traversait la rue avec son fils. C'est également par voie de presse que j'ai appris le mariage de mon frère cadet. Enfin, à cette rubrique, à une époque où je noyais mes désillusions dans les bars glauques de Greenwich Village, j'avais lu qu'Alain avait été promu au rang de Chevalier des Arts et des Lettres. Cette nouvelle m'avait mis dans un tel état de rage que j'avais provoqué une altercation avec deux ivrognes et m'étais retrouvé, le visage tuméfié, la mâchoire arrachée, aux urgences de New York. Mais aucune émotion n'était comparable à celle que j'ai ressentie en lisant ma propre notice nécrologique. Mes doigts s'agitaient convulsivement si bien que j'ai renversé mon café sur le journal, le liquide noir s'est répandu sur le papier, effaçant si efficacement les lettres de mon nom que j'ai cru un instant avoir rêvé. J'ai emprunté un autre journal mis à la disposition des consommateurs et qui avait été oublié à la table voisine. Non, tout avait été respecté : mon décès y était solennellement annoncé. Or, non seulement je n'étais pas mort mais je ne m'étais pas porté aussi bien depuis ma naissance : mes allergies avaient cessé depuis que j'avais avoué à Alain que je ne désirais plus travailler pour lui, du moins, dans ces conditions d'anonymat ; j'avais retrouvé le plaisir d'écrire – oh ! de simples lettres. Des lettres d'amour au style ampoulé à la femme-de-mon-frère et que je conservais dans un tiroir. Des lettres d'amour encore que j'envoyais à Natalia et auxquelles elle répondait une fois sur trois. Un mois déjà que je n'avais pas reçu la moindre nouvelle d'elle ; j'avais appris, la veille, par l'amie qui l'avait hébergée lors de son séjour à Paris, qu'elle fréquentait un militant démocrate, milliardaire new-yorkais de quarante ans son aîné. Les femmes aussi se cherchent des pères mais pour d'autres raisons. Il était bien impossible d'imaginer que Natalia avait pu ressentir « une immense douleur » à l'évocation de ma mort puisqu'elle lui aurait permis de se débarrasser définitivement de moi. Assis – seul – à la terrasse du café qui ne désemplissait pas, le journal posé sur la table, j'ai relu pour la quatrième fois mon avis de décès.

A gauche de l'annonce nécrologique, sous le titre *Disparition*, j'ai lu l'article qui m'était consacré :

L'ARTISTE HUMORISTE Jérémy Sandre s'est suicidé le 10 novembre 2003, à son domicile parisien. Il était âgé de trente-quatre ans.

Né en 1969, à Paris, Jérémy Sandre se passionne, dès l'âge de six ans, pour le mime mais c'est à l'adolescence qu'il se produit sur de petites scènes de province où il est remarqué par l'ancien professeur de théâtre de Louis de Funès. Malgré ses handicaps – sa petite taille : Sandre ne mesure que 1,68 m et son léger strabisme –, il conquiert le cœur des Français en 1989 en créant avec Alain Venet et le dessinateur satirique, ancien collaborateur du Monde, *Thomas Vidal, un trio qu'ils surnomment Les Affreux. En décembre 2001, Jérémy Sandre décide de mener une carrière américaine sous le nom de Jerry Sanders – sans succès. Il revient en France en août 2003. Il a une fille, Eve, née de son mariage avec l'actrice américaine Mary Smith.*

Quelques jours avant sa mort, il avait publié dans la rubrique « Horizons » de notre journal, un texte intitulé : « Mon cauchemar américain » qui lui a valu un très abondant courrier et qui éclaire les circonstances tragiques dans lesquelles il s'est donné la mort, sans toutefois expliquer son geste désespéré.

J'avais même prévu mon droit de réponse à envoyer au journal ultérieurement : « Jérémy Sandre nous demande de communiquer à nos lecteurs le texte suivant : *Contrairement à ce qui a été annoncé le 11 novembre 2003 dans les colonnes de notre journal, l'acteur et humoriste Jérémy Sandre n'est pas décédé. Il répète en ce moment même son nouveau spectacle* Arme de distraction massive *qu'il jouera à partir de la mi-décembre au Bataclan.* » Suivrait un texte émanant de la rédaction me priant de l'excuser pour « cette très regrettable méprise ».

J'aurais aimé pouvoir pousser plus loin la supercherie, organiser mon enterrement mais j'y renonçai. Qui se serait déplacé un jour férié pour assister à l'inhumation d'un artiste déchu ? Mort, je ne faisais plus rire personne.

Ma vie sexuelle

On passe sa vie à porter le deuil. De son enfance d'abord. D'un amour. Puis de ses parents. Et quelquefois, dans le désordre. C'est la raison pour laquelle je ne porte que du noir depuis que je suis en âge de choisir mes vêtements. Est-ce qu'il faudrait pleurer l'homme que j'avais été ou est-ce que je pouvais l'oublier comme les autres l'avaient effacé du paysage médiatique où il avait si longtemps occupé le premier plan ? Il était temps pour moi de me présenter mes condoléances. J'étais un homme mort. Après tout, la vie ne nous offre que des postes de vacataire et l'on sait, à l'instant où l'on prend ses fonctions vitales, qu'il faudra un jour les céder à un autre, un non-titulaire, comme nous, affecté à une mission précaire, non rémunérée, mal définie, souvent ingrate, pendant un temps déterminé. Trente-quatre ans, c'est le temps qu'avait duré ma mission. Je développais les symptômes d'une pré-crise de la quarantaine au moment où ma fille faisait une crise d'adolescence et où mon père subissait la crise de la soixantaine. La peur du temps qui passe avait engendré un afflux massif d'angoisses et d'allergies comme autant d'immigrés fuyant des pays en guerre. Après consultation, mon médecin m'a dit : « Vous êtes en état de crise. » Il a voulu me prescrire des antidépresseurs et j'ai dit : « Allez-y ! Quitte à creuser un trou, autant que ce soit celui de la sécurité sociale. » Pour contrer mes réticences, il a cru me rassurer en me rappelant que les Français étaient les plus grands consommateurs d'antidépresseurs et d'anxiolytiques d'Europe : les Français, champions de la névrose ! Un homme mort, vous dis-je.

Le lendemain, j'ai reçu un appel de mon ex-femme. Il était trois heures du matin lorsque le téléphone a sonné et qu'au bout du fil, une Mary hystérique m'a annoncé que ma fille allait arriver à Paris à la fin de la semaine. « Je suis mort », lui ai-je dit d'une voix ensommeillée, « laisse-moi tranquille » mais elle a dû comprendre « je dors » puisqu'elle m'a ordonné de me réveiller en hurlant en anglais comme elle le faisait jadis au temps de l'amour. Elle n'en pouvait plus, répétait-elle, elle craquait. Je n'avais pas reçu de ses nouvelles depuis que j'avais quitté précipitamment New York sous la pression de mon père. J'étais parti sans la prévenir, je l'avais appelée en arrivant à Paris moins pour l'informer, la rassurer que pour me persuader que mon cauchemar était fini, m'entendre dire une nouvelle fois que, oui, j'étais rentré chez moi, à Paris, m'entendre le répéter à qui voulait l'entendre : je suis de retour en France. Mary n'avait pas émis le moindre reproche comme si elle savait que tôt ou tard je partirais ainsi que je l'avais déjà fait dix ans plus tôt, partir sans explication, la peur de l'abandon, elle l'avait apprivoisée après toutes ces années. Du grand vaudeville ! voilà ce que Mary était en train de vivre. Le plus mauvais rôle de sa vie – le rôle principal ! « Je suis à bout, scandait-elle. Qu'est-ce que je vais faire de *ta* fille, cette enfant est imprévisible, est-ce que tu sais ce qu'elle m'a fait, est-ce que tu le sais ? Oh, mais ça t'est égal, et pourtant, tu es son père... » Déjà, à New York, elle avait cru me rappeler à mes devoirs. Une semaine après mon arrivée (je commençais déjà à regretter mon départ), nous nous étions retrouvés au cœur du Bronx, dans une roulotte, sur le tournage d'un film où elle interprétait le rôle d'une « passante aux cheveux noirs » – de la figuration, c'est tout ce à quoi elle pouvait prétendre désormais. Elle était arrivée en retard à notre rendez-vous, échevelée, le visage excessivement fardé, encore belle mais d'une beauté érodée par une forme de résignation : il y avait longtemps, disait-elle, qu'elle avait renoncé à se révolter contre qui que ce soit, non, elle me demandait « simplement » d'exercer mon autorité sur notre fille. Mon autorité ! alors que j'avais été privé de mes droits sur elle – et quelle forme d'autorité aurais-je pu exercer, moi qui avais été un père absent, un comique de surcroît, rebelle à toute pression qu'elle fût parentale, sociale ou médiatique, hostile à la discipline, un homme rompu dès son plus jeune âge à l'art du rire et à lui seul ? Quel pouvoir aurait pu fonder cette autorité quand le seul pouvoir dont je jouissais était celui que me procurait mon sens comique ? J'étais capable de faire rire. Pour le reste, j'étais incompétent. Et c'était cette incompétence dont toutes les femmes que j'avais aimées avaient tôt ou tard cerné les contours que l'on me reprochait en me la retournant comme un plat trop fade. Je n'avais jamais eu la prétention d'être un père ni un époux fidèle. Pas plus que je n'avais proféré la moindre promesse engageant mon avenir. Je m'étais marié par obligation morale envers une mineure enceinte et j'avais suivi aux Etats-Unis une émigrée en situation irrégulière – deux formes romantiques d'assistance à personne en danger. Je n'avais pas la fibre paternelle, je n'avais pas désiré d'enfant. Et je me retrouvais là, en France, au téléphone avec Mary, qui se présentait à moi drapée de cette morale chrétienne dont elle avait nourri notre fille. Sa morale ? Un linceul ! Nous en crèverions tous ! c'est ce que je lui avais dit au cours de la conversation lorsqu'elle m'avait reproché pour la énième fois mon laxisme, mon manque évident de repères. Et quand elle invoquait le Christ pour, disait-elle sérieusement, qu'il puisse m'absoudre de toutes mes fautes et, de la pire d'entre elles, « l'abandon de famille », je lui rétorquais que moi aussi, j'admirais le Christ : n'était-il pas le plus grand comique juif que la terre ait jamais porté ? « Tu n'es qu'un blasphémateur, un provocateur » répondait-elle, des adjectifs qui, associés au mot « artiste » me nimbaient d'un prestige que je ne désavouais pas. « Tu m'emmerdes ! » lui disais-je – par contraste avec la rigueur qu'elle imposait aussi à son langage. Mary n'avait jamais pris au sérieux mes activités comiques, elle déconsidérait mon travail mais c'était sans doute le rire lui-même, l'idée du divertissement qu'elle répudiait, ne m'avait-elle pas dit une fois, que les Evangiles ne montraient pas Jésus riant ? Oh ! Non, je ne me sentais pas capable de m'occuper de ma fille, pas maintenant, pas en France. « Non, cette fois-ci, tu ne te défileras pas. Eve m'a volé de l'argent, une grosse somme, elle a utilisé ma carte bancaire. » Elle s'est tue comme si elle attendait une réaction de ma part : de l'indignation, de la colère. « Et elle refuse de me parler », a-t-elle ajouté. « C'est tout ? » ai-je demandé. « Mais oui, c'est tout, que voudrais-tu qu'il y ait encore, la situation est suffisamment grave, tu ne trouves pas ? » Elle ne s'entendait plus avec sa fille : « Il faut que je te l'envoie à Paris pour quelque temps, ma carrière est au point mort, le dernier rôle que j'aie obtenu est une figuration dans un film d'horreur, je n'en peux plus, Jérémy, il faut que tu m'aides. » « Ce n'est pas le moment » lui ai-je répondu, mais aux sanglots qu'elle a laissé échapper, j'ai compris que je n'avais pas d'autre choix que d'accepter. Je n'ai jamais ressenti avec plus de douleur le fait d'être père que cette nuit-là, au téléphone avec Mary. Nous étions deux enfants égarés dans un monde d'adultes, un univers que nous répugnions à habiter et c'était cette répugnance qu'il fallait encore braver. Les responsabilités, voilà ce qui nous avait accablés, ce qui nous accablait encore. « Prends ta fille ! », « Non, toi, prends-la », ce n'était pas sa garde que nous nous disputions, nous nous disputions pour ne pas avoir à la garder. La qualité d'adulte que l'âge vous confère est la plus grande supercherie humaine. S'il y a des adolescents parmi mes lecteurs, je les prie de bien vouloir m'excuser pour ces révélations. Elles sont violentes et anxiogènes. Elles n'en sont pas moins vraies. Je suis un gosse : moi aussi, j'ai des rêves de fugue. Moi aussi, j'aime flirter au cinéma ou dans les voitures. Mais j'ai trente-quatre ans, j'enrobe mes mots sous le vernis de la respectabilité. Je fais semblant. Comprenez-moi : je suis devenu père en 1989. J'avais vingt ans. Moi non plus je ne laisserai personne dire que c'est le plus bel âge de la vie.

« Que fera-t-elle à Paris, avec moi, dans mon minuscule appartement ? ai-je demandé à Mary. Et il y a l'école, elle ne peut pas interrompre sa scolarité comme ça, sans prévenir... » Mais Eve avait déjà abandonné l'école, sa mère l'avait inscrite dans une agence de mannequins, « j'ai tout organisé » se justifiait-elle alors qu'elle avait démantelé nos vies et, la plus précieuse d'entre elles, celle de notre fille en rêvant pour elle de la carrière qu'elle n'avait pas eue, en modelant ses désirs sur les siens – abracadabra, glissez vos échecs dans un chapeau et hop, sortez-en des succès, magie de la filiation – ainsi que l'avait fait mon père. Ainsi que nous le faisons tous.

Deux jours plus tard, Eve était là, derrière le comptoir de la douane à l'aéroport Roissy Charles-de-Gaulle. Ma mère m'avait accompagné, elle ne l'avait pas rencontrée plus de trois fois dans sa vie et, lorsqu'elle la vit s'avancer vers nous, elle ne put retenir un cri de stupéfaction. « Qu'est-ce qu'elle est belle ! » s'enorgueillit celle que les regards des hommes, des femmes et même des enfants sur ma fille rendaient admirative. Elle avait sans doute hérité des gènes de sa grand-mère maternelle, une blonde éthérée qui était encore, à soixante ans, d'une beauté altière. A la grande loterie, elle avait gagné le meilleur de nous, elle ne me ressemblait pas du tout, et si elle n'avait pas été allergique comme moi, j'aurais pu douter de ma paternité. Tout le monde la regardait. « C'est incroyable, que cette fille soit la tienne. » Oui, je suis son père, ai-je dit avec une pointe de fierté dans la voix. Et c'est là que mes ennuis ont commencé.

Ma croisade pour le Bien
(de ma fille)

Quelques semaines après son arrivée en France, j'ai découvert que la comédie sentimentale qui accaparait toutes les journées et une partie des nuits de ma fille de seize ans, cette comédie réalisée par Alain et qui, disait-elle pour justifier ses absences, impliquait qu'elle y consacrât tout son temps et toute son énergie, n'était en réalité qu'un mauvais film pornographique. Elle avait obtenu un premier rôle alors qu'elle avait été embauchée pour un stage sur mes recommandations. Mais si je doutais de la réalité d'un casting dont les critères de sélection demeurèrent longtemps opaques, je n'imaginais pas que ma fille eût pu avoir une liaison avec un homme de vingt ans son aîné dans le seul dessein de voir son nom au générique d'un banal film français. Comme toutes les jeunes Américaines, au lendemain de l'affaire Monica Lewinsky, ma fille avait conclu indûment que le stage était l'avenir de la femme. Dès son arrivée à Paris, elle avait posé pour divers photographes, sans grand enthousiasme, elle était constamment triste, le regard perdu dans le vide et, un jour, ne supportant plus de la voir errer sans but, j'avais demandé à Alain de l'aider en lui trouvant un job sur le tournage de son film. Il l'avait rencontrée puis avait accepté de l'engager. Je travaillais encore pour lui, dans l'anonymat le plus complet, je partais, revenais, j'assistais à la renaissance de sa carrière, la mienne prenait l'eau. Un matin, j'avais reçu un appel d'un ami qui me proposait de passer le week-end chez lui, dans le Sud de la France. Ma fille avait refusé de m'accompagner. J'étais parti. Je ne devais pas rentrer avant le lundi suivant mais le lendemain de mon arrivée, le fils de mon ami avait été victime d'un accident de voiture à Paris et il avait dû quitter Nice sur-le-champ. J'étais donc rentré plus tôt que prévu, les bras chargés de victuailles, pensant organiser un dîner-surprise pour ma fille. Et je les avais surpris, Alain et Eve, elle nue, allongée sur le canapé-lit tandis qu'il la photographiait avec un sourire obscène qui trahissait moins sa jouissance que sa jubilation d'être ainsi pris sur le fait. Ma fille ! A New York, je n'avais fait que la fuir – alors que j'étais parti pour elle ! – tant je craignais de la décevoir ; les nombreuses fois où nous nous étions rencontrés n'avaient été que des parties de cache-cache, je me dérobais à son regard, à son jugement ; elle le savait. Et pourtant, elle se taisait, sollicitant inlassablement des rendez-vous auxquels je ne me rendais pas, des entrevues qui nous laissaient aussi indifférents l'un à l'autre que nous l'étions en arrivant. Elle s'accrochait à moi comme s'il lui fallait un père. A moins qu'il ne s'agisse encore que d'une mascarade sociale : pouvoir se vanter de la présence d'un père fût-elle fantomatique, c'était toujours mieux que de masquer son absence. Eve que je retrouvais, à présent, nue et offerte à mon pire ennemi. Je suis resté un long moment, ébahi, incapable de proférer le moindre mot. J'étais anéanti. Moins par le spectacle obscène qui s'offrait à mes yeux que par la révélation qui en découlait : ma petite fille se prostituait pour un rôle. Je me suis précipité sur elle tandis qu'elle enfilait sa culotte et son tee-shirt noir criblé d'épingles de nourrice. J'ai lâché un flot d'injures, en anglais, je l'ai grondée comme une petite fille, je n'avais jamais été un père pour elle et cette réprimande, longue et humiliante, portait tous les reproches que je n'avais pas été en mesure de lui adresser pendant ces années où, privé d'elle, de mes droits sur elle, indifférent à mes devoirs vis-à-vis d'elle, je n'avais rien fait d'autre qu'envoyer à sa mère son chèque de fin de mois. Et soudain, alors que je ne m'y attendais pas puisque j'étais lancé sur la voie des reproches, cette voie glissante sur laquelle je me laissais entraîner, Eve a éclaté de rire. Ce n'était pas un simple gloussement, non, il s'agissait d'un rire démoniaque, incoercible, un rire qui cristallisait toutes les frustrations, les rancœurs que mon absence, mon égoïsme avaient suscitées dans l'esprit sauvage d'une petite fille.

— *You're dead, dad !* s'écria-t-elle, jouant avec les sonorités de sa langue.

A son tour, Alain, qui jusqu'à présent était resté silencieux, honteux, pensai-je à tort, a parlé :

— Ecoute ta fille, tu es mort. Contre qui vas-tu te battre ? Tu n'es plus rien !

Je savais qu'il avait raison : je n'avais plus aucune existence médiatique. Un homme mort. Alain s'est dirigé vers ma fille, il a eu ce geste qui a provoqué mon accès de folie, il a posé sa main sur ses fesses en répétant que je n'étais plus rien. Je me suis précipité sur lui, je lui ai donné un coup de poing dans le ventre. Il m'a frappé au visage, j'ai cru qu'il allait me tuer, Eve criait. Alain s'est projeté contre moi. Nous sommes tombés par terre. J'ai saisi une statuette qui était posée à même le sol (car c'est là que devraient se trouver tous les objets honorifiques) et j'ai frappé, j'ai frappé fort, le sang a giclé sur moi, a taché ma chemise blanche, j'ai frappé encore : je venais de reconquérir ma notoriété perdue.

Cocaïne, belles pépées et
autres abus de biens sociaux

J'ai composé le 14 et j'ai dit : « un homme est mort » sans préciser lequel. Au bout du fil, une femme m'a demandé mon adresse, je ne m'en souvenais plus, j'ai commencé à bredouiller, elle m'a recommandé de garder mon calme alors que je n'étais pas en mesure de garder quoi que ce soit, tous les sentiments associés à la sérénité fuyaient et je songeais que moi aussi j'avais envie de fuir. J'ai hésité un instant à partir avec ma fille en laissant le cadavre à terre, maquillant la mort d'Alain en accident. Au lieu de cela, j'ai appelé un médecin ainsi que me l'avait demandé la femme avec insistance car, m'a-t-elle expliqué sur un ton pontifiant : « Le décès doit être constaté par un médecin. » Je me suis assis près de ma fille qui s'était recroquevillée dans un coin du canapé. Je l'ai prise dans mes bras – ainsi que je ne l'avais jamais fait –, je l'ai bercée – ainsi que je ne l'avais jamais fait –, j'ai posé mes lèvres sur ses cheveux emmêlés – ainsi que je ne l'avais jamais fait – et je lui ai murmuré que tout allait s'arranger, qu'elle devait faire confiance à son père, ce dernier mot m'a écorché la langue en glissant de mes lèvres : c'était bien le mensonge le plus éhonté que j'aie inventé. Pour être un père, il manquera toujours à l'humoriste les attributs de l'autorité. Je ne renonçais pas à mes droits et je continuais à rassurer ma fille : « je suis là, ne t'inquiète pas, je suis là », tantôt en anglais, tantôt en français, je passais ma main dans sa chevelure, c'était la première fois que nous partagions une certaine intimité. Le corps d'Alain gisait à terre, je l'avais recouvert d'un drap afin de ne pas effrayer Eve, cette mesure ne dupait personne : la seule personne que la mort aurait pu effrayer c'était moi. Un quart d'heure plus tard, deux policiers ont sonné à ma porte. J'ai hésité un instant comme si je savais que le simple fait d'ouvrir la porte à des inconnus fermerait mes propres issues de secours, l'accès à mon monde, à mon passé : à ma vie d'homme libre. Pourtant, je me suis levé, je suis allé les accueillir, j'avais encore le sens de l'hospitalité. L'un était un homme âgé d'une vingtaine d'années au visage ingrat dominé par un nez immense ; l'autre avait dépassé la quarantaine, il portait barbe et moustache ; son corps exhalait une forte odeur d'after-shave. J'ai pensé que c'était indécent de se parfumer avant de rendre visite à un cadavre mais je n'ai fait aucune remarque à cause de la susceptibilité policière qui engendre chaque année tant de bavures. En me voyant, le plus jeune a dit : « C'est vous qui avez appelé pour un mort ? » C'était surtout pour moi que j'avais appelé, pour me préserver de moi-même car je me sentais capable d'attenter à ma propre vie. J'ai hoché la tête, je les ai fait entrer, je ne savais pas par où commencer. « Où est le cadavre ? » a demandé le barbu. De l'index, j'ai désigné le drap blanc par terre. Le policier s'est avancé, a soulevé le drap d'un geste brusque et soudain il a crié : « Oh ! putain ! c'est pas possible ! » Son collègue s'est approché et à son tour, il a hurlé : « Oh ! merde ! » en portant sa main à sa bouche puis à sa tête et enfin à ses yeux selon un rituel dont il était seul à connaître la signification, moi, je ne comprenais plus rien, je perdais le sens des réalités et, quand le barbu a dit : « Vous auriez pu nous dire que la victime était Alain Venet », j'ai pensé qu'il y avait peut-être un traitement préférentiel pour les morts médiatiques, un carré VIP creusé dans un coin du cimetière alors j'ai répliqué : « Oui, j'aurais dû vous le dire. » C'est à ce moment-là que le type au grand nez m'a reconnu, il m'a regardé longuement avant de dire : « Mais vous ne seriez pas le comique qui jouait avec lui avant ? » « Oui, c'est moi », ai-je répondu avec des trémolos dans la voix – les vieilles vedettes éprouvent une certaine jouissance à être démasquées. J'ai senti qu'ils se détendaient, leurs mâchoires se décrispaient : « Je me disais bien que je vous avais déjà vu quelque part. Ah ! je me rappelle maintenant votre sketch sur les bonnes manières au lit ! » Ah non – ça c'était Desproges, mais je ne l'ai pas contredit, l'ambiance était bonne. Ils ont demandé ce qui s'était passé. J'ai dit : « Il prenait des photos de ma fille, elle était nue, je suis arrivé à ce moment-là. Nous nous sommes disputés. Il a essayé de me tuer. Je l'ai poussé, il est tombé en arrière et... » Le barbu a balancé sa main vers l'avant pour me signifier de me taire. Il avait, marmonnait-il, des questions à me poser. Il a sorti de la poche de sa veste un bloc-notes et un crayon. « Quels étaient vos liens avec la victime ? » a-t-il demandé. J'avais la gorge sèche, la bouche pâteuse ; j'ai répondu « Un ami » avant de préciser le numéro de téléphone où ils pourraient joindre son père pour le prévenir, je n'avais même pas songé à leur donner les coordonnées de sa femme. Je ne pensais plus qu'à son père, à ce qu'il allait ressentir en apprenant que j'avais tué son fils. C'est alors que son collègue a posé la main sur son arme de service. Allez savoir pourquoi j'ai imaginé que ce représentant de l'autorité allait me tuer. Du tout-Etat au tout-à-l'égout, il n'y avait qu'une détente à appuyer. L'hystérie m'a gagné. Je suis entré dans un état de transe incontrôlable. Je percevais vaguement des éclats de voix, une forme d'agitation, je sentais des mains sur mon visage. Eve hurlait en anglais, les policiers ne comprenaient rien à ce qu'elle disait, j'entendais : *« it's OK, it's OK »*, des mensonges français, tout allait si mal. Ils m'ont allongé près du cadavre d'Alain. Nous en étions au point mort quand le médecin que j'avais appelé afin qu'il constatât le décès d'Alain est arrivé. C'était une grande et belle femme de trente-cinq ans portant béret et bottes de cuir. Lorsque j'ai recouvré mes esprits, j'ai constaté qu'ils étaient tous penchés au-dessus de moi : ma fille, le médecin et les deux policiers. La belle équipe ! Le médecin m'a demandé d'une voix douce si j'avais mal quelque part et j'ai répondu « non » car je voulais paraître stoïque, je n'ai pas osé lui avouer que j'avais mal aux dents, mal à la tête et mal au cœur – la procédure habituelle. Elle a pris mon pouls en pressant légèrement son pouce sur la partie interne de mon poignet, ses ongles étaient longs et peints en rouge, son corps exhalait une odeur de fleur d'oranger, cela m'a apaisé, je désirais simplement que quelqu'un prenne soin de moi, il n'y avait qu'une victime ici : c'était moi. Elle a palpé longuement mon ventre : « Vous avez mal, là quand j'appuie ? » a-t-elle murmuré en enfonçant la pulpe de ses doigts dans mon nombril, je découvrais qu'une consultation médicale aussi pouvait être érotique, « non, non » ai-je répété. Puis elle s'est tournée vers les gendarmes et leur a dit : « Je crois qu'il est en mesure de se lever » sans prendre la peine de me demander mon avis, tout ce que je voulais c'était rester allongé, m'endormir un moment, mes paupières étaient engourdies de sommeil. « Vous allez nous suivre au poste » a enchaîné le policier en me tirant par le bras. J'ai opiné de la tête. Je n'ai opposé aucune résistance. Ils ont redemandé qui était « la fille » et j'ai répété que c'était la mienne. J'ai ajouté qu'elle n'avait rien à voir avec cette histoire mais ils ont dit qu'ils l'emmenaient au poste parce qu'elle avait été témoin du drame. Quand ils nous ont fait entrer dans le fourgon de police, j'ai pensé : fini de rire ! Et aussi que ce n'était pas un endroit pour une fille de seize ans, pas un endroit où un père devrait entraîner sa fille.

Et j'ai comparu devant la brigade de police. Deux types, un Noir d'une trentaine d'années et un Blanc aux joues couperosées, m'ont informé que « pour les nécessités de l'enquête et au vu des indices laissant présumer que j'avais commis l'infraction de violences volontaires ayant entraîné la mort », j'étais placé en garde à vue à compter du 14 décembre 2004 à 1 h 45, moment de mon interpellation, « pour une durée de

24 heures, qui pourrait être éventuellement prolongée de 24 heures maximum ». Ils m'ont notifié mes droits, le plus jeune des deux a dit d'une voix monocorde : « Vous avez droit à un avocat de la première heure à la vingtième heure, vous avez le droit de vous entretenir avec un médecin, vous avez le droit de prévenir un membre de votre famille ou votre employeur. » J'ai pensé : mon producteur, sûrement pas. Il ne ferait que précipiter ma chute. Mes frères ? Je ne pouvais pas prendre le risque de cumuler rhinite et conjonctivite. Mes parents ? Aucune inclination pour la tragédie. La femme de mon frère ? Elle ne pourrait pas s'échapper de son domicile sans susciter la suspicion de Fabrice. Quant à Natalia, je refusais de lui apprendre que j'avais été arrêté. Le seul que j'aurais voulu joindre en cet instant, c'était Thomas mais je n'osais pas le mêler à cette histoire à cause du deuil qui, dans la classification des histoires horribles, occupe une meilleure place que l'arrestation. J'ai répondu que je ne souhaitais prévenir personne. Le policier a dit : « Dans ce cas, vous resterez dans l'état où vous êtes, seuls vos parents pourraient vous apporter des affaires propres ou même quelque chose à manger. » « Je n'ai pas faim », ai-je répliqué. « Tant pis pour vous, a dit l'autre, regardez-vous. » Mon pantalon, dont on m'avait retiré la ceinture, tombait négligemment et j'étais contraint de glisser mes doigts entre les passants pour le tenir ; mes pieds se déchaussaient, les policiers m'ayant confisqué mes lacets, ma chemise était tachée de sang. « Est-ce que vous avez prévenu la mère de ma fille ? » ai-je demandé et le policier a acquiescé. « Est-ce que vous désirez faire l'objet d'un examen médical ? » J'ai dit

« oui » spontanément car j'avais de plus en plus mal à la tête, j'avais des palpitations, mes mains tremblaient, « oui, je vous en prie », mes jambes étaient lourdes, mes paupières clignaient nerveusement, « oui, il faut que je voie un médecin et si possible la même que tout à l'heure ». J'avais envie de hurler et je me répétais intérieurement « calme-toi ! calme-toi ! » mais je ne me calmais pas, « oui, un médecin, c'est exactement ce qu'il me faut. Emmenez-moi. Emmenez-moi ». Deux policiers m'ont accompagné à l'Hôtel-Dieu. Une dizaine de personnes étaient massées dans un hall étroit, petits et grands blessés qui attendaient désespérément leur tour. J'ai attendu près d'une heure dans une petite salle austère avant qu'un médecin me reçoive en consultation. C'était un homme massif et incroyablement velu. Il devait avoir mon âge. Je songeais que j'aurais pu être ce médecin responsable et non pas ce clown déchu. Il m'a demandé de le suivre, je n'ai pas osé lui avouer que je n'avais plus mal nulle part. Il m'a fait signe de m'asseoir sur une chaise en plastique, face à lui. Sur son bureau, il avait disposé des photos de sa femme et de ses enfants ; j'ai eu envie de pleurer : je voulais les mêmes. Il m'a posé quelques questions – est-ce que vous avez déjà été opéré ? Souffrez-vous d'allergies ? – avant de me demander si j'avais des antécédents familiaux. « Je n'ai que cela » ai-je répondu. Il m'a lancé un regard torve, on aurait dit qu'il diagnostiquait une maladie mentale, j'ai pensé que j'étais fait comme un rat. Il m'a ausculté longuement, s'attardant sur l'écoute de mes poumons, vérifiant mes réflexes, écoutant mon cœur, je n'avais jamais rencontré de médecin aussi consciencieux et j'aurais certainement exigé sa carte de visite s'il ne m'avait dit, sur un ton calme et même avec une certaine froideur, que mon état de santé était tout à fait compatible avec le maintien en garde à vue. Ce type autorisait ma remise en prison, légitimait mon incarcération : je le haïssais. Il a rédigé un certificat qu'il a transmis à l'un des policiers, il m'a serré la main sans se soucier du fait que j'étais menotté. C'est alors qu'il m'a avoué avec une soudaine candeur qu'il adorait mon humour, je n'avais pourtant pas plaisanté une seule fois dans la salle de consultation, « vous m'avez tellement fait rire », continuait-il sous le regard interloqué du policier, « votre humour était si... » ; il hésitait, cherchait ses mots : « votre humour était si percutant, si libre », a-t-il ajouté. « Il n'y a que mon humour qui le soit encore », ai-je répliqué. Et je suis parti, soumis et menotté. Le médecin et son infirmière me regardaient et, tandis que je m'éloignais du pas lourd des coupables, j'ai entendu une voix féminine murmurer : « Quel talent ! » et j'ai pensé : la vérité sort de la bouche des femmes.

Quand je suis revenu au commissariat, j'ai été de nouveau reçu par les deux inspecteurs. Ils avaient, disaient-ils, quelques questions à me poser. J'ai répondu que je ne parlerais qu'en présence de mon avocat parce que c'était toujours ce que disaient les tueurs en série dans les feuilletons policiers que je regardais en boucle à New York. On m'a informé que j'en aurais un commis d'office. J'ai dit : « Je prends acte de mon droit à ne pas répondre aux questions que vous me poserez. » Et je me suis tu.

Mon avocate est arrivée dans la matinée. A sa mine chiffonnée, j'ai deviné qu'elle avait été réveillée en pleine nuit. Comme je l'ai déjà dit, j'étais désemparé en la voyant pour la première fois, elle avait une allure adolescente et un regard qui, au premier abord, se détachait du vôtre avec une douceur enfantine. La plupart des femmes veulent paraître plus jeunes qu'elles ne le sont réellement. Sauf Maître K. Elle tente vainement de camoufler ses taches de rousseur sous un nuage de poudre dorée, elle porte des tailleurs stricts, jupe coupée au-dessus du genou, chemisier et veste cintrés, collants opaques. Elle noue ses cheveux en chignon – oh ! sans grande maîtrise – en y plantant un pic en bois décoré de calligraphies chinoises et quelques mèches châtain foncé surgissent comme des herbes folles. Dans les couloirs des institutions juridiques, la jeunesse serait donc l'ennemie de la compétence ? me suis-je demandé en l'observant du coin de l'œil tandis qu'elle vérifiait pour la énième fois que les boutons de sa chemise en soie noire à col Mao étaient bien fermés. Elle m'a expliqué brièvement le déroulement de la procédure, m'a posé quelques questions, m'a rappelé mes droits. Je l'écoutais, je me souciais de ma fille à cause des difficultés inhérentes à la langue notamment, mais elle m'a rassuré en me disant qu'elle aurait droit à un traducteur et qu'il ne fallait pas s'inquiéter. Elle m'a rappelé que je n'étais que « mis en cause » alors que tout me laissait penser que j'étais mis à mort. Je lui ai dit que j'avais faim, elle m'a apporté un sandwich et une boisson. Puis mon audition a commencé. L'un des policiers m'en a précisé le déroulement. J'avais envie d'une cigarette. Et j'ai parlé, le moins possible et du bout des lèvres, j'ai parlé.

Je me nomme Jérémy Sandre. Je suis né le 3 janvier 1969 à Paris, dans le XIIe arrondissement. Je suis le fils de Pierre Sandre et Jacqueline Molinaro. Je suis de nationalité française. Je suis locataire du logement sis 3, rue du Colonel Oudot, dans le XIIe arrondissement, à Paris (en fait, je suis sous-locataire mais je ne sais pas s'il est bien nécessaire d'ajouter cette information à mon procès-verbal). *Je suis un artiste comique. J'ai une compagne qui vit à New York. J'ai une fille de seize ans, Eve Sandre, née de mon mariage avec une Américaine, Mary Smith, c'est elle qui était présente au moment du drame. Je suis sans ressources. Je n'ai pas fait d'études, j'ai arrêté l'école en terminale, j'ai raté deux fois mon Bac A. Je suis exempt de mes obligations militaires* (oui, j'ai été exempté P5 – troubles psychiatriques. Là encore, est-il nécessaire de préciser que je suis sain d'esprit, le jour de ma convocation, j'ai dit au médecin chef que j'étais atteint d'énurésie : « A votre âge ? », « Oui, monsieur, à mon âge et toutes les nuits. Et je suis somnambule ». Déclaré inapte. Exempté). *Je ne suis ni décoré, ni pensionné et je n'ai obtenu aucune distinction à titre civil ou militaire. Je ne suis pas titulaire du permis de conduire. Je ne possède aucune autorisation de détention d'arme. Je suis inconnu des services de police, de gendarmerie ou de la justice.*

Sur les faits, je précise que le vendredi 13 décembre 2003, je suis allé faire des courses au supermarché. Il était 20 heures lorsque je suis rentré chez moi. Il n'était pas prévu que je sois là, j'étais à Nice, je ne devais pas rentrer avant le dimanche soir mais mon voyage a été écourté. Dès que j'ai ouvert la porte de chez moi, j'ai trouvé Alain Venet en train de photographier ma fille. Elle était entièrement nue et dans une position équivoque. J'ai insulté Alain. Il a éclaté de rire. Je me suis dirigé vers lui mais c'est lui qui m'a poussé en premier, très violemment. Ma fille lui a crié de me laisser mais il a continué, il s'est mis à me pousser en pressant sa main sur mon torse en criant : Qu'est-ce qu'il y a ? Qu'est-ce qui ne va pas ? A mon tour, je l'ai poussé. Il m'a frappé. Il portait une bague à son annulaire droit, une grosse chevalière, il m'a cogné encore en enfonçant sa bague, là (et en prononçant ces mots, j'ai désigné une marque violacée sous l'œil). *Alors je me suis emparé de la statuette que nous avions obtenue en récompense de notre dernier spectacle en commun, il m'a encore donné un coup au visage, ma tête a heurté le bord de la table. Je me suis relevé, je me suis précipité sur lui et...*

Faut-il dire la vérité à des inspecteurs, en civil, certes, mais en exercice ? L'école de la vérité préconise l'aveu, la narration des faits dans un souci constant de véracité et d'honnêteté, seules garantes d'un verdict équitable ; l'école du mensonge dont le slogan « n'avoue jamais » a donné lieu à de multiples interprétations y compris musicales prône l'inverse. Entre les deux, l'école du silence qui incite à taire les éléments les plus compromettants sans falsifier la vérité. Fallait-il avouer que j'avais frappé Alain à la tête avec la statuette que nous avions reçue en récompense de notre dernier spectacle ? Si je mentais, l'autopsie ne révélerait-elle pas la supercherie ? Ma fille avouerait-elle ? Y a-t-il un expert en criminologie parmi mes lecteurs ?

« Alors ? » m'a demandé l'inspecteur aux joues couperosées. Avoue ! N'avoue pas ! « Alors ? » a-t-il répété ; il s'impatientait. Avoue ! N'avoue pas ! Ah, si seulement j'avais pu exiger la participation active du lecteur comme dans une mauvaise émission de téléréalité : pour des aveux sincères, tapez 1 ; pour des mensonges nuancés, tapez 2. Mais il n'y avait personne pour me guider et une voix hurlait intérieurement : *n'avoue jamais, jamais, jamais, oh non, jamais !* ce n'était peut-être qu'un vieux refrain, ces choses-là remontent toujours au moment où l'on s'y attend le moins, je n'osais pas m'y fier. « Alors, tu vas répondre ! » s'est écrié l'un des inspecteurs. Ce soudain passage au tutoiement m'a décontenancé. Je ne sais pas si le lecteur l'a compris mais je suis réfractaire aux comportements familiers, je ne supporte pas l'intimité sauf avec les jolies femmes. « Tu réponds ou quoi ? » a insisté le policier. J'ai perdu mes moyens : j'ai avoué, dans un accès de démence sincère, je n'ai omis aucun détail car il m'avait tutoyé, je lui ai fait confiance comme s'il s'agissait d'une vieille maîtresse. J'ai raconté que j'avais frappé Alain avec la statuette. *Il s'est écroulé par terre. Je me suis approché de lui ; il était allongé sur le sol, du sang s'écoulait de sa tempe, j'ai paniqué, ma fille criait. Je lui ai dit de se calmer et j'ai secoué Alain pour voir s'il réagissait. Voyant qu'il ne bougeait plus, j'ai dit à ma fille de s'habiller.*

Elle n'arrêtait pas de pleurer. J'ai aussitôt appelé les secours et la police. Et, reprenant mes esprits, j'ai conclu : *Je n'ai rien d'autre à vous dire pour le moment.*

J'ai dormi au commissariat, dans une cellule que je partageais avec trois autres personnes, deux travestis qui avaient été arrêtés quelques heures plus tôt au bois de Boulogne en possession de dix grammes de cocaïne et un type en costume-cravate qui dormait à poings fermés quand je suis entré et dont j'ai appris par la suite qu'il s'agissait de leur plus fidèle client. L'un des travestis, un grand blond qui ressemblait à Gena Rowlands dans *Opening Night*, a voulu savoir pourquoi j'étais là et j'ai répondu spontanément que j'avais tué un homme ; ça l'a fait rire. L'autre, un petit brun, a enlevé ses escarpins et a allongé ses jambes sur son ami qui est resté assis. Des effluves de sueur mêlés de parfum flottaient dans l'air. Il m'a semblé reconnaître le parfum de ma mère et le travesti blond a confirmé qu'il portait Chanel N° 5 ; la nausée m'a submergé. J'avais envie de vomir. J'ai appelé un gardien, je lui ai dit que je me sentais mal, qu'il fallait me sortir de là, que je souffrais d'hypertension, que j'avais perdu une dent, mais pour toute réponse il a ri, d'un rire obscène, moqueur. J'ai demandé des nouvelles de ma fille, il m'a confié qu'elle allait bien, elle avait eu droit à un traducteur et avait pu faire sa déposition. Il a également précisé que sa mère avait été prévenue et j'ai pensé que les ennuis commençaient. Je me suis allongé, j'ai croisé les bras derrière ma nuque et j'ai dormi. Quand je me suis réveillé, j'avais les mains pleines de cheveux. Pendant la nuit, sous l'effet de l'anxiété, j'avais perdu les dernières mèches qui avaient jusque-là persisté à rester accrochées à mon crâne – les rats quittaient le navire. J'ai exigé qu'on me rase la tête car ma coiffure n'avait plus aucune forme et un gardien a répliqué sèchement que cette mesure était abolie depuis 1969 : je suis l'éternelle victime des influences libertaires de Mai 68. J'ai constaté que les travestis avaient disparu. Seul l'homme en costume-cravate me regardait fixement. C'était un entrepreneur en bâtiment. Il m'a expliqué qu'il avait reçu des cours de garde à vue dans le cadre de sa formation continue. Il m'a aussi avoué qu'il était poursuivi pour abus de biens sociaux – sous l'effet de l'alcool, il avait malencontreusement réglé les services des deux travestis et la cocaïne avec la carte bancaire de sa société. C'est lui qui m'a recommandé de garder mon calme pendant l'interrogatoire et, en cas de panique, de simuler un malaise vagal. Il régnait une certaine agitation dans le commissariat. Quelqu'un est venu me chercher pour m'emmener dans le bureau des inspecteurs. Ils avaient changé. L'un était un petit homme ventru et l'autre, un grand bonhomme à l'allure dégingandée. Laurel et Hardy, ai-je songé. Mais quand l'interrogatoire a commencé, j'ai compris qu'ils n'étaient pas aussi drôles.

L'an deux mille trois,
Le 14 décembre, à neuf heures vingt,

Nous, Michel François
LIEUTENANT DE POLICE
En fonction à la 1re DPJ

Officier de Police Judiciaire en résidence à PARIS XIIe
... Poursuivant l'enquête de
... Vu les articles 53 et suivants du Code de Procédure Pénale,
... Faisons comparaître devant nous le dénommé SANDRE Jérémy et l'interrogeons comme suit :

QUESTION : Vous avez reconnu lors de vos précédentes déclarations avoir frappé votre ami Monsieur VENET Alain. Pour quel motif ?

RÉPONSE : Faut-il qu'il y ait un motif ?

QUESTION : L'avez-vous frappé parce qu'il vous a provoqué ?

RÉPONSE : C'est ce que ma fille vous a dit ?

QUESTION : Que faisait la victime chez vous ?

RÉPONSE : Comment pourrais-je le savoir ?

QUESTION : Vous n'avez pas invité Venet chez vous ?

RÉPONSE : Qu'est-ce qui vous laisse penser que je l'ai invité ?

QUESTION : Il se trouvait chez vous quand vous êtes arrivé, est-ce que je me trompe ?

RÉPONSE : Suis-je responsable des invitations de ma fille ?

QUESTION : Revenons-en aux circonstances du drame. Vous avez frappé votre ami juste parce que vous l'aviez surpris avec votre fille ?

RÉPONSE : Vous ne trouvez pas que c'est une raison suffisante pour perdre le contrôle de soi ?

QUESTION : Reconnaissez-vous avoir insulté la victime ?

RÉPONSE : Qui a pu vous dire une chose pareille ?

QUESTION : Ecoutez, si vous répondez à chacune de mes questions par une autre question, nous ne parviendrons pas à conclure cet interrogatoire. Quelles étaient vos relations avec la victime ?

RÉPONSE : Est-ce que je suis obligé de répondre à cette question ?

QUESTION : Libre à vous. Est-ce que vous avez pensé que vous pouviez le tuer ?

RÉPONSE : Est-ce que vous pensez sincèrement que je suis capable de tuer quelqu'un ?

QUESTION : Vous vous trouvez drôle ?

(Non. Objectivement, je ne me suis jamais trouvé drôle. Je me considère même comme un être profondément ennuyeux. Par exemple, je ne me suis jamais fait rire. Mon père est un homme drôle. Jerry Lewis est un homme drôle.)

QUESTION : Je reprends : que s'est-il passé ce soir-là ?

RÉPONSE : Mais enfin, en quoi cette nuit est-elle différente des autres nuits ?

C'est à cet instant que j'ai simulé un malaise vagal. J'ai porté ma main à ma poitrine, j'ai entrouvert les lèvres en respirant bruyamment ; enfin, je me suis laissé tomber de ma chaise ; aussitôt, les inspecteurs se sont précipités vers moi. L'un d'eux a expiré dans un sac en plastique qu'il a ensuite posé sur mon nez en me demandant d'en inspirer le contenu, c'est-à-dire son souffle et son haleine. Surprise : son taux d'alcoolémie défiait toutes les statistiques. Allongé à même le sol, les bras posés le long du corps, je reprenais mes esprits (lentement et en alternant les phases de réveil avec les phases de perte de connaissance), tandis que son collègue tenait mes jambes en l'air. Ils avaient visiblement une grande habitude des malaises vagaux, alors j'ai fait une crise d'asthme moins pour retarder le moment de l'interrogatoire que pour tester leur résistance. Un tube de Ventoline sorti de nulle part fut introduit dans ma bouche. J'ai paniqué à cause des microbes : ils avaient gagné. Je me suis levé. Ils m'ont demandé si j'étais en état de poursuivre. J'ai dit oui. Ils m'ont posé des questions auxquelles j'ai répondu cette fois avec une grande précision : je voulais faire bonne impression. Puis ils m'ont fait patienter sur un banc – oh ! quelques heures à peine. Je me suis assoupi. J'ai été réveillé par un policier qui m'a annoncé qu'« au vu des indices graves et concordants » qui pesaient contre moi, le procureur avait décidé de me déférer devant le juge d'instruction. Deux hommes en uniforme m'ont emmené, à bord d'un fourgon de police – c'était encore une histoire d'exil. Pendant le trajet, j'ai pensé à ma fille : qui allait prendre soin d'elle jusqu'à ce que Mary s'en charge ? Et aussi : qui sortirait mon chien pendant mon absence ? A notre arrivée, j'ai été conduit dans les sous-sols du Palais de Justice, au dépôt. C'est là, dans une petite pièce sombre, que j'ai rencontré pour la première fois le juge d'instruction. Il m'a rappelé que l'assistance d'un avocat était un droit absolu. Maître K. a surgi dans la pièce. Elle avait l'air perdue et j'ai eu peur pour ma défense. Un greffier et deux policiers étaient également présents. Le juge m'a expliqué que j'avais le droit de ne rien dire, de répondre à ses questions ou de lui faire des déclarations spontanées. Je préférais cette dernière proposition. Et je lui ai tout raconté : mon aller-retour aux Etats-Unis, ma vie végétative en France, ma collaboration avec Alain, mon irruption inopinée dans l'appartement, la découverte d'Alain avec ma fille nue, la dispute, les coups, l'accident. Cette rencontre a duré plus d'une heure et, à l'issue de l'entretien, le juge a voulu savoir si j'avais eu l'intention de tuer Venet, j'ai répondu « non ». « Non, ai-je répété, je n'avais pas l'intention de tuer Alain. » « Pff » a-t-il répliqué et, pendant les dix minutes suivantes, je n'ai cessé de m'interroger sur l'interprétation qu'il fallait donner à ce « pff ». « Qu'entend-il par pff ? » ai-je demandé à mon avocate ; pour toute réponse, elle s'est contentée de hausser les épaules et d'arrondir les lèvres en lâchant un « bah ! » qui m'a plongé dans l'embarras et la confusion. Enfin, le juge a annoncé d'une voix solennelle qu'il me mettait en examen pour violences volontaires ayant entraîné la mort sans intention de la donner. J'ai lâché un « oh ! » d'effroi et j'ai pris ma tête entre mes mains. « Allons, allons », a murmuré mon avocate en pressant légèrement mon bras. En sortant du bureau du juge, Maître K. rayonnait : « Les charges qui pèsent contre vous sont moins graves que prévu, la qualification de meurtre n'a pas été retenue », a-t-elle dit avec soulagement. Sa remarque m'a étonné, je n'avais pas le sentiment d'avoir tué quelqu'un. Puis ce fut au tour du juge des libertés et de la détention de me recevoir. Mon avocate m'a expliqué qu'il allait statuer sur l'opportunité de me placer en détention provisoire. Je ne voyais pas du tout la nécessité de m'incarcérer, fût-ce provisoirement, je n'étais dangereux que pour moi-même mais j'ai laissé Maître K.

parler, elle était payée pour cela, « oh ! pas assez ! » se plaignait-elle. Dans le couloir, pendant que nous attendions que ce nouveau juge nous fasse entrer dans son bureau, Maître K. lisait le dossier rédigé par les services de police. Je ne la trouvais pas très concentrée, sa lecture était interrompue toutes les deux minutes par un appel téléphonique, son portable faisait obstruction au bon déroulement de la justice, je le lui ai fait remarquer. C'est alors qu'elle m'a menacé de se dessaisir de l'affaire, je ne savais pas si elle plaisantait ou si elle envisageait sérieusement de me quitter, j'avais tant de fois été victime de chantage affectif que je n'étais plus capable de distinguer mes ennemis de mes amis. Son téléphone a sonné au moment où l'assistante du juge nous a appelés – elle n'avait pas lu trois pages de mon dossier : avec une telle défense, je serais condamné à perpétuité. Le juge était un homme âgé d'une cinquantaine d'années qui me faisait penser à mon père. Il avait, comme lui, une moustache et un regard faussement sévère. Maître K. a expliqué au juge que mon casier judiciaire était vierge, que j'avais des garanties de représentation : un travail, un domicile. Elle a aussi dit que j'étais un homme sérieux, loyal et fidèle – elle n'avait pourtant jamais vécu avec moi. C'était étonnant de voir une femme, une inconnue de surcroît, plaider ma cause et je songeais, en la regardant, en l'écoutant, qu'aucune des femmes que j'avais aimées n'aurait brossé un portrait aussi élogieux de moi. La défense devenait, dans sa bouche, déclaration d'amour et, si le juge ne l'avait pas interrompue, je l'aurais demandée en mariage. Il a hoché la tête en répétant « j'ai compris, j'ai compris » et, quelques minutes plus tard, il m'a placé en détention provisoire. « Provisoire » me répétais-je intérieurement afin de ne pas céder à la panique. « C'est la procédure normale » a dit Maître K. alors que tous les événements qui étaient survenus depuis mon arrivée à Paris me semblaient anormaux, accidentels et fatals. Avant de me remettre aux mains des policiers, Maître K. m'a annoncé que j'allais être incarcéré à la prison de la Santé et qu'elle allait obtenir un permis de visite : « Je viendrai vous voir une fois par mois, et si mon emploi du temps me le permet, tous les quinze jours. » Hors la procédure judiciaire, elle n'éprouvait pour moi que de la commisération : j'étais anéanti. Je pensais qu'elle viendrait tous les jours, qu'elle serait ma plus fidèle alliée. J'envisageais même une aventure avec elle, j'avais lu que Carlos, l'ennemi public n° 1, avait épousé son avocate, dans l'enceinte de la prison : je me surprenais à rêver. Hélas, les femmes préfèrent les hommes violents aux hommes drôles. En dix mois qu'a duré l'instruction, elle n'est venue que sept fois.

Dès mon arrivée à la prison, un numéro d'écrou m'a été attribué. J'ai été fouillé, j'avais déjà subi cette procédure au commissariat mais il m'a semblé que les gardiens s'y appliquaient, c'étaient des professionnels de la fouille. Un agent au regard noir a examiné mes cheveux ou ce qu'il en restait, puis mes oreilles. Il m'a demandé d'ouvrir la bouche, de tousser, de lever la langue et les bras en même temps, il a palpé mes aisselles, je n'ai pas pu me retenir de rire, j'étais très chatouilleux, il a dit : « riez, riez, tant qu'il est encore temps » et c'est comme ça que j'ai compris qu'il y avait de vrais problèmes d'hygiène. Il a touché mes mains, a observé mes doigts pour vérifier que je n'y cachais rien, il m'a fait écarter les jambes, il m'a aussi ordonné de me pencher en avant – j'ai eu peur – et de tousser. Il a procédé à l'examen de mes pieds, s'attardant sur la voûte plantaire, glissant ses doigts entre les orteils. Là encore, je n'ai pas pu m'empêcher de rire. Il m'a rendu mes affaires en vérifiant à chaque fois les coutures, les ourlets et l'intérieur de mes chaussures. J'ai donné tous mes effets personnels sauf ma montre, je ne voulais pas perdre la moindre notion du temps qui passe. Quitte à crever, autant savoir à quelle heure. On m'a remis un paquet contenant deux couvertures, deux draps et une taie d'oreiller, une serviette de toilette, une assiette, un saladier, un verre, une fourchette et une cuiller à soupe. A l'intérieur, un sac en plastique contenait un rouleau de papier hygiénique, une brosse à dents, un tube de dentifrice, un sachet de cinq rasoirs jetables, un tube de mousse à raser, un peigne, une savonnette, un paquet de mouchoirs jetables, cinq doses de shampooing – le strict minimum.

Je me suis douché (sur un carrelage crasseux), j'ai mis une nouvelle chemise (d'une propreté douteuse) puis, j'ai été placé dans une cellule dite « d'arrivant ». On m'a servi une soupe insipide que j'ai avalée d'un trait et une pomme à laquelle je n'ai pas touché : le ver était dans le fruit. On m'a aussi remis une enveloppe timbrée, une feuille de papier, un bon de cantine ainsi qu'un livret explicatif sur l'organisation de la vie en prison. Quelques heures plus tard, j'ai rencontré le surveillant-chef du bloc où j'étais affecté. Il m'en a expliqué brièvement le fonctionnement. J'avais le droit de recevoir des visites, trois fois par semaine sans parloir de séparation. Je pouvais accrocher des photos au mur, posséder des livres. Soudain, il a sorti de l'un des tiroirs de son bureau une pochette cartonnée : « C'est pour vous, a-t-il ajouté, votre avocate m'a chargé de vous le remettre. » Je l'ai saisie, l'ai ouverte devant lui. C'était une revue de presse. Et qui était la vedette ? Moi.

Dans *Le Monde* :

LE COMIQUE JÉRÉMY SANDRE SOUPÇONNÉ DU MEURTRE D'ALAIN VENET

Hier soir, aux alentours de 21 heures, l'humoriste Alain Venet a été retrouvé mort au domicile de son ancien compagnon de scène, Jérémy Sandre. Il aurait été vraisemblablement victime d'une rixe mortelle. Sandre serait rentré chez lui et aurait découvert sa fille en compagnie de Venet dans une position « équivoque ». Une vive altercation aurait alors eu lieu entre les deux hommes à l'issue de laquelle Sandre aurait frappé Venet à la tête avec la statuette qu'ils avaient obtenue en récompense de leur dernier spectacle.

A la une de *Ici Paris* :

VENET : SON HORRIBLE AVENTURE AVEC UNE ENFANT !

C'est dans la nuit de mercredi à jeudi que l'horrible drame s'est produit. Jérémy Sandre, de retour chez lui, découvre Alain Venet, son ami d'enfance, son ancien compagnon de scène, en galante compagnie avec une jeune fille de seize ans qui n'est autre que... sa propre fille ! Fou de rage, il s'empare d'une statuette et frappe son comparse à la tête, le tuant sur le coup.

A la une du *Figaro* :

VENET : DU RIRE AUX LARMES

Il y avait également une interview de Natalia dans *Paris Match*, un portrait de moi dans *Elle* intitulé « On l'aimait » ; un article de soutien signé de plusieurs intellectuels français, des photos de famille dans *Gala*, un article de fond dans *L'Express* et une double page dans *Télérama* titrée : « La comédie tourne au drame ».

Pendant qu'il m'accompagnait jusqu'à ma cellule, le gardien m'a annoncé que les portes restaient fermées de 19 heures à 7 heures du matin. Douze heures sans sortir, je pensais ne jamais m'y habituer. En cas d'indiscipline, c'était le mitard, une cellule minuscule sans fenêtre sur l'extérieur. Puis on m'a incarcéré. Quand la porte a claqué, un sentiment confus m'a envahi. Je devenais étranger au monde. Et j'ai compris, oui j'ai enfin compris, que la comédie était finie.

Scènes de la vie carcérale

Le jour même de mon incarcération à la prison de la Santé, mes allergies ont repris. Mes paupières étaient si enflées, mon visage si vultueux qu'on aurait dit que j'avais passé la nuit à pleurer et il faut parfois se fier aux apparences. Un orchestre donnait un concert de jazz dans ma tête, il était trois heures du matin, et j'étais un vieillard : j'aurais dû porter plainte pour tapage nocturne. Une bande de petites rouquines plantaient leurs talons aiguilles dans mon palais. Des plaques rougeâtres envahissaient mon visage puis mon torse, je respirais mal. Les autres détenus m'évitaient, croyant que j'étais contagieux. Je ne parlais plus à personne. Je ne pouvais endurer pire épreuve que celle de me retrouver seul, sans public, jusqu'à la fin de mes jours. Je n'ai jamais été en révolte contre la société ; contre moi, toujours. J'avais des revendications, des griefs. C'est la raison pour laquelle j'ai tellement souffert en prison. Ce n'était pas tant les conditions de la détention qui étaient difficiles – l'exiguïté des lieux, l'enfermement, la privation des libertés, je m'y habituerais – que l'obligation de me retrouver avec moi-même. Certains affirment que l'emprisonnement prive l'individu du droit à disposer de lui-même, c'est absurde, il n'y a rien dont on dispose plus en prison. Là est le drame : après quelques jours de tête-à-tête avec mon monde intérieur, je ne savais plus quoi faire de moi. Au début, je partageais ma cellule avec un autre détenu, un Chinois en situation irrégulière qui ne parlait pas un mot de français et qui avait, paraît-il, été impliqué dans une affaire de viol collectif, mais quand les médias se sont intéressés à mon affaire, j'ai été transféré dans la cellule où je me trouve encore aujourd'hui – seul. L'administration pénitentiaire pensait m'accorder un traitement privilégié ; c'était une mesure coercitive. J'étais devenu humoriste pour me fuir. Faire rire les autres, c'est pleurer un peu moins sur soi. En prison, je passais des heures à m'apitoyer sur mon sort. Pour avoir vécu si longtemps avec moi, dans une promiscuité et une intimité intolérables, je peux affirmer que je suis le type le plus ennuyeux que je connaisse. Au début, je parlais seul mais après quelques mois de cohabitation, je n'avais rien à me dire. Je cherchais des sujets de réflexion pour alimenter la conversation que je menais avec moi-même. Il n'y avait plus que dans l'information politique que je trouvais des thèmes de divertissement. Je pensais avec indulgence à mes anciennes compagnes qui avaient partagé mon espace pendant des années. La prison vous dessille les yeux. Entrer en prison, c'est croquer le fruit de l'arbre de la Connaissance. Je découvrais l'ennui, le vol, le viol, la violence, les mesquineries, les trafics et les mensonges. Et le pire : je me découvrais – moi – tel que je n'avais jamais voulu me dévoiler, moi, seul et sans masque, seul sans mes rieurs, voué à mes propres gémonies, et je pensais : quelle imposture ! Ma vie réelle ne correspondait en rien à celle que j'avais rêvée. Je me réveillais, je me levais, je regardais mon reflet dans le miroir et je disais à haute voix : Prêt à passer la journée avec moi ? L'enfer, ce n'était pas les autres, eux, je pouvais les supporter. L'enfer, c'était moi. Chaque jour, je luttais contre ma propre personne et contre le temps qu'il faudrait passer en ma compagnie, le temps que j'occupais tant bien que mal : je lisais, je regardais la télévision – des activités ne présentant pas le moindre intérêt. J'écrivais sous une inspiration fiévreuse. Les lois antitabac, les nouveaux rapports hommes-femmes, le repli communautaire, la télé-réalité, les produits jetables – les thèmes s'enchaînaient. Je n'avais jamais eu autant de facilité d'écriture que depuis mes échecs. Il me semblait que j'observais le monde à travers un miroir déformant, tout devenait caricatural, grotesque et, dans ma bouche, ironique. Je ressemblais à ces usines de fabrication artisanale, je possédais la matière brute, les mots, les faits, les situations, je les conditionnais et ils quittaient mon cerveau, organisés et polis, prêts à être offerts au public. Mon public ? les détenus, je rodais mes textes devant eux, pendant la pause.

Je tenais aussi mon journal. J'envisageais une éventuelle publication à ma sortie de prison – les confessions sordides se vendaient bien.

(Extraits)
Lundi 3 mai 2004 – 8 h 45

Levé aux aurores. Fait un peu de gym. De 6 à 7 :

Beaucoup pensé à la femme-de-mon-frère : une relation durable est-elle réellement envisageable ? Puis-je lui demander de s'engager avec moi alors qu'elle est encore sous contrat avec un autre ? Si oui, dois-je lui avouer que je ne suis pas drôle au quotidien ? Dans le cas contraire, puis-je continuer à la voir de 14 à 16 ?

Sur les conseils du ministre d'en face, décide de lire *A la recherche du temps perdu.*

Lundi 3 mai – 9 h 15

Renonce à lire *A la recherche du temps perdu.*

Lundi 3 mai 2004 – 10 h 15

Tentative de suicide par absorption d'une savonnette : échec. Sentiment de nullité. Est-ce ce ciel gris qui me rend triste ? Distribution de préservatifs dont l'utilité me rend perplexe.

Ai lu *Philosopher à trente ans* de Jean Jaurès. Songe à écrire : *Faire rire à trente ans.*

Mardi 4 mai 2004 – ?

Visite de ma mère. Pulsion suicidaire sans passage à l'acte (lien à établir).

Mercredi 5 mai – 15 h

Douche (sans commentaire).

Lis *Gatsby le Magnifique.*

Visite de mon père.

Ai reçu une lettre de Natalia.

Maison d'arrêt de la Santé
Monsieur Jérémy Sandre
Ecrou n° 527647
42, rue de la Santé
75014 Paris

New York, le 18 avril 2004

Mon adore,

Pardon pour la traduction. Pour ecrire à vous, j'ecris en russe puis je donne la lettre à Miss Fiever qui est ma logeuse, elle vient de Russie aussi (Note de la traductrice : plus précisément de Kiev) ; elle est riche d'un dictionnaire anglais-russe puis elle traduit en anglais. Puis en français avec l'accompagnement de sa cousine.

(Note de la traductrice : Monsieur Sanders, comme vous savez, la langue anglaise ne fait pas de différence entre le « vous » du « tu » et je ne sais pas quoi écrire pour vous. Il y aura alternance en fonction des événements sentimentaux. Merci de votre mansuétude.)

Elle ne trouve pas le dictionnaire Russe-Français car ici, comme vous savez, tout le monde est contre la France et la Russie à cause du Boycott à cause de la guerre en Irak à cause des Français qui ont dit non. Mais Stop politique ! Dans l'attente de Paris, je travaille au Pravda, je fais de l'entraînement, c'est bien payé. C'est Maria qui a trouvé ce poste pour moi, comme vous savez j'habite plus à l'hôtel qui était trop cher et trop triste sans toi. Je me languis de toi. J'ai envie de

(Note de la traductrice : Monsieur Sanders, j'ai bientôt 85 années et, comment vous dire, je me sens trop lubrique ? pudique ? ludique ? modest (en anglais, pardon), pour traduire les choses que Miss Perestroïka me dit de dire. Je

laisse donc des phrases en russe et ainsi vous savez qu'elles sont très érotiques pour vous. Peut-être un prisonnier russe pourra traduire ? Merci de votre compréhension.)

(Ya tebya jelau, ya tebya hotchu, ya skoutchau po tvoemu telu). Comment allez-vous ? Et Dourak ? Dans trois jours, je pars à Philadelphie. J'ai un casting pour être les mains de Nicole Kidman. J'ai menti pour le C.V. avec l'accompagnement de Maria. (Note de la traductrice : Monsieur Sanders, à l'avenir, je ne veux plus être mêlée à vos affaires terroristes, le mensonge incarne le Mal, le Président Bush est en lutte contre. Merci de votre discrétion.) Je pense à vous.

Je t'aime (en français dans le texte).

Ta-Votre Natalia.

Quelques mois plus tard, j'ai découvert que Natalia avait bien doublé les mains de Kidman mais dans une scène pornographique. Qu'aurais-je pu faire pour l'en empêcher ? Je me trouvais maintenant à des milliers de kilomètres d'elle ! Pas un mot sur sa relation avec un proche de John Kerry. Ma mère disait : derrière un homme qui réussit, il y a toujours une femme qui tient les commandes ; Natalia, hélas, m'avait aimé en état d'ivresse. J'avais tout perdu à cause d'elle, je m'étais laissé porter par ses désirs, j'avais calqué mes rêves sur les siens, j'avais un cœur aventureux, j'en payais le prix.

Une fois par semaine, ma mère venait me rendre visite, en métro, les bras chargés de paquets que les gardiens lui confisquaient immanquablement dès son arrivée. Elle s'asseyait face à moi sans rien dire, elle pleurait beaucoup : le muet redevenait à la mode.

Parfois, au cours de ses visites au parloir et dans un élan maternel, elle me disait qu'elle avait confiance en moi, elle me répétait qu'elle m'aimait en dépit de ce que j'avais fait, moi je ne veux surtout pas qu'on m'aime à cause de la dépendance affective qui fait chaque année plus de blessés que les accidents de la route. « Je n'ai pas besoin de toi, lui disais-je, ne te tourmente pas pour moi, l'aide sociale s'est généralisée. » Et alors, elle s'écriait toujours : « Mais enfin, tu es mon fils ! » comme si cette affirmation seule et ce qu'elle impliquait – mon appartenance, la solidité des liens qui m'unissaient à elle – suffisaient à expliquer sa présence dans ces lieux, les efforts qu'elle avait dû fournir pour arriver jusque-là et peut-être aussi, son affection pour moi. Quant à mon père, il me rendait visite une fois tous les quinze jours, parfois moins. En entrant dans la salle du parloir, il disait souvent : « On va te sortir de là » comme si dans ce pronom indéfini se pressaient toutes les figures paternelles qu'il n'avait pas su incarner, figures dont il avait façonné les masques pour l'occasion – des masques de papier, tissus fragiles qui se déchiraient, se désagrégeaient sitôt qu'ils étaient accrochés à son visage. Il ne dupait personne ! Mon frère aîné n'est venu qu'une fois, seul et les mains vides. Quand je l'ai aperçu, j'ai été pris d'un accès de violence, une main massive me secouait de l'intérieur et il fallait garder le sourire, j'ai senti que j'allais commettre un nouveau crime ; aussi avons-nous décidé d'un commun accord qu'il était préférable de ne plus nous revoir. Mes trois autres frères sont venus une fois chacun, à tour de rôle, aussi anxieux que s'ils se présentaient à un examen. Je les ai tous recalés. Seule la femme de mon quatrième frère m'a rendu de fréquentes visites en application des lois de l'attraction. Elle affirmait : « je vais te sortir de là » avec l'aplomb des grandes amoureuses. Mais à l'issue de l'entretien, la seule qui sortait, c'était elle, moi, je retournais systématiquement dans ma cage. Je m'ennuyais. Je tournais en rond. Je devenais fou. C'est Maître K. qui a eu l'idée de créer un cours d'improvisation théâtrale pour les détenus. Elle m'a expliqué que le ministère de la Culture et celui de la Justice menaient une action commune visant à développer les activités culturelles en prison. Je n'avais absolument aucune envie de donner des cours de théâtre, Maître K. disait qu'il fallait jouer la carte sociale alors que moi, tout ce que je voulais, c'était jouer aux cartes avec les autres détenus pendant la pause. Elle m'a aidé à constituer un dossier, à écrire une lettre de présentation au directeur de la prison. Elle motivait ma demande en s'appuyant notamment sur une enquête menée par l'Observatoire des suicides qui prouvait que tous les trois jours, un détenu se suicidait dans les prisons françaises. Et j'écrivis, au stylo noir, sous la dictée de mon avocate : « il faut restaurer un équilibre moral au sein des prisons, les détenus aussi ont le droit de rire » ; certes, ce n'était pas un droit constitutionnellement reconnu et protégé mais Maître K. pensait pouvoir persuader le directeur en insistant sur le fait que la privation de liberté ne devait pas réduire les chances de réinsertion sociale. Trois mois plus tard, j'ai reçu une lettre positive et les cours ont commencé. Ils furent très nombreux à s'inscrire, je n'en ai accepté que six. Il y avait Michka, un immigré d'Europe de l'Est au visage d'ange avec des cils longs comme des cheveux ; Yannick, un petit dealer d'origine antillaise ; Chang, un immigré clandestin chinois mêlé à une histoire de recel d'objets volés ; François, un pyromane qui avait provoqué un incendie au cap d'Antibes et qui, se vantait-il, n'en ressentait pas la moindre culpabilité ; Hamin, un homme d'origine maghrébine accusé d'un crime qu'il disait ne pas avoir commis. « Nous sommes tous innocents » ironisais-je, et son regard me menaçait d'égorgement. Enfin, Sam, un type que j'avais tout de suite pris en sympathie, pas très grand, avec une dentition inégale, des dents incrustées de tartre qui se balançaient au bout de gencives rouges et boursouflées, se déchaussant au cours des repas lorsqu'il les plantait dans un aliment dur, au réveil ou encore pendant les cours, nous répétions une scène et hop ! une de ses dents tombait, il l'attrapait avant qu'elle ne glisse dans sa gorge, il l'extirpait de sa bouche, la brandissait comme un trophée, « la p'tite souris va passer ! », il maniait l'autodérision, c'est pourquoi j'aimais me retrouver avec lui, cet homme oublié victime d'une souris oublieuse et il riait, le lendemain, en nous racontant qu'il n'y avait rien sous son oreiller, rien qu'un cafard qu'il avait écrasé en dormant. Il en était malade, il ne pouvait pas faire de mal à une mouche, c'est ce qu'il disait. Je lui avais offert le rôle de Pavel Pétrovitch Chtcherbouk dans une pièce de Tchekhov, *Platonov, Le fléau de l'absence de pères* ; je croyais beaucoup en lui, en son talent. Son jeu d'acteur était d'une incroyable justesse, il faisait preuve d'une maîtrise qui nous stupéfiait. Il était promis à une belle carrière de comédien et j'envisageais sérieusement de devenir son agent quand nous serions libérés. « N'y comptez pas » m'a dit Maître K. après l'une de nos représentations devant une salle en liesse. Maître K., que l'issue du procès rendait terriblement prévoyante, insistait pour que je me tienne à l'écart de lui, m'avouant la raison de son incarcération : il avait assassiné sa femme à coups de hache, avait découpé son corps en morceaux à l'aide d'une scie électrique, en avait conservé la tête au réfrigérateur et en avait mangé les restes dans une pulsion cannibale. Depuis, je l'évitais, je ne comprenais décidément rien à la nature humaine. Ils assistaient tous aux cours avec assiduité, ils pensaient sincèrement qu'ils deviendraient acteurs en sortant de prison, s'ils en sortaient un jour, ils disaient : « nous serons célèbres » comme si c'était leur dignité que cette célébrité leur restituerait. Le désir d'honnêteté m'oblige à avouer au lecteur que je ne supportais pas mes élèves. Ils n'étaient pas doués, excepté Sam, incapables d'apprendre quelques vers, de retenir une réplique de dix lignes. Ils jouaient mal, sans y mettre le ton, avec des accents à couper au couteau. Il n'y avait guère que leur soif de célébrité que je prenais au sérieux. Hamin récitait la première réplique : « Eh bien ? *Chto ?* » Déguisé légèrement en femme pour le rôle, Michka répondait : *« Nitchevo »* et ils éclataient de rire. Je ne renonçais pas, à cause de Maître K., mais rapidement la tension a été telle que j'ai dû mettre un terme à mes activités. En prison, toutes les maladies que les médecins qualifiaient jusque-là d'imaginaires sont devenues réelles. C'étaient d'abord de simples éruptions papuleuses que le médecin de la prison attribuait à une mauvaise hygiène. Puis, c'était une gastro-entérite qui m'a contraint à garder le lit pendant une semaine et à ne boire que du bouillon de poulet. J'ai perdu trois kilos. Enfin une succession de maux, du plus bénin au plus grave, de la rhinite à l'ulcère en passant par l'œsophagite, une pneumonie un peu atypique et une péritonite qui a nécessité une hospitalisation d'une semaine. J'étais malade, vaincu, faible et las ; pourtant je ne me suis jamais senti aussi heureux : pour la première fois de ma vie, des médecins reconnaissaient la gravité de mon état de santé, la fragilité de mes os : il n'y a pas d'hypocondriaque, il n'y a que des mauvais médecins. En sortant de l'hôpital, j'ai dû rencontrer le juge d'instruction. J'avais l'impression qu'il me posait les mêmes questions, il exigeait des précisions sur certains points : pourquoi est-ce que j'avais demandé à Alain de prendre ma fille en stage, quelles étaient mes relations avec mon ex-femme, est-ce que j'étais jaloux du succès d'Alain, mais je ne sentais pas d'hostilité de sa part. Il a fait procéder à une expertise psychiatrique et psychologique, une enquête de personnalité, je savais qu'il avait auditionné ma fille ainsi que les membres de ma famille. Maître K. me mettait en garde : « je vous conseille de dire ceci ou cela », je ne l'écoutais pas toujours. J'étais régulièrement présenté au juge, il me demandait si j'étais bien traité en prison, si j'avais subi des violences ; il s'inquiétait pour moi. Il voulait savoir comment réagissait ma famille. Je lui disais que ma mère se déplaçait régulièrement, que mes frères n'étaient presque jamais venus à cause du concours de réussite sociale auquel j'avais échoué. Quant à mon père... Le juge soupirait : « je vois, une famille défaillante ». Il me comprenait. L'instruction touchait à sa fin, le juge avait rendu une ordonnance de renvoi devant la Cour d'assises. Cela faisait plus de dix mois que j'étais incarcéré. Je ne supportais plus de rester seul. Je me sentais abandonné de tous. Et chaque soir, pour m'endormir, je murmurais comme une litanie l'oraison que Francis Scott Fitzgerald avait écrite pour *Gatsby le Magnifique* : « Le pauvre enfant de putain, le pauvre enfant de putain, le pauvre enfant de putain... »

La conscience et autres complications morales

La veille du procès, je n'ai pas fermé l'œil de la nuit. Pour être honnête, je ne croyais pas en mon innocence. Ma conscience me harcelait avec la détermination vengeresse d'une maîtresse abandonnée. Elle énumérait mes fautes, me culpabilisait : tu as tué un homme, tu as tué un homme – la cohabitation devenait impossible. A l'aube, je me suis levé, cauchemardeux, encore moite, tentant de reconstituer le fil de ce rêve récurrent qui me hantait depuis plusieurs nuits comme si j'étais possédé par quelque esprit malin : je suis invité à l'un de ces dîners mondains avec un écrivain, un ministre, une énarque, un peintre, moi je suis là pour amuser la galerie et – ô stupeur ! – je ne suis pas drôle. La maîtresse de maison me flanque à la porte : j'ai manqué à mes obligations, je suis venu les mains et la tête vides. Je me rends au commissariat le plus proche pour y faire une déclaration. Les policiers me reçoivent, je leur raconte que j'ai perdu le sens de l'humour, ils me demandent comment, exigent des détails : « Pouvez-vous préciser la date à laquelle l'incident est survenu » articulent-ils en détachant chaque syllabe. Je réponds : « à la mort de mon père ». Ils écrivent. Sur le récépissé de déclaration, l'agent de police judiciaire note que le mardi 22 mars 2004, à 19 h 21, Monsieur Sandre demeurant 47, avenue de New-York, à Paris (XVIe), a été victime de l'infraction suivante : DÉGRADATION DE DROITS MORAUX.

MODE D'OPÉRER : DÉGRADATION PAR ANNONCE DE DÉCÈS.

PRÉJUDICES : Dégâts : À ÉVALUER.

J'avais perdu l'unique capital social de ma petite entreprise de divertissement, cela annonçait le dépôt de bilan. J'ai rincé mon visage, me suis vêtu avec soin d'un pantalon en velours marron et d'une chemise bleu pâle – je voulais faire bonne impression. J'ai fait mon lit, rangé ma cellule comme si j'étais sûr de revenir : l'avantage de la prison, monde clos, par opposition au monde libre, c'est que personne n'y conteste l'application de la loi du retour.

K. contre K.

Un procès au cours duquel vous êtes jugé vous en apprend plus sur vous-même qu'une longue et coûteuse analyse. Chacun de vos proches s'engage à dire toute la vérité sur vous, la vérité sans fard – et vous êtes là pour l'entendre. Des experts décrivent votre état mental, les femmes que vous avez aimées dévoilent votre intimité : c'est l'heure du grand déballage. Le juge avait dit qu'il voulait « éclairer ma personnalité ». Je parlais de moi et je m'ennuyais à mourir : ma vie était aussi peu excitante qu'une vieille fille à moustache. Et il fallait l'exhiber dans un lieu public, au milieu des juges, des avocats, des jurés, des journalistes, des badauds – tous venus voir le Monstre –, et la faire tourner au milieu d'eux – regardez-la, n'est-elle pas effroyable, pitoyable ? –, la dénuder entièrement et la pousser vers la foule – prenez et servez-vous !

Je ne parlerai pas du procès, pas dans le détail, il me semble que tout a été dit dans la presse sur « le procès Sandre », le vrai comme le faux, les faits tels qu'ils se sont produits et les rumeurs populaires, les élucubrations journalistiques, les analyses avec explications « rationnelles » à la clé, expliquez-nous pourquoi, expliquez-nous comment, tout a été publié, les témoignages et le contenu de mon audition, les plaidoiries des avocats, oui, tout a été dit, consigné par écrit, il fallait être là, les débats étaient publics. Du procès, je ne garde que le souvenir de la chaleur accablante et de la précipitation avec laquelle les parties en présence agissaient ; les juges, les avocats, les jurés ne songeaient qu'à abréger les audiences pour se rafraîchir. Si l'on me demandait aujourd'hui d'exprimer mes impressions, je répondrais simplement : « il faisait chaud » – la vie est souvent affaire de climat.

C'était le procès de la société du spectacle qui se tenait dans les prétoires de la Cour d'assises de Paris. Et accessoirement mon procès. On dressait le bilan de nos entreprises de divertissement. Le mien était largement débiteur. Mais c'était aussi le procès de l'Amérique de Bush et même si je ne voulais pas participer à la campagne de dénigrement qui était menée en France parce que je la jugeais inique, excessive et, à certains égards, grotesque, j'incarnais à mon corps défendant une nouvelle victime de l'arrogance américaine. Avant mon départ, au lendemain des attentats du 11 septembre, Jean-Marie Colombani écrivait dans les colonnes du *Monde* : *Nous sommes tous américains*. Moins d'un an après mon retour, il s'interrogeait : *Tous non-américains ?* L'Amérique et l'Europe, c'était désormais *je t'aime, moi non plus*. Les médias internationaux avaient levé le voile sur la torture que certains militaires en mission en Irak avaient pratiquée sur des civils irakiens : mises en scène scabreuses, photographies représentant des Irakiens nus et placés dans des positions obscènes, humiliations, intimidations, tortures physiques et morales. Maître K. trouvait dans le procès que le monde intentait à l'Amérique, du moins telle que l'administration Bush l'incarnait, un moyen de faire de moi une victime aux yeux des jurés, une victime indirecte du boycott, un artiste privé de ses dons, un homme devenu malgré lui le symbole du conflit qui opposait l'Amérique à la France et le rêve américain était mort, c'est ce que Maître K. souhaitait faire comprendre aux jurés, j'avais tout perdu aux Etats-Unis à cause du climat francophobe puis j'avais été utilisé, exploité en France jusqu'à l'ultime trahison car c'était Alain qui était coupable d'avoir séduit ma fille, c'était Alain.

« A partir de maintenant, c'est vous la victime » m'a dit Maître K. sur un ton ferme tandis que nous pénétrions dans la salle d'audience. J'ai senti de la gêne dans l'assistance, j'ai lu de la compassion dans les regards des journalistes et des jurés. Je l'ai dit à mon avocate. « C'est parfait, a-t-elle répondu, pour gagner la sympathie des jurés, des médias et de l'opinion publique, vous devez vous présenter comme une victime. » Sa défense tenait donc en un mot. Le déterminisme victimaire, un filon que je n'avais jamais songé à exploiter. J'ai pensé : la victimologie, nouvel outil politique et idéologique !

Je suis victime de l'oubli contraceptif d'une mère négligente.

Je suis victime de l'oubli contraceptif d'une femme négligente.

Je suis victime de ma paternité.

Je suis victime de la médiatisation outrancière.

Je suis victime de l'ostracisme antifrançais.

Je suis victime de misandrie.

Je suis victime de la hausse du prix du paquet de cigarettes.

Je suis victime de faux témoignages, de calomnie et de diffamation.

Je suis victime des femmes.

Je suis victime de l'usage outrancier du tutoiement à des fins de manipulation affective.

Je suis victime de l'irresponsabilité de mon père.

Je suis victime des crises d'adolescence et de crises d'angoisse.

Je suis victime d'une erreur judiciaire.

Je suis victime de ma filiation.

Je suis victime de la société du spectacle.

Je suis victime de l'administration pénitentiaire.

Je suis victime de mon producteur.

Je suis victime d'une machination.

Je suis victime des outrages du temps.

Je suis victime du devoir.

Je suis victime de l'inflation carcérale.

Je suis victime du rejet social.

Je suis victime de la société capitaliste.

Je suis victime d'un lynchage.

Je suis victime de mes frères.

Et un psychiatre appelé à se prononcer sur mon cas a conclu que j'étais victime de moi-même.

Dans l'après-midi, au cours de l'audience, ma fille a été appelée à la barre. Elle paraissait pâle, inquiète.

Elle avait coupé ses cheveux, une courte frange balayait son front. Elle était habillée sobrement : un jean noir et une chemise vert bouteille à manches courtes. J'ai remarqué qu'elle ne portait pas sa chaîne en argent ornée d'un pendentif représentant une tête de mort, mon avocate avait dû lui demander de la retirer. Son traducteur la suivait, c'était un homme jeune à la membrure forte, avec un visage taillé à la serpe et des yeux minuscules surmontés de sourcils noirs et touffus, une sorte de superhéros qu'on aurait dit tout droit sorti d'un comic book. Eve s'est avancée avec une certaine crainte – elle se trouvait dans un tribunal, en terre étrangère au milieu d'inconnus ne parlant pas sa langue – et, pour la première fois de ma vie, je me suis senti responsable d'elle, j'avais envie de quitter mon siège pour l'accompagner, la défendre, m'exprimer à sa place. Elle dégageait une telle fragilité qu'il était impossible d'y rester insensible et c'est elle qui a attendri les jurés avec ses yeux qui criaient « laissez-moi ! », ses mots balbutiants et sa façon maladroite de dire au juge qu'elle n'avait pas compris la question, faisant du traducteur le coupable d'une machination dont elle et moi étions *encore* les victimes. Elle avait raconté sur un ton monocorde et sans animosité son enfance à New York, « sans père » avait ajouté l'avocat général, ce qui l'avait transformée elle, l'adolescente faussement docile, en une petite hystérique car qui était-il pour affirmer qu'elle avait grandi sans père, que prétendait-il savoir de notre relation ? Rien. Il ne savait rien de nous. C'était un étranger, un orateur, un affabulateur et où voulait-il en venir, que cherchait-il à prouver, elle avait un père, un père qu'elle aimait et elle était venue jusqu'ici pour vivre avec lui, qu'est-ce qui lui donnait le droit de les juger ? « Votre père ne s'est jamais occupé de vous. » Il insistait, l'avocat, il s'acharnait : père défaillant, père immature, un irresponsable ! Oui, peut-être, mais *bon* père. Qui n'a jamais failli à ses devoirs, qui l'a protégée des attaques de Venet. Car c'était l'autre, le manipulateur (et là encore, semblait-elle dire, qu'on ne se trompe pas de coupable). Oui, il s'apprêtait peut-être à abuser d'elle, elle n'en savait rien, il lui avait dit qu'elle était belle, qu'il faudrait faire des photos, il lui avait demandé de se dévêtir, légèrement d'abord – allez, déboutonne un peu ton pull – puis il avait exigé qu'elle se déshabille complètement et elle avait obéi, sans réticence, sans manifester la moindre opposition, elle avait confiance, elle ne se méfiait pas des hommes ou alors elle jouait avec eux – ils devenaient une balle de mousse entre ses mains, une balle qu'elle caressait, qu'elle faisait doucement rebondir avant de la projeter contre un mur –, elle jouait de l'attrait qu'elle exerçait sur eux, elle utilisait les armes naturelles de sa jeunesse quand lui se contentait des artifices de sa notoriété – et c'était un ordre : « déshabille-toi », un ordre assené à une fille qui n'en recevait jamais. Il la déstabilisait. Elle l'avait dit au juge. Parce qu'il était plus âgé qu'elle ? Non. La différence d'âge ne l'effrayait pas, au contraire, elle la rassurait : « Je voyais bien l'effet que je produisais sur lui », elle avait conscience du pouvoir que son jeune âge, son inexpérience supposée, sa virginité fantasmagorique exerçaient sur un type comme Venet. Elle avait déjà l'assurance des femmes qui savent qu'à l'instant où elles auront franchi le seuil de chez elles, elles seront sifflées. C'était autre chose qui la paralysait. La célébrité. *Je ne peux pas vous expliquer pourquoi.* Les gens qui le reconnaissaient dans la rue, qui lui demandaient des autographes, les hôteliers serviles, les noms de personnalités qui sortaient de sa bouche comme des paillettes, ça l'impressionnait. Son père, on lui avait dit qu'il avait été célèbre, elle avait vu des photos, feuilleté des revues de presse mais cette notoriété était restée abstraite, informelle et il lui fallait des preuves, des preuves irréfutables : une cohorte d'admirateurs, des invitations. « Allez, déshabille-toi, je ne vais rien te faire », lui avait dit Venet. « Il s'est approché de moi, il a balancé mes cheveux vers l'arrière, il m'a attrapée par les avant-bras en serrant fort comme si j'étais un mannequin en plastique et il a déplacé mon corps à travers la pièce, il disait : “là, ce sera parfait” ; il parlait des effets de lumière, il me frôlait, il m'a demandé de m'asseoir à califourchon sur une chaise et j'ai refusé. » Ma fille s'est tue un instant. Le traducteur a expiré bruyamment. Le juge leur a fait signe de poursuivre. « Et à quatre pattes, il a dit, tu voudrais ? C'est très mignon, comme un p'tit chien. » (Quand elle a prononcé ces mots, j'aurais pu tuer Alain une seconde fois.) « J'avais l'impression qu'il était nerveux et je commençais à avoir peur » (et là, je savais que ma fille mentait, elle ne craignait pas Alain, c'était elle et elle seule qui le manipulait à sa guise : seize ans et déjà habile en maniement des hommes. Seize ans et déjà initiée au mensonge), « il parlait mal l'anglais, il n'arrêtait pas de me toucher. » Les jurés étaient visiblement émus par les déclarations de ma fille, les femmes surtout dissimulaient mal la révolte que ses propos suscitaient, je sentais qu'un revirement était en train de se produire. Eve a continué : « Il est redevenu calme, presque doux, je me suis assise sur le canapé, il m'a demandé de ramener mes genoux contre ma poitrine mais j'ai refusé encore, c'est à ce moment-là que j'ai eu très peur. C'est aussi à ce moment-là que mon père est entré. » Maître K. l'avait bien conseillée. Moi, je savais comment les faits s'étaient passés, je les avais vécus. Elle a dit que Venet m'avait provoqué, m'avait frappé, je n'avais agi qu'en état de légitime défense – « c'était mon père ou lui » et Venet avait bu, il avait fumé de l'herbe, il lui en avait proposé. Eve n'a pas parlé longtemps, le juge craignait de la brusquer. La voix du traducteur couvrait la sienne. A son côté, elle paraissait encore plus fragile. Il n'avait plus de questions. Eve s'est levée. Elle s'est éloignée en me regardant et j'ai pensé que les yeux de leurs filles sont, pour les pères, les miroirs les plus avantageux.

Puis les témoins de moralité ont défilé à la barre. Ils étaient invités à dire du bien de moi, à louer mes actions, à me décrire comme une personne moralement respectable, responsable, douée de raison – à mentir. Je ne comprenais pas comment Maître K. avait pu obtenir d'eux de telles déclarations ; entendre mes frères vanter ma loyauté, mon sens de la fraternité, cela paraissait tellement improbable.

Je m'appelle Franck Sandre. Je suis né le 15 mai 1963, à Ivry. Je suis de nationalité française. Je demeure 3, rue des Martyrs, dans le Xe arrondissement, *à Paris. Je suis prothésiste dentaire. J'ai un frère prénommé Jérémy qui est né le 13 ou le 23 janvier 1968, je ne sais plus exactement. Je suis le troisième fils de la famille. Il y a deux ans, mon frère nous a annoncé qu'il partait vivre à New York. Je n'en garde aucun souvenir, à l'époque j'étais en plein divorce. Je savais, par mes parents, qu'il avait réussi, et quand j'ai appris qu'il avait tout inventé, je n'y ai pas cru. Mon frère était plutôt discret, blagueur oui mais pas avec nous, avec ses amis, des gens que nous ne connaissions pas. En famille, il était réservé, il avait peur de mon frère aîné, d'ailleurs nous avions tous peur de lui. J'aimais bien Alain et Thomas jusqu'à ce qu'ils deviennent célèbres. Alain surtout, est devenu odieux. Je l'ai appelé durant la période où mon frère habitait à New York, il ne m'a même pas répondu. Sa carrière, il n'y avait que cela qui l'intéressait. Mon frère était plus politisé, c'était un type engagé, un vrai militant, je pensais même qu'il travaillerait dans le social, il ne parlait jamais d'argent. Il n'a frappé personne, je ne l'ai jamais vu s'énerver sauf une fois quand notre frère aîné a dit du mal de son ex-femme et de sa fille. Sa fille, c'était le sujet tabou.*

Je m'appelle Fabrice Sandre. Je suis né le 25 décembre 1967, à Ivry. Je suis de nationalité française. Je demeure 12, rue de la Liberté, à Charenton-le-Pont, dans le 94. Je suis directeur d'une entreprise de dératisation, désinsectisation, dans le XIIe, à Paris. J'ai un frère prénommé Jérémy, né le 3 janvier 1969 à Paris. Je suis le quatrième fils de la famille. Nous sommes cinq garçons. Il y a deux ans environ, mon frère a voulu partir aux Etats-Unis pour tourner un film avec Jerry Seinfeld et en arrivant il a été victime du climat francophobe, les portes se sont fermées, les contrats ont été annulés et tout cela parce qu'il était français. Voilà où mène l'impérialisme américain : à la discrimination ! Moi, je lui avais dit de ne pas partir, je lui avais dit : tu ne survivras pas à l'arrogance américaine, tu seras broyé par cette machine, Bush me fait peur, je le soupçonne d'avoir lancé une cabale contre les ressortissants français. Mon frère n'est qu'une victime parmi d'autres, une victime du boycott. Et bien sûr, à son retour, ça a été pire. Tout le monde lui en a voulu. On aurait dit qu'il était endoctriné. Il ne supportait pas d'entendre les critiques que j'émettais. Mais enfin, c'est mon frère, il a toujours été très drôle. Plutôt doux aussi. Pas le genre à frapper quelqu'un. Il a travaillé chez moi, un moment, avant le drame. Il était sérieux, je ne m'en plaignais pas. Les clients disaient qu'il était charmant. Puis il a dû arrêter, il souffrait d'allergies. C'est à ce moment-là qu'il a travaillé pour Venet, il a loué un petit studio pour lequel je me suis porté caution, je voulais vraiment l'aider, je savais qu'il pouvait rebondir. Mon frère est un homme très fragile, physiquement et psychologiquement. Pas belliqueux. Peu engagé. C'est à peine s'il lisait le journal. Pas vraiment irresponsable non plus. Un lunaire. Une sorte de clown triste.

Le lecteur comprendra que les témoignages de mes frères sont (presque) sans intérêt – *C'était un bon père.*

Pour des raisons que le lecteur devinera aisément, je n'ai pas appelé la femme de mon frère à la barre. Elle est restée silencieuse pendant tout le procès, prostrée au fond de la salle, le visage à peine fardé, les traits tirés. Mon père a témoigné en ma faveur – c'était la moindre des choses. Il était entré de manière théâtrale, le torse bombé, le regard fier, il interprétait le drame de sa vie et personne – pas même moi – ne pouvait lui voler la vedette. Il était très élégant, je savais que sa compagne siégeait dans la salle et cette information m'avait rendu nerveux. Il ne portait pas ses lunettes comme si, pour la première fois de sa vie, il devenait sérieux. Il s'est assis à la place que le juge lui a assignée. Il a juré de dire toute la vérité et il a parlé – longtemps. Il paraissait si solennel tout à coup. Il a parlé de mon enfance et des dons qu'il avait décelés. Il a parlé de ses échecs et des rêves qu'il avait nourris pour moi. Il a parlé du rideau rouge dans lequel j'aimais m'enrouler, ce qui a fait rire les jurés. Il a utilisé les termes « sensible », « affectueux », « tendre » pour me qualifier. Il a évoqué mon intérêt pour « la chose comique », mes enthousiasmes et notre relation qu'il jugeait « exceptionnelle ». Il n'a pas parlé de mes mensonges, de mon ambition, de mon instabilité – les omissions sont parfois des preuves d'amour. Ma mère a dit sensiblement la même chose, pour une fois, ils se comprenaient. D'autres personnes ont témoigné : mon producteur, mon agent, l'ex-femme de mon frère aîné, la directrice de mon école primaire. Quant à Natalia, je l'avais persuadée de rester à New York à cause des complications sentimentales de la polygamie.

Thomas était le dernier témoin. Il est entré dans la salle d'audience en marchant très lentement, tous les regards étaient braqués sur lui. Il paraissait extrêmement tendu, il a vite rejoint sa place, d'une démarche assez désordonnée qui trahissait la confusion qui l'agitait. Je ne l'avais pas revu depuis notre brève rencontre chez lui, il allait mieux visiblement, il a souri en me voyant. C'est son témoignage qui a achevé de déterminer l'ordre du procès. Il était accablant pour Alain. Je ne savais pas – pendant ces longs mois où j'avais vécu à New York je n'avais reçu pratiquement aucune nouvelle de France –, je ne me doutais pas qu'il pût exister de tels conflits entre Alain et lui. Ce n'était plus une banale querelle d'amis, ce n'était même pas une simple divergence d'opinions – non, il s'agissait bien d'une nouvelle lutte de classes comme si leurs différences sociales avaient cristallisé des haines, des jalousies que la rupture de notre trio n'avait fait qu'attiser. Des haines puissantes, originelles telles que nos parents nous les avaient *transmises*. Le succès n'avait pas modifié le statut social d'Alain, il était resté un fruit de la bourgeoisie parisienne mais nous – nous les fils de petits fonctionnaires, les fils d'ouvriers, les fils de personne –, nous avions cru nous hisser et nos parents avec nous, nous avions cru changer notre place dans la hiérarchie sociale et, peut-être aussi, dans le monde. Nous avions cru que le pouvoir médiatique nous assurerait un nouvel avenir, nous deviendrions ce que nous ne souhaitions pas devenir, nous incarnerions ce que nous dénoncions, respectant le cycle social, rompant avec nos idéaux comme on brise les fers.

Maître K. lui a demandé quels étaient ses rapports

avec la victime. « Exécrables », a-t-il répondu. « Venet était un sale type, il m'a sous-payé pendant des années, nous nous sommes fâchés plusieurs fois à propos des sketches que j'écrivais, il les trouvait trop engagés et un jour, j'ai découvert qu'il m'avait volé des textes, il les avait déposés à la Société des Auteurs sous son propre nom ; là, c'était la fin. Nous avons rompu toute collaboration. Il est mort, j'en suis désolé pour sa famille, je lui présente toutes mes condoléances mais ne me demandez pas de le décrire comme un saint, ne me demandez pas de dire du bien de lui. Nous ne nous parlions plus. Un an plus tard, je perdais mon père. » Maître K. lui a demandé si Venet avait assisté à l'enterrement de son père : « non » a-t-il répondu. J'ai senti un certain effroi dans l'assistance. Les avocats ont dit qu'ils n'avaient plus de questions et Thomas a quitté la salle dans l'indifférence générale.

Enquête de personnalité à l'usage des lecteurs

Le lendemain, au cours de l'audience du matin, l'expert qui avait procédé à mon examen psychologique et psychiatrique a été appelé à témoigner. C'était un grand blond avec des chaussures noires, je doutais de sa fiabilité. Il a raconté ma vie, j'étais né à Paris le 3 janvier 1969, je mesurais 1,68 m, pesais 70 kilos, je ne comprenais pas ce que ces détails pourraient apporter au procès mais le juge a eu l'air satisfait, il a voulu en savoir plus sur mon enfance. Les yeux de l'expert ont brillé comme s'il détenait des informations capitales et confidentielles. Il a expliqué aux jurés que mon enfance avait été marquée par de multiples carences éducatives, que je n'étais pas un enfant désiré, que j'avais vécu dans un milieu familial qui semblait rejetant (« surtout les frères » a-t-il ajouté). Il m'a décrit comme étant un homme intelligent, vif, très curieux. Il a affiné mon portrait en disant que j'étais peu émotif, que je maîtrisais bien mes affects dans les situations de stress ; que j'étais un homme plutôt désinhibé, alerte, très sociable. J'avais beaucoup de respect pour lui, c'était un grand professionnel. Allez savoir pourquoi il s'est mis tout à coup à parler de mon affectivité qu'il qualifia d'« immature », de mon « anxiété pathologique » et de mon « instabilité structurelle ». C'en était trop. Il a parlé de ma scolarité « médiocre », a dévoilé des paroles que j'avais prononcées sous le sceau du secret : « Je fume des cigares de temps en temps et des joints le soir pour me détendre, je bois un peu d'alcool, ça dépend des jours, ce soir-là, je n'avais pas bu. » Il m'a enfin décrit comme un hypocondriaque et a abrégé mes diverses pathologies : ulcère à l'estomac, insomnies nocturnes et hypersomnie diurne auxquelles s'ajoutaient depuis deux jours de terribles douleurs dentaires. Il a dit que j'avais un mode de vie plutôt sain, que j'aimais le sport et que je pratiquais la natation en amateur (sauf en France, « à cause des lois iniques sur le port du slip de bain », a-t-il précisé en me citant encore) et le jogging. Enfin, il a conclu en disant que mon contact était normal, ma conscience, claire, mes propos, adaptés, mon orientation temporo-spatiale sans défaut. « Il s'exprime de façon sensée » a-t-il dit doctement. Il a expliqué que l'étude de mes antécédents montrait que j'avais connu très tôt une anxiété de fond, mal contrôlée par des mécanismes névrotiques divers : des phobies dès l'enfance – peur de l'obscurité, de l'abandon, peur du contact intime. Mais aussi des somatisations hystériques : palpitations, oppressions. Il a mentionné un fond subdépressif ancien, j'ai pensé que c'était bien assez mais il a insisté, il a parlé de pulsions suicidaires sans passage à l'acte. « Sur ce fond névrotique, a-t-il affirmé, des troubles plus graves seraient apparus en 2001. » Une révolution intérieure se préparait en moi et j'en étais le dernier informé. J'allais l'interrompre au risque de perturber les débats mais il s'est adouci à temps. « L'examen du sujet ne révèle pas actuellement d'anomalie mentale ou psychique » a-t-il énoncé : c'était une bonne nouvelle.

Ce fut au tour de la partie civile de s'exprimer. Elle était représentée par Armand Venet, le père d'Alain, ainsi que par sa femme, Sophie. C'était elle, la veuve digne, la mère courage, pour la première fois de sa vie propulsée sur le devant de la scène, exposée aux regards, aux objectifs des photographes, aux caméras de télévision, médiatisée enfin, elle qui jusque-là n'avait vécu que dans l'ombre de son mari – la victime –, celui dont Maître K. prouverait qu'il était tyrannique et vaniteux, celui-là même qui lui refusait l'accès à sa loge les soirs de premières afin qu'elle ne croisât pas l'une de ses nouvelles conquêtes, afin qu'elle ne rencontrât personne car il avait honte d'elle, qui ne la prévenait jamais s'il ne rentrait pas, qui ne se justifiait plus quand elle lui demandait « où étais-tu ? » alors que ses yeux fuyants le trahissaient, que l'odeur de sa peau imprégnée des parfums d'une ou d'un autre prouvait qu'il avait passé la soirée ailleurs, dans d'autres lits que le leur, dans d'autres bras, lui qui n'exigeait rien d'elle sinon que son prénom restât accolé au sien, qu'elle continuât de porter son nom même si cela s'apparentait désormais à porter le deuil puisqu'elle ne le voyait plus, ne le touchait plus – et qu'il était mort pour elle. Une vitrine sociale, voilà ce qu'ils incarnaient, un couple pour leurs enfants, les professeurs, les amis, deux étrangers pour tous ceux qui savaient –

et moi, je savais, j'avais toujours su – qu'il n'y avait plus rien entre eux, ni amour ni tendresse, rien qu'un lien ténu, fragile qui risquait de rompre à tout moment. Et pourtant, il avait tenu bon ce lien, résistant aux infidélités notoires, aux trahisons, résistant au temps et à ses outrages, résistant aux rumeurs et aux railleries, bravant même la peine qui la dévorait, elle et elle seule, la peine de vivre auprès d'un homme qui ne l'aimait pas, ne l'avait jamais aimée, qui ne la respectait pas, se comportant avec elle comme son propre père l'avait fait avec sa mère. Maître K. disait qu'elle espérait que ce lien craquerait, pendant le procès, quand la presse dévoilerait les doubles vies de son mari, elle voulait convaincre les jurés que l'homme était hystérique, pervers – « un pédophile, mesdames et messieurs les jurés, qui demande à la fille de son ami, son ami d'enfance, qui demande à cette fille de seize ans, une mineure innocente, de se déshabiller pour la prendre en photo, et dans quel but pensez-vous qu'il a exigé d'elle une chose pareille ? Dans le but de faire des essais cinématographiques, ainsi qu'il le lui a fait croire, abusant d'elle, de sa crédulité, de sa naïveté, elle qui voulait être célèbre comme toutes les jeunes filles de son âge ? Non, bien sûr ! Alain Venet a déshabillé la fille de Jérémy Sandre pour abuser d'elle, il l'aurait violée si son père n'était pas arrivé à temps ». L'avocat de la partie civile a émis une objection : la défense est en train de faire le procès de la victime en s'arrogeant le droit d'émettre des suppositions totalement farfelues. Objection rejetée.

Le père d'Alain enfin. Appelé à témoigner. Avec quelle prestance il s'est avancé jusqu'au box des témoins – il y avait des femmes parmi les jurés, elles le regardaient avec ce mélange de fascination et d'admiration que seuls inspirent les êtres investis d'une autorité naturelle. Et il y avait cette chevelure grisonnante, cette masse musquée qui entourait son visage aux contours heurtés – une cascade de mèches folles, épaisses qui lui conféraient une aura exceptionnelle. Le lecteur aura compris que je n'avais plus aucune chance. C'est ce que je croyais moi aussi, avant qu'il n'ouvrît la bouche. Car l'homme était froid, cassant, sec ; un discoureur qui s'exprimait dans un style précieux, cherchait ses mots, tâtonnait avant de se lancer dans des envolées lyriques qui laissèrent le public pantelant. Non, il n'avait pas accepté que son fils devînt comique. Trop léger. Professeur, avocat, journaliste : oui mais enfin, guignol, trublion médiatique – laissons à d'autres ces vocations. Ce n'est pas sérieux. Ce n'est pas envisageable. Une vie à faire rire. Rire au lieu de lire, étudier, penser, philosopher. Le néant. Le culte de l'inutile. L'humour, oui, pourquoi pas. Le sens de l'ironie, avec mesure mais la comédie – la vraie –, la farce burlesque avec mise à nu, auto-flagellation, cette comédie qui couvrait son fils de ridicule (et ce ridicule ricochait sur lui, l'homme *sérieux*), qui générait les rires des badauds, ces tentatives vaines et dérisoires pour obtenir quoi : des applaudissements, l'approbation d'un public lunatique, exigeant, une reconnaissance ? Quelle reconnaissance ? Celle d'une poignée de professionnels du divertissement ? Des illettrés tout juste bons à glaner des contrats publicitaires. Il l'avait dit à son fils, il l'avait mis en garde : « Ce n'est pas un métier pour toi. Pour Sandre, oui, c'est possible. Pour Vidal, peut-être. Mais pas pour toi. » Le complexe de l'artiste, c'était lui qui le développait. Le mépris que lui inspiraient les activités de son fils. L'incompréhension que les choix d'Alain – choix qu'il avait imposés à son père avec la détermination des enfants que la vie a trop gâtés – avaient fait naître entre les deux hommes. Ils se parlaient peu avant le scandale qui avait éclaboussé la réputation d'Alain. Ils ne se parlaient plus du tout après. La discrétion. Le goût du secret. Le contrôle de soi. La maîtrise parfaite. Ne laisser paraître aucun signe de faiblesse. Alain avait échoué. Je pensais que son père était mithridatisé avec le temps. Le poison du rire, administré lentement par un fils non pas pour tuer son père mais pour l'immuniser, l'y accoutumer. Il l'avait prédit : cela finirait mal. Trop de pression. Son fils ? Un clown. Il lui arrivait d'avoir honte – il n'hésitait pas à l'avouer –, il avait du mal à garder les yeux fixés sur l'écran de télévision lorsqu'il apercevait le visage d'Alain crispé dans un éternel sourire, du mal à écouter aussi les blagues salaces, scatologiques, vulgaires : le rire n'a pas de complexe, le public ouvre grand la bouche, il a payé pour jouir, allons-y. Les émissions où son fils apparaissait régulièrement tel un clown de service, il ne pouvait plus les regarder sans ressentir un malaise. Ce qui suscitait la fierté de mon père – la capacité à faire rire, à soulever les foules – n'éveillait chez le père d'Alain qu'une honte profonde. Même sur scène, son fils le décevait. Il faisait semblant de rire ou il n'assistait pas au spectacle. « Je ne veux pas décevoir mon père ! » m'avait dit Alain pour justifier sa requête : « Ecris-moi mes sketches. » Il n'avait fait que cela, décevoir son père, l'homme de l'humour s'opposait à l'homme de culture – c'était l'opposition la plus absurde et l'heure était aux larmes. Le père s'était constitué partie civile et il accablait son fils, ce qui avait permis à mon avocate de me présenter encore comme une victime, j'avais été exploité, utilisé par Venet à des fins médiatiques et son propre père le jugeait. Son propre père.

« Une victime ? » a répliqué l'avocat de la partie civile qui n'était pas disposé à rendre les armes. Non. Un joueur de poker ! Mauvais père ! Ami déloyal ! Amant infidèle ! Citoyen sans conscience ! Un arriviste. Coupable d'homicide et, peut-être aussi, d'abus de biens sociaux (faux), de propagande antimilitariste (vrai), de trafic de stupéfiants (faux), de proxénétisme (faux), de détournement de mineures (à prouver), de vol à l'étalage (vrai), d'atteinte à la vie privée (vrai), d'abus de confiance (vrai), de cruauté envers un fonctionnaire en exercice (vrai), de harcèlement sexuel (doit-on qualifier de « harcèlement sexuel » une simple requête formulée sur un ton badin en fin de matinée ?), de publication d'une annonce contraire aux bonnes mœurs (vrai), de coups et blessures volontaires (vrai), de rébellion (vrai), de démoralisation de soldats dans l'exercice de leurs fonctions (vrai – c'est ce que tous les artistes ont fait, à commencer par Marilyn Monroe), d'attentat à la pudeur, de racolage, d'excitation de mineur à la débauche, de polygamie (sans commentaire), de tapage nocturne (vrai), de recel de cadavre (faux), de faux certificat d'invalidité (vrai), de chantage (vrai), d'interception et de détournement de correspondances téléphoniques (vrai), de réunion séditieuse (vrai), de vente à la sauvette (vrai, dans les années 70), de tentative de corruption (vrai), de mutilation (vrai), de non-assistance à personne en danger (vrai), de diffamation (vrai), de port illégal de décorations (vrai pour l'Ordre national du mérite), d'agissements discriminatoires (vrai – en fonction de l'âge des femmes), de tentative d'évasion (faux), de provocation au suicide (vrai), de travestissement (sans commentaire).

Et il en oubliait.

« Mesdames et messieurs les jurés, clamait Maître K. avec éloquence, vous êtes ici pour juger un homme, un homme que vous connaissez pour la plupart, un homme qui vous a fait rire et que vous avez oublié, un homme qui n'a agi qu'en état de légitime défense. Voilà un homme qui possède tous les dons et le plus précieux d'entre eux : celui de faire rire. Voilà un homme qui commence à connaître une petite notoriété en France et qui décide de renoncer à toutes ces assurances sur l'avenir par amour pour sa fille qui vit aux Etats-Unis. Pour elle, il est prêt à tout retenter ailleurs, à New York, prêt à monter sur les planches de Broadway. Il n'est pas ambitieux, il n'est pas carriériste – non, tout ce qu'il souhaite c'est retrouver sa fille, vivre auprès d'elle, lui que son ex-femme avait privé de ses droits paternels. Un bon père de famille qui n'aspire à rien d'autre qu'à recréer un univers familial dût-il pour cela briser sa carrière, repartir de zéro. C'est ce qu'il fait en s'installant à New York. Il a du talent, des contacts, de l'énergie mais le sentiment anti-français est tel qu'il perd tout en l'espace de quelques semaines. Ceux qui avaient promis de l'aider se désintéressent de lui. Alors il ment à ses parents en leur faisant croire que tout va bien. Il ne demande pas d'aide. Il ne demande rien. Pour s'en sortir, il exerce différents métiers, vendeur de hot dogs, livreur de pizzas, serveur, le travail ne lui fait pas peur. Puis il trouve un poste d'animateur dans une maison de retraite, il s'occupe de personnes âgées, il les fait rire, il les sort de leur ennui. Mais il végète, il n'a plus de quoi vivre. C'est un homme broyé que son père découvre en arrivant à New York. Il l'oblige à rentrer à Paris. Mais le cauchemar continue, les portes se ferment. Ceux qui avaient été ses amis, ceux qui jadis avaient cru en lui le rejettent : c'est un proscrit. Même Alain Venet – l'ami d'enfance, le compagnon de scène – refuse de l'aider. Pour subvenir à ses besoins, il n'a d'autre choix que celui de travailler pour son frère dans une entreprise de dératisation. Et le drame : il tombe malade. Quelque temps après, il reçoit un appel de Venet. C'est lui maintenant qui sollicite les services de mon client, Venet est accusé de harcèlement sexuel – souvenez-vous : les pressions exercées sur un homme, un homme jeune, un homme sans défense, le scandale que ses révélations occasionnent. La presse le malmène, son image est écornée, Thomas Vidal ne lui parle plus alors il se sert de Sandre en lui demandant d'écrire pour lui. Mon client vit dans l'ombre de Venet. Il n'a plus rien. Il n'est plus rien. Lui qui pendant des années a reversé la moitié de ses cachets à des œuvres caritatives, lui qui s'est toujours tellement engagé dans la lutte sociale – et d'ailleurs, en prison, n'a-t-il pas œuvré en faveur de la réinsertion des détenus en leur donnant des cours de théâtre ? –, lui qui n'a jamais oublié de payer la pension alimentaire pour sa fille, se sent exclu des siens et de la société. Son ex-femme enfin, lui annonce que sa fille va habiter chez lui à Paris. Il est totalement démuni mais il ne peut pas dire non : c'est un bon père. Il la reçoit, l'aide à trouver un poste sur le tournage du film de Venet. Et le voilà qui, un soir, en rentrant chez lui, découvre sa fille nue tandis que Venet la photographie. Le voilà qui exige des explications tandis que l'autre le provoque en touchant sa fille, en l'humiliant. Les deux hommes se battent. Mon client est petit, faible, l'autre est corpulent, musculeux, la bataille est vaine. Venet se jette sur lui le premier et le frappe si fort que mon client n'a d'autre issue que de frapper à son tour dans un geste de défense. La mort d'un homme est un drame. Mon client n'a pas voulu cette mort. Il a agi pour protéger sa fille des assauts d'un pervers, d'un pédophile et pour se protéger lui. »

La voix de Maître K. tremblait. Quelle plaidoirie ! J'en avais les larmes aux yeux. Une vraie série B : enfin un rôle à ma mesure. Mon avocate est retournée s'asseoir près de moi. J'ai posé ma main sur la sienne, elle l'a retirée brutalement. Puis, le président a dit que la Cour allait délibérer. J'avais les mains moites, je me souviens avoir pensé que c'était fini sans être capable de déterminer ce qui l'était. Je ne parlais plus, j'avais la gorge sèche. Une heure plus tard, le président et les jurés sont entrés dans la salle d'audience. L'un des jurés m'a lancé un regard compatissant. Le président a demandé à la foule de se taire, il se tenait droit comme un i, puis il a prononcé ces mots d'une voix solennelle : « La Cour condamne Monsieur Jérémy Sandre à trois ans de prison avec sursis dont un an ferme pour la qualification de violences volontaires ayant entraîné la mort sans intention de la donner. » « Combien ? Combien ? » me suis-je écrié en secouant le bras de mon avocate, je n'étais plus très sûr d'avoir bien entendu le verdict. C'est alors que Maître K. s'est tournée vers moi et m'a murmuré à l'oreille : « Trois ans, trois ans, a-t-elle répété mais avec les remises de peine et le temps que vous avez déjà passé en prison, vous êtes un homme libre. » De toute l'histoire judiciaire, jamais la présomption d'innocence n'avait été autant respectée.

Une vie de chien

Je suis sorti de prison, ovationné comme une jeune vedette le jour où George Bush a été réélu à la Maison Blanche – les fils, ces imposteurs, avaient vaincu leurs pères. Les journaux titraient : *Bush réélu. Sandre libéré.* Les Français pleuraient la consécration de l'un et fêtaient la victoire de l'autre. Des dizaines de personnes m'attendaient à la sortie de la prison, il y avait des journalistes armés de micros et d'appareils photographiques, des fans qui arboraient des tee-shirts à mon effigie et scandaient mon nom, quelques visages familiers, des amis que je n'avais pas revus depuis des années et, devant moi, Maître K., étrangement sereine, enfin libérée des affres du procès. Les journalistes étaient si nombreux qu'il fallut opérer un tri : je leur ai annoncé que je ne répondrais qu'aux questions des femmes. Elles voulaient recueillir mes impressions sur le verdict, savoir quel était mon état d'esprit. J'ai souri pour la photo et je me suis recoiffé devant les caméras. Derrière cette marée humaine tentaculaire qui s'agitait autour de moi, j'ai aperçu mon père qui gesticulait dans tous les sens, tantôt à gauche, tantôt à droite, sautait à pieds joints en lançant ses bras en l'air, m'appelait du regard, criait mon prénom. Je lui ai adressé un signe de la main et aussitôt, il s'est précipité vers moi, fendant la foule avec l'assurance d'un prophète en mission, et s'est écrié : « Aucune déclaration, mon fils ne fera aucune déclaration » sur un ton affecté que je ne l'avais jamais entendu emprunter. « Allons, Jérémy, m'a dit une journaliste rousse, dites-nous ce que vous allez faire maintenant que vous êtes libre. » Je lui ai répondu que j'allais l'emmener déjeuner chez un petit Italien qui servait un chianti très frais et elle a ri – ce n'était pas très professionnel. J'ai senti la pression de la main de mon père sur mon bras et, avant d'avoir eu le temps de proférer le moindre mot, j'étais déjà dans sa voiture, une Jaguar flambant neuve qu'il avait louée pour l'occasion, à l'abri de cette atmosphère fanatisante qui me stimulait. A l'intérieur du véhicule, j'ai retrouvé ma mère (apprêtée et maquillée comme une jeune mariée au jour de sa noce), ma fille (vêtue comme une vieille veuve, en jupe et corsage noirs) et mon chien. Dourak fut le seul à manifester sa joie de me revoir. Il aboyait, remuait la queue, me léchait le visage. « Ferme les vitres et ne réponds plus aux questions, m'a ordonné mon père. Ces gens-là sont des vautours, ils veulent tout obtenir à l'œil, ils n'auront rien. » Dorénavant, mes interviews seraient négociées à prix d'or. Des fans s'agglutinaient autour du véhicule, tapaient du poing contre la vitre, hurlaient mon nom en brandissant leurs stylos dans ce qu'il convenait d'appeler une transe collective. « Des fous ! » a dit mon père en épongeant son front humide à l'aide d'un mouchoir brodé à ses initiales. Leur présence m'apaisait : on m'aimait. Par la grâce d'une médiatisation judiciaire, j'étais redevenu cet homme adulé, cet artiste talentueux, j'étais un imposteur et je les dupais tous, les filles et leurs mères, les producteurs et les journalistes et surtout le public – il me démasquerait tôt ou tard, peu importe, je jubilais, savourais ma gloire. « Des hystériques ! » continuait mon père en désignant les hordes de jeunes filles qui se massaient autour du véhicule. Il portait un costume sur mesure, fumait un gros cigare : un nouveau capitaliste ! Il ressemblait maintenant à mon producteur et c'est d'ailleurs ce qu'il avait l'intention de devenir : « Dorénavant, c'est moi qui gérerai tes affaires », m'a-t-il annoncé. « Mais tu n'as aucune expérience dans ce domaine ! » ai-je objecté. « Jérémy, m'a-t-il dit d'une voix heurtée, un éditeur te propose un contrat mirobolant pour écrire tes Mémoires. » « A mon âge ? » ai-je répliqué. « Oui. Comme dirait l'autre, on n'est jamais assez jeune pour écrire ses Mémoires. Et puis, la Metro Goldwyn Mayer veut en racheter les droits audiovisuels pour plusieurs millions de dollars, ton histoire les passionne, Ben Stiller veut en faire un film, il n'a pas pu adapter *Qu'est-ce qui fait courir Sammy ?* – l'irrésistible ascension d'un Juif sans scrupules à Hollywood –, alors il a eu l'idée de réaliser *Qu'est-ce qui fait courir Jerry ?* – la descente aux enfers d'un Français à New York. Oh, et puis ton ancien agent me harcèle jour et nuit, tu es invité sur tous les plateaux télévisés. Jérémy, insistait-il, ce procès a fait de toi une vedette, les Français t'adorent, tu es la nouvelle icône du parti démocrate américain, Michael Moore t'offre le rôle principal dans son prochain documentaire... » Et soudain une voix dans ma tête a crié : « Assez ! », aussitôt relayée par ma propre voix : « Refuse toutes les propositions ! » « Comment ! » s'est exclamé mon père. « Tu as très bien entendu, j'ai d'autres projets », ai-je précisé alors que je projetais seulement de partir le jour même à Venise avec la femme-de-mon-frère pour une échappée à ciel ouvert à bord d'un vaporetto. « Quels projets ? » a demandé mon père sur un ton qui trahissait son indignation. « Non mais de quoi parles-tu ? Cela fait des mois que tu n'as plus le moindre projet ! » « Laisse-le faire ce qu'il veut », a renchéri ma mère qui jusque-là n'avait pas ouvert la bouche. « De quel droit oses-tu décider pour lui ? » « De quel droit ? a-t-il répété, mais enfin je suis son père ! » – c'était la revendication la plus drôle que j'aie entendue. « Allez, accélère ! » me suis-je écrié. Et il s'est tu. Il a roulé à vive allure, les vitres grandes ouvertes, il a allumé l'autoradio, il diffusait une chanson de Leonard Cohen, *First We Take Manhattan* : même quand j'allais bien, il y avait toujours une musique pour me rappeler mes échecs. A notre droite défilaient les petites salles du Quartier latin où j'avais visionné tant de films. « Arrête-toi ! » ai-je crié. Le véhicule a ralenti. « Tu te souviens ? » a demandé mon père en me regardant dans le rétroviseur. Oui, *je me souvenais*. J'ai levé les yeux comme si c'était mon nom que j'espérais trouver en haut de l'affiche. Sur la façade du cinéma, des caractères rouges et luminescents formant les mots Cycle Charlie Chaplin avaient été assemblés et, plus bas, les titres des films que les exploitants diffusaient : *L'Emigrant*, *Les Feux de la rampe*, *Un roi à New York* et *Une vie de chien* – ma vie, en somme.

Table

Première partie

DEUXIÈME PARTIE

De la même auteure :

POUR LE PIRE, *roman,* Plon, 2000 ; Pocket, 2002.

DU SEXE FÉMININ, *roman,* Plon, 2002 ; Pocket, 2004.

TOUT SUR MON FRÈRE, *roman,* Grasset, 2003 ; Le Livre de Poche, 2005.

DOUCE FRANCE, *roman,* Grasset, 2007 ; Le Livre de Poche, 2008.

LA DOMINATION, *roman,* Grasset, 2008 ; Le Livre de Poche, 2010.

SIX MOIS, SIX JOURS, *roman,* Grasset, 2010 ; Le Livre de Poche, 2011.

INTERDIT, *roman,* Grasset, 2010 ; Le Livre de Poche, 2012.

L'INVENTION DE NOS VIES, *roman,* Grasset, 2013 ; Le Livre de Poche, 2014.

L'INSOUCIANCE, *roman,* Gallimard, 2016.

LES CHOSES HUMAINES, *roman,* Gallimard, 2019.